ICH BIN! DU WARST! Du hast fünf Min~~u~~~~~~ ~~~~ ~~~~~~
vorzubereiten. Dreihundert Sekunden bis zur Ewigkeit. Zeit,
um mit Deinem Leben abzuschließen. Zeit, Deinen Geist zu
befreien.

Arcen glitt in einem Gefühl absoluter Freiheit zu Boden, um
dort reglos auf den Knien sitzen zu bleiben. Er hatte gelebt,
erlebt wie es ist wirklich zu leben. Zeit brauchte Arcen
nicht.
In stiller Sehnsucht wartete er schon lange auf das Ende
seines Leidens. Endlich, nach den vielen Jahren seiner
Trauer und der endlosen Kämpfe, sollen sich die Schmerzen, die sein Herz bedrücken, auflösen?
Das Meer der Tränen wird austrocknen, nachdem es die
Flamme meines Lebens gelöscht hat. Ich werde nicht mehr
an das Gestern denken und es gibt keinen Morgen mehr.
Keinen Haß, keine Liebe und vor allem keine Sehnsucht.
Seine Gedanken verschwammen und bildeten bald nur noch
eine Wolke aus Trauer und Schmerz. Sein Pulsschlag wurde
immer langsamer und die Atemfrequenz verringerte sich. Es
gab weder Zukunft noch Vergangenheit. Die Zeit existierte
nicht mehr für Arcen.
Um ihn herum standen noch immer die Sieben. Einst waren
sie zehnmal so viel, aber das liegt schon Jahre zurück. Sie
begingen damals einen Fehler, doch heute wird dieser korrigiert werden. Während sechs Männer des Clans mit ihren
Bögen auf Arcen zielten, schritt der Siebte hinter ihn. Das
mächtige Kriegsschwert in beiden Händen haltend, murmelte er pausenlos: „Lass mich einen guten Schnitt machen.“
Früher, als ihm noch ganze Armeen gehorchten, hätte er so
etwas nicht nötig gehabt. Doch heute sind seine Haare weiß

und seine Bewegungen langsam und zittrig. Heute ist er nicht mehr der Krieger von einst.

MECHLORON

JÖRN GROSSE

KRIEG

„Du hast fünf Minuten."

„Ja Vater, ich bin gleich fertig. Ich muß mich nur noch ankleiden". Arcen beeilte sich, doch reichte die vorgegebene
Zeit nicht aus.

„Es zeugt von Mangel an Respekt, seinen Lehrer warten zu
lassen. Du wirst jetzt ohne eine Mahlzeit zum Unterricht
gehen", sagte Heeden.

„Aber Vater, ich habe doch noch Zeit", erwiderte Arcen.

„Widersprich nicht, Sohn, die Zeit wirst Du brauchen, wenn
Du jetzt auf Händen gehend zur Schule läufst."

„Ja Vater!"

Arcen verließ sein Elternhaus, gab seiner Mutter Elmira
noch einen Kuß auf die Wange und lief im Handstand zum
Ortsausgang, wo sich die Schule befand.

„Morgen, Arcen", sagte Veringot. „Es ist bestimmt praktisch bei diesem Regen den Kopf nach unten zu halten, damit er nicht naß wird, aber nicht besonders schlau. Das
Wasser läuft Dir nämlich in die Kleidung."

„Ach, Veringot, Du kennst doch meinen Vater."

Missmutig stampfte Veringot, Arcens bester Freund, durch
die Pfützen. „Heißt das, dass Du nicht zum Wettkampf mitkommen kannst? fragte Veringot.

„Ich weiß noch nicht, aber tu mir einen Gefallen und gehe
vorsichtiger durch die Pfützen, sonst wird mein Gesicht
doch noch nass."

Die jungen Männer lachten. Noch zwei Jahre würden sie
gemeinsam zur Schule gehen. Zwei Jahre, bis Ihnen endlich
die Welt offen steht.

„Interessant, es ist für mich schwer nach zu vollziehen, wieso der junge Arcen von Heron saubere Schuhe, aber dreckige Hände hat", sagte Serenson.

„Die Erklärung ist ganz einfach, ehrwürdiger Lehrer". Arcen wollte weiter sprechen, doch erwiderte Serenson bereits.

„Die Dinge sind immer einfach, erst wir Menschen machen sie unnötig kompliziert." Damit war für ihn das Thema erledigt.

Wie alt er wohl ist, überlegte Arcen. Mit seinem weißen langen Bart, den ebenso weißen wie langen Haaren, die nur im Ansatz etwas lichter standen, sieht er aus wie einhundert. Vermutlich ist er auch so alt.

Der Tag zog sich so zäh hin wie der Honig aus dem Zauberbaum, welcher außerhalb von Heron auf einem kleinen Hügel stand. Dort trafen sich immer nach der Schule die Mädchen und Jungen zum Spielen, Raufen oder auch nur, um sich Neuigkeiten zu erzählen. Warum dieser Baum ein Zauberbaum sein sollte, wurde nie geklärt. Aber vielleicht lag es daran, dass oben in seiner Krone ein Bienenschwarm lebte, der den besten Honig weit und breit produzierte und dieser schmeckte wirklich zauberhaft. Doch der Honig interessierte jetzt niemanden. Die Schule war aus, und eine Gruppe junger Menschen stand am Fuß des Baumes wild diskutierend.

„Was ist los Veringot, hast Du Angst, dass Arcen Dein schönes neues Übungsschwert mit seinem Holzstock zerstört? Oder wieso kämpfst Du nicht gegen ihn?"

„Seid doch leise", erwiderte Suelia die Freundin von Veringot. „Ihr wisst doch selbst, dass sie sich geschworen haben, nie gegeneinander zu fechten und dass Veringots Vater der reichste Kaufmann im Ort ist, dafür kann er nichts. Ihr seid doch nur voller Neid, weil Veringot ständig neue Sachen von seinem Vater..."

„Bleib ruhig", unterbrach der junge Kaufmannssohn Suelia. „Veringot von Heron kann für sich selbst sprechen. Arcen ist der Sohn unseres Schwertmeisters, des ehrenhaften Heeden von Heron. Wie sollte ich ihn je besiegen können?"
„Warum sollten wir auch gegeneinander kämpfen?" fuhr Arcen Veringot ins Wort. „Wir sind beste Freunde, und nie wird es dazu kommen, dass wir gegeneinander kämpfen müssen. Oh Mist, die Sonne geht unter, und ich sollte schon längst zum Schwertkampf-Unterricht zu Hause sein. Das gibt Ärger!" Arcen rannte nach Hause, ohne eine Chance zu haben, die verlorene Zeit wieder aufzuholen. Er benötigte fünf Minuten bis zum Haus seiner Eltern. Was für eine Strafe es wohl heute geben wird, dachte Arcen, als er das Hoftor öffnete. Doch er war nicht allein. Auf dem Hof standen neun Pferde sowie acht Soldaten. Als Arcen leise durch die Haustür schlich, hörte er den fehlenden neunten Reiter im Gespräch mit seinem Vater.
„Wir haben Krieg! Die Mechloron haben Gundwen überfallen und plündern unsere Erzbergwerke. Wir sind verpflichtet, die Bewohner zu schützen. Außerdem benötigen wir auch weiterhin unsere Eisenerz-Lieferungen. Deswegen..."
„Bitte, ehrenwerter Herr", rief schon fast beschwörend der Hausherr dazwischen, nehmt mich mit und lasst meinen Jungen hier."
„Heeden von Heron, wir haben nicht die Absicht irgendjemanden mitzunehmen. Das Gegenteil ist der Fall", sagte mit ruhiger Stimme der elegant gekleidete Mann, der Arcens Vater gegenüber saß. „Wir wollen junge Offiziere zu Dir bringen, damit Du als der beste Schwertmeister des Landes ihnen noch die letzten Feinheiten im Umgang mit dem Schwert, dem edelsten aller Waffen, zeigst." Arcen wollte nicht beim Lauschen erwischt werden. Außerdem war er

froh, seinem Vater nicht gegenübertreten zu müssen, der ihm sicher nur eine Strafe für seine Unpünktlichkeit auferlegen würde. Leise schlich er zu Bett, doch lag er noch lange wach und dachte an den eleganten Krieger, in seiner schillernden Rüstung und dem funkelnden Schwert, das die ganze Zeit über im Kerzenlicht so herrlich geleuchtet hatte.

„Arcen stehe auf und mache Dich fertig für Deine Übungen."
Arcen erwachte, es war noch dunkel draußen und sein Vater stand ihm gegenüber. Korrekt gekleidet und irgendwie freundlich lächelnd.
Das ist nicht das Gesicht, welches er macht, wenn ich eine Strafe auferlegt bekomme, dachte der noch schlaftrunkene Arcen von Heron.
„Zieh Dich an, wasche Dich kurz und komme in den Übungsraum. Wir müssen von nun an früh trainieren, da ich tagsüber anderweitig unterrichte."
„Vater, warum trainieren wir nicht draußen? Es ist doch schon warm, und der enge Übungsraum ist immer so stickig."
„Niemand, mein Sohn", sagte Heeden, „niemand darf sehen, wie gut Du schon bist. Und jetzt beeile Dich!"

Drei Wochen waren seitdem vergangen, und in Heron wimmelte es von unzähligen Menschen. Noch nie war der Ort so farbenfroh und zugleich fremd. Unbekannte Gerüche zogen durch die Straßen, und überall erklangen Lieder, gesungen in den merkwürdigsten Dialekten. Es war bereits Schulschluss und Veringot sowie Arcen gingen durch die Straßen, auf der Suche nach neuen Eindrücken. Sie waren fasziniert vom Händler, der gleich hinter dem Stadttor seinen Stand besaß. Er verkaufte selbst gemalte Bilder und diese übten eine solch riesige Anziehungskraft auf die jungen Schwertschüler aus, dass sie immer wieder dort hingingen, um sie sich anzusehen. Hauptsächlich zeigten die Zeichnungen fiktive Schlachten von Menschen, die Dämonen bezwangen, Kämpfe, in denen Krieger riesige Drachen besiegten. Doch diese Dinge beeindruckten vielmehr Veringot, der sich gar nicht satt sehen konnte an den goldenen Rüstungen, den scharfen todbringenden Schwertern und den baumlangen Lanzen.

Auf Arcen übte nur die schlichte Zeichnung einer einzelnen Blume eine solche magische Anziehungskraft aus, wie er sie sich selbst nicht erklären konnte. Es mußte an den Gedanken und den Gefühlen liegen, an den Geschichten und Bildern, die er spürte, wenn er die kleine Rose betrachtete.

Sie war mit wenigen Pinselstrichen in scheinbar großer Eile und doch so gewissenhaft gemalt, dass Arcen sie seit endlosen fünf Minuten betrachtete. Fünf Minuten, in denen sich ganze Schicksale abspielten. Fünf Minuten, in denen er Schlachtfelder sah, wo Helden mit ihrem Blut die Rose malten, nur um etwas Farbe in das Dunkel ihres Leidens zu bringen.

„Gefällt sie Dir?" Arcen wurde aus dem Land der Träume gerissen. „Gefällt Sie Dir?" fragte der Händler wieder. „Du kannst die Zeichnung haben, wenn Du versprichst, sie mit Respekt zu behandeln. Sie sollte eigentlich mein Meisterstück sein, aber außer Dir hat keiner auch nur das geringste Interesse an diesem Bild." Arcen verneigte sich tief und steckte das Bild ein. Er wollte sich schnell umdrehen, um Veringot zu folgen, der schon vorausgegangen war. Dabei stieß er fast mit einer jungen Frau zusammen, die in sehr enge schwarze Kleider gehüllt, nun vor ihm stand. Wieder vergingen die für Arcens ganzes Leben prägnanten fünf Minuten. Fünf Minuten, die ihm solange vorkamen wie sein ganzes bisheriges Leben. Für Arcen blieb die Zeit stehen. Minute um Minute verging, in denen sich Arcen und die junge Frau in die Augen sahen. Es schien ihm, als könnte er direkt in ihre Seele schauen. Er bekam kaum noch Luft und sein Herz pochte so stark, dass er glaubte, jeder im Ort müsse es hören. Ein tiefes Gefühl der Vertrautheit überkam ihn. In diesem Moment nahmen seine Augen einen Schatten wahr, welcher über die Dächer huschte. Für einen Augenblick sah Arcen auf. Als er sich wieder den schönsten Augen, die er je in seinem Leben gesehen hatte, widmen wollte, waren sie mitsamt ihrer Trägerin verschwunden. Arcen spürte, wie ihn Hilflosigkeit übermannte. Wild schaute er sich um, ohne die schwarz gekleidete schöne Frau erblicken zu können.

Wo ist sie hin? Bitte laßt mich nur noch einmal ihre Augen sehen! Und der Wunsch wurde erhört. Denn von nun an sah Arcen jede Nacht die wunderschönen Augen in seinen Träumen. Und jeden Morgen erwachte er mit dem grenzenlosen Verlangen, seine Augen wieder schließen zu müssen, um zurück in das Land der Träume tauchen zu können.

Doch zum Träumen fehlte es an Zeit. Es herrscht Krieg in Gundwen. Krieg, auf dem Rücken eines unbeteiligten Volkes, dessen Fehler es war, zwischen Heron und Mechloron zu leben.

DAS LAND DER TRÄUME

„Endlich eine Lichtung!"
Auf einer Fläche von vielleicht zweitausend Quadratmetern
teilte sich der undurchdringliche Wald von Gundwen. Nach
endlosem Fußmarsch im grünlichen Halbdunkel des Urwal-
des, konnte Arcen nun wieder Sonnenstrahlen in seinem
Gesicht spüren.
„Endlich eine Lichtung", wiederholte Veringot. „Nicht groß
die Lichtung, aber wenigstens können wir hier unsere Feinde erkennen."
„Das bezweifele ich", antwortete Serenson. „Sie ist nicht
groß genug, und die Bäume stehen zu dicht". Die Bäume
standen sehr nah, und der Rest der Armee von Heron versuchte nicht in ihre Schatten zu gelangen.
„Wie lange werden wir uns hier halten können?" fragte Arcen.
„Mit sechzig Mann gegen einen Gegner, den man weder
sieht, hört noch kennt", erwiderte Serenson.
Serenson, wieso ist der alte Mann überhaupt hier, überlegte
Arcen. Doch bevor er den Gedanken zu Ende führen konnte,
griffen die Schatten an.
Fünf Minuten dauerte der Angriff. Dreihundert Sekunden
lang surrten ununterbrochen Pfeile durch die Luft. Es war so
laut, dass Arcen glaubte, taub zu werden. Dann wurde es
still. Das Röcheln der Verwundeten verstummte, und selbst
die Tiere des Waldes machten kein Geräusch. Arcen hörte
seinen Pulsschlag, als er mit seinen Augen den Rand des
Waldes absuchte. Da huschte ein Schatten hinter den Bäumen entlang.
Noch bevor Arcen überlegen konnte, arbeitete sein Körper
instinktiv. Seine Arme spannten die Sehne des Bogens, und

während er ausatmete, schickte er seinen Pfeil auf die todbringende Reise. Mit einem lauten Knall durchschlug das Geschoß sein Opfer, welches darauf reglos liegen blieb. Arcen rannte los.

„Sei kein Narr", rief Serenson, der neben Arcen und Veringot als einziger den Angriff der Schatten überlebt hatte, Arcen hinterher.

„Verlass nicht die Deckung", schrie jetzt auch sein bester Freund.

Doch es war zu spät. Arcen hatte sein Opfer erreicht und jetzt mußte er wissen, wer dieser Schatten war.

Für einen so großen Krieger, bist Du ganz schön klein, dachte Arcen, als er den leblosen Körper in die Rückenlage brachte. Die Gestalt war bis auf die Augen in schwarze enge Sachen gehüllt. Doch die Augen waren es, die Arcen schwach werden ließen. Er sank zu Boden, und im Hintergrund hörte er wieder das Geräusch, welches entsteht, wenn der Tod durch die Luft fliegt. Sein Blick verschwamm. Er hörte noch, wie Veringot sowie Serenson getroffen von den Pfeilen aufschrieen, und dann war alles schwarz.

„Arcen von Heron!"

„Das ist Serenson", jubelte Arcen und sprang auf.

„Wer sollte ich sonst sein?", antwortete Serenson.

„Hat Arcen von Heron kein Bett, oder warum schläft er im Unterricht?" fragte der Lehrer weiter. „Unterricht?" Arcen fand sich, Serensons Hand halten, mitten in der Klasse wieder. Was für ein Glück, ein Traum. Arcen war erleichtert, nur geträumt zu haben. Andererseits konnte er heute dem Spott der ganzen Klasse nicht entfliehen. Doch das störte ihn nicht wirklich. Denn in Arcen keimte eine nie gekannte Sehnsucht. Sein Kopf arbeitete ohne Pause, und wirre Gedanken entsprangen seinem Hirn.

Meine Träume werden immer realistischer. Wenn das so weitergeht, sollte ich die Frau meiner Träume ansprechen und fragen, wie sie heißt und wo sie wohnt. Ist bestimmt besser, als sie jede Nacht zu erschießen. Dieser Gedanke faszinierte und erregte Arcen so sehr, dass er sich von nun an vornahm, beim Einschlafen nur noch an seine unbekannte Schönheit zu denken, um diesen Gedanken mit in seine Träume zu nehmen.

Die Sonne stand hoch am Himmel und Suelia, Veringot sowie Arcen schlenderten durch Heron. Die Luft war angefüllt von süßlichen Gerüchen, trauriger Gesang durchzog die Straßen, und am Eingang zu einem heruntergekommenen Lokal saß ein scheinbar betrunkener Soldat. Er lehnte an der schmutzigen grauen Hauswand und war bemüht, nicht von der Kiste zu fallen, welche ihm als Hocker diente.
„Wie kann man bei dieser Hitze nur soviel Alkohol trinken", sagte verächtlich Veringot. In diesem Moment schnellte die Hand des Soldaten nach vorn, ergriff das Schwert von Veringot. und zog es aus dessen Gürtel. Das alles vollzog sich so schnell, dass Veringot nicht fähig war, ihn davon abzuhalten. Es war nicht die Geschwindigkeit und Präzision allein, die eine Verteidigung unmöglich machte. Der ganze fließende Bewegungsablauf, welcher Arcen an eine Raubkatze erinnerte, wurde von einer so großen Bestimmtheit gesteuert, der Veringot nichts entgegensetzen konnte.
„Traue nicht dem, was Du siehst", sagte der Fremde mit ruhiger klarer Stimme.
„Entschuldigt, dass ich Euch fälschlich für einen Trinker gehalten habe. Es tut mir aufrichtig leid", erwiderte Verin-

got, der sich langsam Sorgen um sein mit Diamanten besetztes Schwert machte.

„Oh, es gibt bessere Wege als Alkohol, um sein Weltbild zum Wanken und die Sicht der Dinge zur Änderung zu bewegen. Aber ich muß mich entschuldigen, denn ich meinte mit meiner Äußerung nicht mein Aussehen und Auftreten, sondern Euer Schwert".

„Was soll mit meinem Schwert sein?" rief aufgebracht der junge Kaufmannssohn. „Es ist das teuerste und schönste der ganzen Stadt".

„Das glaube ich wohl, und es nützt sicher auch als Grabbeigabe. Nur zum Kämpfen taugt es nicht. Es besitzt keinerlei Ausgewogenheit, denn der ganze kunstvolle Kram macht es unmöglich, eine Balance zu finden. Aber Deine Feinde werden den Wert des Schwertes sicher erkennen und versuchen, es Dir abzunehmen. Leider hättest Du es dann nicht einmal mehr als Grabbeigabe". Mit diesen Worten überreichte der unbekannte Soldat Veringot das Schwert. Dabei sah Arcen für einen Moment die Augen des Mannes, der die ganze Zeit über den Boden angesehen hatte. Sie leuchteten so klar wie der Himmel über Heron und strahlten eine innere Ruhe und Zufriedenheit aus, welche Arcen gern selbst gehabt hätte.

„Der Händler ist weg", rief Suelia, die in der Zwischenzeit schon zur Straßenecke vorgelaufen war. Die beiden Freunde folgten ihr und sahen, dass sie Recht hatte. Der Platz, an dem der Maler bis gestern noch seinen Stand hatte, war leer. Arcen sah zum Lokal zurück und bemerkte, dass auch der unbekannte Soldat verschwunden war. Als er seine Beobachtung Suelia und Veringot kundtun wollte und seinen Blick wieder nach vorn richtete, blieb nicht nur sein Herz fast stehen. Auch die Zeit hielt inne, denn Arcen stand vor dem Inhalt all seiner Träume und dem Ziel seiner Sehnsucht.

„Du hast noch fünf Minuten", sagte die unbekannte Schönheit, mit ihrer ebenso schönen Stimme zu Arcen, nachdem sie sich eine endlose Zeit lang in die Augen gesehen hatten. Der Klang ihrer Stimme war geheimnisvoll und unwirklich, rauchig und gleichzeitig warm.

„Fünf Minuten", murmelte Arcen, der noch immer wie in Trance zu schweben schien.

„Du wolltest mich doch etwas fragen", sprach noch einmal die geheimnisvolle Fremde und sah dem jungen Schwertschüler dabei tief in dessen Augen. Dieser schien gar nicht zu bemerken, dass sich ihre Lippen beim Sprechen kaum bewegten.

Was wollte ich fragen, überlegte Arcen und konnte sich doch nicht auf irgendeine Frage konzentrieren. Dann platzte es aus ihm heraus. „Was ist in fünf Minuten?"

„Nun", antwortete die junge Frau ihm gegenüber, „in fünf Minuten wachst Du auf!"

Mit einem Schrei öffnete Arcen die Augen und saß schweißgebadet in seinem Bett. Er zitterte am ganzen Körper und mußte sich übergeben. Es war schon heller Tag, und draußen stand die Sonne hoch am Himmel. Nachdem Arcen sich und sein Bett gereinigt hatte, rannte er zum Hoftor hinaus auf die Straße. Es war Sonntag, keine Schule, und der Tag machte seinem Namen alle Ehre. Keine Wolke war am Himmel zu sehen, und es war sehr warm. Die Luft roch süßlich, und aus der Ferne erklang ein trauriges Lied.

„Hallo Arcen, kommst Du mit zum Bilderhändler?" fragte Suelia, die mit Veringot Hände haltend die Straße entlang spazierte.

Arcens Herz schlug mit einem mal bis zu seinem Hals. Das Blut pochte in seinen Schläfen, und seine Hände begannen zu zittern.

„Der Stand ist schon weg, genau wie ich", rief Arcen und rannte los. Er hörte, wie Suelia lachend zu ihrem Freund Veringot sagte, dass er doch merkwürdige Freunde hätte, und dann vernahm er nichts mehr. Er sah einzig die Umrisse der verschwommenen Straße vor sich. Außer seinem keuchenden Atem und dem starken Klopfen seines Herzens registrierte er nur noch ganz weit entfernt und leise dumpf rauschend die Geräusche der Stadt. In dieser Kulisse aus verzerrten, undefinierbaren Tönen sprach mit einem mal eine Stimme zu ihm.

„Wohin so eilig junger Krieger?" Arcen wendete seinen Kopf zur Seite und sah im Vorbeilaufen den heruntergekommenen Soldaten aus seinem Traum, der auf einer Kiste mit dem Rücken an einer Hauswand lehnend saß. Das Gesicht, welches Arcen dabei machte, konnte nicht allzu schön aussehen, genauso wenig wie der Speichel, der aus seinem Mundwinkel tropfte. Doch das war ihm jetzt egal. Er rannte bis zu dem Platz, an dem der Bilderhändler seit Wochen seinen Stand hatte. Der kleine Flecken Land am Rande der Stadtmauer war leer.

Genau wie der Platz auf der Kiste, auf der zuvor der Soldat gesessen hatte. Nur leider war nirgendwo der Grund für Arcens Eile zu entdecken. In dem Moment als der junge Schwertschüler enttäuscht zu Boden sinken wollte, registrierten seine Augen einen Schatten, der hinter den Dächern der angrenzenden Häuser verschwand. Lange noch sah der junge Arcen von Heron in die Richtung, in welcher der Schatten mit all seiner Sehnsucht verschwunden war. Dann stand er auf, in stiller Freude auf die bevorstehende Nacht. Dieses Mal würde er bereit sein. Bereit, zur Reise in das Land der Träume.

TRENNUNG

Es vergingen endlose Wochen, und der Herbst hielt Einzug in Heron. Die Blätter am Zauberbaum vor den Toren des einst so ruhigen Ortes färbten sich gelb, und immer mehr Soldaten kamen in die Stadt, welche stetig wuchs. Noch war es angenehm warm und vom nahenden Winter nichts zu spüren. Genauso wenig hatten sich Arcens Schlafgewohnheiten verändert. Immer noch träumte er von seiner unbekannten Schönen, ohne sein Vorhaben, ihren Namen zu erfahren, verwirklicht zu haben. Aber Änderungen gingen vor sich, und diese entgingen weder Arcen noch Veringot. Seit Tagen erschienen in der Schule Werber, die den Schülern ihre ehrenvollen Anliegen offerierten.

„Kommt zur Armee von Heron! Schließt Euch dem Bund an, und verteidigt die Freiheit von Gundwen! Werdet die Helden der bevorstehenden Schlacht, und überlasst den Ruhm nicht den Soldaten der anderen Städte. Die Armeen von Hunteron und Herakes sind schon viel stattlicher als die unserige."

Sie hatten Erfolg. Die Klasse, welche Suelia, Veringot und Arcen besuchten, schrumpfte zusehends.

„Wieso wollen wir jetzt im Herbst, so kurz vor dem Winter, angreifen?" fragte Arcen einen der Werber.

„Du denkst mit, Junge. Aber wir greifen nicht an, sondern verteidigen die Freiheit von Gundwen", antwortete dieser. „Bald werden die Blätter von den Bäumen fallen, und das macht es uns leichter, die wenigen Straßen, die durch die undurchdringlichen Wälder von Gundwen führen, zu passieren. Keiner unserer hinterhältigen Feinde kann uns dann überraschen. Denn wir müssen bis zum Einbruch des Winters unsere Eisenerz-Minen erreicht haben, um die weiteren

Lieferungen zu gewährleisten. Vergeßt nicht, meine jungen Freunde, unser aller Wohlstand hängt davon ab."

Diese Ansprache machte einen riesigen Eindruck auf Veringot. Doch Arcen wollte aus einem anderen Grund nach Gundwen. In all seinen Träumen, in denen er die schwarz gekleidete Schönheit sah, welche seine Sehnsucht beherrschte, war er in Gundwen. Und das mußte die Chance sein, sie endlich wieder zu sehen. Er muß nach Gundwen!

Doch sein Vater machte seine Hoffnungen zunichte.

„Nein, mein Sohn, Du wirst erst deine Schule beenden, um dann meine Schwertschule zu übernehmen. Ich bin alt und brauche einen Nachfolger. Die Führung unserer Armee ist einverstanden, dass Du dann ihre Offiziere anstatt meiner unterrichtest. Eines Tages wirst Du mir dafür danken."

„Aber Vater", versuchte Arcen einzuwenden und wurde sofort unterbrochen.

„Ich bin Heeden von Heron und kein Händler, mit dem Du feilschen kannst. Niemand wird Dich in unserer Armee aufnehmen. Ich habe das Wort unseres Stadthalters."

Das Gespräch war beendet, und Arcen ging in der stillen Hoffnung zu Bett, wenigstens im Traum der unbekannten Trägerin seines Herzens zu begegnen.

„Was machst Du denn hier? fragte Arcen am nächsten Morgen Veringot, der vor seiner Haustür wartete. Sein Freund, der in einer schillernden goldfarbenen Rüstung gekleidet vor ihm stand, antwortete voller stolz. „Nun vor Dir steht einer der zukünftigen Offiziere unserer glorreichen Armee von Heron. Ich werde ab heute drei Monate Unterricht bei Deinem Vater bekommen, um dann im Frühjahr nach Gundwen zu ziehen."

„Ich denke, es geht im Herbst los", sagte darauf Arcen.

„Nicht für mich", erwiderte Veringot. „Mein Vater, der ja unsere Armee ausrüstet, schickt mich erst nach der Schlacht nach Gundwen, um zu sehen, was an Nachschub benötigt wird. Ihm verdanke ich es auch, dass ich gleich als Offizier in die Armee von Heron eintreten kann. Und wer weiß, wenn der Krieg noch andauert, werde ich vielleicht noch General." Veringot lächelte selbstzufrieden, und Arcen ging zur Schule.

Dicker Schnee lag auf den blattlosen Zweigen des Zauberbaumes. Der Winter war schon weit fortgeschritten, genau wie Veringots Schwertkampf-Unterricht. Die Zeit verging für die beiden Freunde wie im Flug. Veringot wohnte, seit er von Heeden unterrichtet wurde, bei Arcen. Es war Sonntag, und vor den Toren der Stadt tobte eine erbitterte Schlacht.
„Ducke Dich", schrie Suelia. Doch es war zu spät. Veringot wurde mitten im Gesicht getroffen. Er verlor auf dem glatten Boden das Gleichgewicht und versuchte sich an Arcen festzuhalten, mit dem Ergebnis, dass beide zu Boden stürzten.
„Mist", rief Veringot, während er die Reste des Schneeballes entfernte. „Das war ein gemeiner Hinterhalt. Ihr kämpft ja wie die Mechloron", schrie er, der Kaufmannssohn und zukünftige Offizier zu den Kindern, welche auf dem Zauberbaum saßen. Es waren drei Jungen, die vielleicht halb so alt waren, wie ihre Gegner. Suelia mußte aus vollem Hals lachen, und Arcen schoß ein Gedanke durch den Kopf.
„Sie kämpfen mit den Möglichkeiten, die sie haben. Im offenen Kampf würden sie unterliegen. Aber so hatten und nutzten sie ihre Chance." Er stand auf und applaudierte den Kindern zu ihrem grandiosen Sieg. Veringot, der sich mit einer Niederlage nicht abfinden konnte, versuchte den Baum

zu erklimmen. Das gelang ihm, dank seiner schweren Rüstung und zur grenzenlosen Freude Suelias überhaupt nicht. Immer wieder rutschte er vom Baum ab und war nun schon über und über mit Schnee bedeckt. Die Kinder kletterten heimlich vom Baum und waren schon längst verschwunden, ehe Veringot begriff, dass er am Ausgang der großen Schlacht nichts mehr ändern konnte. Dafür mußte die noch immer lachende Suelia dran glauben, die daraufhin von Veringot mit Schnee eingeseift wurde.

So vergingen die Tage, ohne dass etwas geschah. Die Nachrichten, welche aus Gundwen nach Heron kamen, waren ausnahmslos positiv. Für Arcens Geschmack zu positiv, denn er konnte sich nicht vorstellen, dass nur die Mechloron Verluste erlitten. Ein Mann, der bestimmt noch nie ein Schlachtfeld gesehen hatte, wußte zu berichten, dass Vandgeren der Anführer von Heron allein über einhundert Gegner erschlagen hatte. Das regte Veringots Träume an. Er sah sich auf einem feurigen Pferd durch seine Feinde reiten, die bei seinem Anblick in wilder Panik davonliefen. Arcen konnte, seit Veringot bei ihm wohnte, nicht mehr von seiner unbekannten Schönen träumen. Das wiederum erfreute Serenson, denn Arcen verfolgte nun den Unterricht mit wachen Augen und schlief nicht mehr bei seinen Vorlesungen ein. Die Klasse schrumpfte weiter und bestand bis auf die Mädchen, nur noch aus sieben Jungen. Dann war es so weit.

Der Schnee schmolz, und Knospen sprossen aus den Zweigen des Zauberbaumes.

Vereinzelt erblühten die ersten Blumen, und die Sonne erwärmte langsam die Luft. Scharen von Zugvögeln kehrten nach Heron zurück und dessen zweite Streitmacht begann sich zu sammeln.

„Jetzt trennen sich unsere Wege", sprach Veringot zu Arcen. Er saß auf einem stolzen Roß, und seine Rüstung funkelte im Licht der Frühlingssonne. Suelia stand am Kopf des Pferdes und erklärte jedem, der vorüber kam, dass der junge Offizier ihr zukünftiger Ehemann sei.

„Schicke mir später gute Kämpfer, wenn Du der Schwertmeister von Heron geworden bist." sprach Veringot und neigte sich zu Arcen herunter. Die Freunde umarmten sich, und dann ritt Veringot an der Spitze seiner Armee in Richtung Gundwen davon. Arcen sah ihm noch lange nach. Da ritt sein bester Freund in das Land, welches seine Träume beherbergte. Fünf Minuten lang sah Arcen ihm noch hinterher. Dann ging er nach Hause. Seine Hoffnung und sein Verlangen galten der kommenden Nacht und dem, was seine Träume ihm offenbaren würden. Denn jetzt, wo Veringot fort war, mußte es mit dem Träumen wieder klappen, und endlich würde er sie, die Frau seiner Träume, wiedersehen.

EINE ANDERE WELT

Wo bin ich? Wie kam ich hierher?

Arcen überlegte fieberhaft, wie er an diesen unbekannten Ort gekommen sein könnte. Da es ihm nicht einfiel, begnügte er sich vorläufig damit, seine Umgebung zu erkunden.

Wo ist die Sonne?

Nirgendwo war sie zu entdecken, dabei mußte sie scheinen. Auf allen Pflanzen und Felsen wurde ihr Licht hundertfach reflektiert. Aber die Sonnenstrahlen schienen wie durch ein Prisma gebrochen. Sie erhellte seine Umgebung nur sehr schwach. Auch sah die Vegetation, welche Arcen zu erkennen glaubte, alles andere als vertraut aus. Einige Pflanzen, die sich an etwa vier Meter hohe Felsen klammerten, erinnerten den jungen Schwertschüler an verkleinerte Weidenbäume. Andere wieder sahen aus wie Trompeten, die auf ihren Mundstücken standen, um ihre Trichter in den Himmel zu strecken.

Was ist das denn für ein Himmel, bemerkte Arcen erstaunt. Es fiel ihm erst gar nicht auf, dass selbst die ihn umgebende Luft das Sonnenlicht widerspiegelte. Mit einemmal war er sich auch gar nicht mehr so sicher, ob ihn überhaupt Luft umgab. Denn sie kam ihm viel dichter vor. Dichter noch als Nebel, obwohl seine Sicht keineswegs eingeschränkter war. Er konnte mühelos bis zu den zweihundert Meter entfernt stehenden Felsen sehen.

Wie sehen denn die überhaupt aus? Arcen glaubte seinen Verstand zu verlieren. Wo immer er auch war, es mußte weit von Heron entfernt sein. Er hatte die Felsen, die aussahen wie riesige versteinerte Pilze, unbemerkt erreicht. Wie wußte er nicht. Jedenfalls konnte Arcen sich nicht erinnern, wie er zu den Gesteinsgebilden gekommen war.

Da hörte er hinter sich ein seltsames Geräusch. Als er sich umdrehte, schwebte dicht über ihm ein eigenartiges Wesen. Es sah einem Fisch sehr ähnlich, nur das sein Maul mehr an einen Schnabel erinnerte, gleichwohl es kein solcher war. Das Geschöpf war in etwa zwei Meter lang und hatte eine große Schwanzflosse.

Wozu braucht ein fliegendes Tier Flossen, überlegte Arcen, der sich erst einmal auf das Beobachten beschränkte. Dann machte sein Gegenüber den ersten Schritt. Das Wesen sprach zu ihm. Zumindest hatte es den Anschein, denn verstehen konnte Arcen nichts von dem, was es sagte. Es waren eine unendliche Anzahl verschiedener Töne, Laute und Geräusche, die ihm entgegen schwappten. Und doch wußte Arcen, dass es mit ihm sprach. Nach einer Weile in der nichts geschah, drehte das fremde Wesen plötzlich um und flog langsam davon. Arcen folgte ihm. Die Wiese, über welche er glitt, glänzte im satten Grün. Hier muss es wohl oft regnen, dachte Arcen und bemerkte erst jetzt, dass auch er flog.

In diesem Moment wurde er von seinem Vater zu seinen alltäglichen Schwertübungen geweckt. Ein wenig enttäuscht, dass es wieder nicht geklappt hat von seiner unbekannten Schönen zu träumen, war Arcen schon. Doch jeder neue Morgen birgt auch schon wieder eine Garantie auf eine kommende Nacht.

Ich muß mich mehr auf meine Träume konzentrieren, dachte Arcen und ging in den Übungsraum, wo sein Vater schon auf ihn wartete.

„Wie das hier aussieht", sagte Veringot.

Seit drei Wochen ritt er nun schon an der Spitze der zweiten Armee von Heron. Drei Wochen, in denen er nichts anderes als Bäume, Bäume und noch mehr Bäume sah. Das noch frische Grün stand schon so dicht, dass man keinen Meter weit in den Wald von Gundwen hinein sehen konnte.

„Das Zeug wächst hier so schnell, dass wir uns nicht darauf verlassen können, sicher zu unserem Stützpunkt zu gelangen", sagte Hersus von Herakes. Er war ein kleiner untersetzter, vielleicht vierzig Jahre alter Mann, und er war der Anführer der Armee von Herakes. Leider, so dachte Veringot, auch mein Anführer. Denn Hunteron, Herakes, Heron und die anderen Städte des Bündnisses hatten sich darauf geeinigt, dass die Stadt Herakes das Oberkommando über sämtliche militärischen Einsätze bekommt. Nach Veringots Ansicht ein Fehler. Er mochte Hersus nicht. Zum einen paßte er mit seiner dicklichen Figur nicht in das Bild, dass Veringot von einem heroischen Krieger hatte und zum anderen mochte er nicht die Ansichten, die der Heraker über ihre Mission hatte. Als Veringot gestern sagte, dass Volk von Gundwen solle dem Städtebund dankbar dafür sein, dass sie ihm die Zivilisation brachten, lachte Hersus nur. „Was für Zivilisation", sprach er. „Du meinst, die paar Straßen, die wir gebaut haben und die wir für unsere Erztransporte benötigen? Ich, Hersus von Herakes, habe noch keinen Bewohner von Gundwen auf unseren Straßen laufen sehen. Wir wissen doch noch nicht mal, wo sie leben und wie sie aussehen."

„Wie sie aussehen?" hatte Veringot da Hersus unterbrochen. „Wir sehen doch öfter Frauen und Männer am Straßenrand stehen."

„Du meinst Greise. Ich habe noch keinen Einwohner Gundwens gesehen, der keine grauen Haare hatte", erwiderte Hersus.

Das Gespräch lag nun schon einen Tag zurück und noch immer hatte Veringot es Hersus nicht verziehen, dass er es wagen konnte, seine Ideale in Frage zu stellen.

„Alarm!" schrie mit einemmal einer der Männer aus der Vorhut, die etwa achtzig Meter vorausritt.

„Bestimmt falscher Alarm", sagte Veringot. Es war schon das zehnte Mal heute und immer wieder ließ Hersus von Herakes Gefechtsposition einnehmen. Was für ein Feigling, dachte der junge Kaufmannssohn und nur noch zweiter Befehlshaber der Armee von Heron und Herakes.

„Bevor wir uns mit den Streitkräften von Herakes vereinigt haben, kamen wir schneller voran."

Er sah genauso wenig das Paar Augen, dass aus dem Dickicht heraus den Zug der Armee beobachtete, wie die übrigen Kämpfer, die aus ihrer Verteidigungshaltung heraus den Wald betrachteten. Der dichte Wald allein wirkte schon so bedrohlich auf die zweitausend Soldaten, dass es lange dauerte, bis sie ihre Schilde senkten, um weiter zu marschieren.

Die dunklen Augen, in dessen Blick ein Hauch von Sehnsucht schimmerte, sahen noch einige Minuten lang dem Zug hinterher. Dann verschwanden sie im dunklen Dickicht des Waldes.

Hätte nicht gedacht, dass ich Arcen beneide, dachte Veringot, der es langsam bereute in den Krieg gezogen zu sein. Wie gern Arcen an seiner Stelle sein würde, um in die Augen zu blicken, die nun schon hunderte Meter entfernt waren, konnte Veringot nicht erahnen. Genauso wenig wie die Gefahr, in welcher er schwebte.

Arcen stand seinem Vater gegenüber, der außer sich war vor Zorn. „Du machst nichts richtig", schrie er, das Schwert in der rechten Hand haltend.

„Aber ich möchte doch gewinnen, nur bist Du zu stark für mich", erwiderte genauso aufgebracht Arcen.

„Ja, Du möchtest gewinnen, aber Du willst es nicht. Nur wenn Du mit Deinem ganzem Herzen kämpfst und all Deine Willenskraft einbringst, wirst Du es schaffen. Was Du jetzt machst, ist eine Beleidigung für meine Schwertschule. Du zeigst keinen Respekt, wenn Du mich so halbherzig angreifst", sprach nun wieder mit ruhiger Stimme Heeden.

Er hat Recht, dachte Arcen. Seit seine Mutter Elmira, Heedens Frau, vor zwei Wochen an einer Lungenentzündung starb, war sein Vater nur noch ein Schatten seiner selbst. Arcen hatte Mitleid mit ihm und konnte deshalb bei den Übungskämpfen nicht richtig angreifen. Er wußte, dass sein Vater ihm nichts entgegen setzen konnte. Schlimmer war, dass auch Heeden die Wahrheit kannte.

„Bist Du fertig mit Deinen Übungen", rief Suelia, und öffnete die Hoftür.

„Bis später, Vater", sagte schnell Arcen, froh darüber die Situation so beenden zu können. Er nahm seine Sachen und ging mit Suelia zur Schule. Überhaupt traf er sich, seit Veringot fort war, jeden Tag mit ihr. Oft saßen sie stundenlang nach der Schule am Fuße des Zauberbaumes, der nun in voller Blüte stand und redeten. Ihr vertraute Arcen auch seine Träume an, welche selbst in Suelia Sehnsucht und Trauer hervorriefen. Und die Ursachen ihrer beider Verlangen waren in Gundwen.

TOD UND STEINE

„Wie weit müssen wir noch marschieren", fragte Veringot. „Du sitzt doch auf dem Rücken Deines Pferdes", antwortete Hersus. „Nimm Dir ein Beispiel an unseren Soldaten, welche stundenlang zu Fuß laufen, ohne zu klagen".
Seit ihrem Streit waren bereits sechs Tage vergangen. Sechs Tage, in denen sich die beiden Anführer noch immer nicht vertrugen. Sechs Tage, und kein Ende des Waldes war in Sicht. Die Luft erwärmte sich von Tag zu Tag, und kein Windhauch wehte durch die dichten Wälder von Gundwen. Es war stickig und die Armee von Herakes und Heron am Ende ihrer Kräfte. Plötzlich wurde es dunkel. Die Grillen hörten auf zu zirpen, die Vögel verstummten, und ein riesiger Schleier der Stille legte sich über den Wald. Unruhe kam unter den Soldaten auf.
„Wieso wird es jetzt schon dunkel. Wir haben doch erst Mittag. Vielleicht ..." Von einem grellen Blitz mit anschließendem tiefem Donnerschlag wurden Veringots Gedankengänge abrupt beendet. Das Unwetter begann. Eine Sturmböe von unvorstellbarer Kraft brach sich ihren Weg durchs Unterholz. Bäume stürzten um und begruben ganze Fuhrwerke unter ihrer tonnenschweren Last. Soldaten wurden emporgerissen und stürzten aus großer Höhe hinab in ihren Tod. Pferde galoppierten in wilder Panik davon, und nackte Angst überkam Veringot. Sein Pferd bäumte sich auf und warf ihn ab. Die harte Straße empfing den jungen Offizier. Mit schmerzendem Rücken rollte er sich schnell zur Seite und somit außer Reichweite seines noch immer vor Entsetzen unkontrolliert stampfenden Pferdes.
So plötzlich das Unwetter kam, ging es auch wieder vorüber. Doch die Vernichtung, welches es hinterließ, war ver-

heerend. Überall stöhnten verwundete Soldaten. Ein Bild der Verwüstung umgab sie alle. Nur Hersus ritt noch auf seinem Pferd umher und gab Befehle. Wie hat er es nur geschafft auf seinem Gaul sitzen zu bleiben, überlegte Veringot.

Hersus ließ die Toten in einem Massengrab beisetzen und sammelte den Troß. Die verbliebenen Soldaten stellten sich in ihre Formationen, und der Marsch ging weiter.

Veringot stieg auf sein Pferd und bemühte sich leidlich seine Tränen zu verbergen. Er ritt hinter dem letzten Wagen her und versuchte ohne nennenswerten Erfolg seine Fassung zurück zu erlangen.

Hersus, der dies bemerkte, ließ sich zurückfallen und ritt stumm neben Veringot.

„Das lernt man nicht während der Offiziersausbildung?" unterbrach er mit seiner rhetorisch gestellten Frage die Ruhe. „Wir sind Bauern! Nur säen wir auf unserem Schlachtfeld den Krieg und die Zwietracht, genau wie unsere Feinde auf dem ihrigem. Ernten jedoch wird der Tod auf beiden Feldern, denn für ihn sind wir alle gleich. Am Ende siegt immer der Tod."

„Aber auch der alte Mann in seinem Bett zu Hause wird doch eines Tages sterben", entgegnete darauf Veringot.

„Ja", sprach Hersus. „Der alte Mann stirbt, wenn seine Zeit gekommen ist und der Tod zu ihm kommt. Doch wir Soldaten warten nicht darauf. Wir begrüßen unseren Tod und laufen ihm mit offenen Armen entgegen. Entscheiden mußt Du allein. Noch kannst Du zurück."

Mit diesen Worten gab Hersus seinem Pferd die Sporen und galoppierte nach vorn. Veringot konnte sich des Eindruckes nicht erwehren, dass Hersus nun doch auf ihn wie ein heroischer Krieger wirkte. Doch der Tod erntete heute nicht mehr in Gundwen.

Arcen hatte die Schule vorzeitig und mit Auszeichnung beendet sowie seine Schwertstudien abgeschlossen, als plötzlich und ohne erkennbaren Grund sein Vater starb. Er hatte den Tod seiner Frau nie verwunden und so folgte er ihr nun ins Unbekannte. Wenige Tage später starb auch Veringots Mutter. Überraschend für die Bewohner von Heron war nur, dass Suelia welche nach Veringots Fortgang in dessen Elternhaus lebte, kurze Zeit darauf die Frau des reichen Kaufmanns wurde. Damit wurde sie nicht nur die reichste Frau von Heron, sondern auch Veringots Stiefmutter. Den Kontakt zu Arcen brach sie vollends ab. Doch Arcen machte ihr deswegen keine Vorwürfe. Dazu kannte er zu gut das Gefühl der Einsamkeit. Auch er wünschte sich eine Partnerin. Doch sein Wunsch lag unerreichbar fern in Gundwen.

„Fangen wir mit dem Unterricht an", sprach Arcen zu seinen Schülern. Sie standen am Fuß des bereits in sattem Grün stehenden Zauberbaumes und sollten ihre erste Lektion im Schwertkampf erhalten.

Veringot, nichts ahnend von den Vorgängen in seiner Heimat, hatte wieder zur Spitze aufgeschlossen. „Nun hast Du den Krieg mit Dir gewonnen?" fragte Hersus. Sein Doppelkinn schob sich nach vorn, und er lächelte. Hätte Veringot ihn gestern so lachen gesehen, wäre er beleidigt gewesen. Doch jetzt sah er in Hersus Blick echtes Mitgefühl. Er lächelte zurück und nickte freundlich.

„Wir sind endlich da", rief plötzlich die Vorhut.

Die gemeinsame Armee des Städtebundes mobilisierte ihre letzten Kräfte, um die sichere Festung zu erreichen.

Veringots Gedanken gingen mit ihm durch. Laut murmelte er das, was alle Männer der Armee dachten. „Endlich wieder gutes Essen. Endlich ein trockenes Bett. Endlich ..., was ist das?"

Es gab keine Festung! Das, was die jungen Soldaten erblickten, war ein gigantisches provisorisches Zeltlager. Überall stank es nach Abfall und Fäkalien. Veringot glaubte, dass der dichte Nebel, welcher über dem gesamten Camp lag, seinen Ursprung aus diesem unglaublichen Gestank ziehen mußte. Langsam durchschritten die Männer das Lager, bemüht nicht allzu tief einzuatmen. Aus unzähligen mitleidig blickenden Augen wurden sie beobachtet und gemustert. Am Ende des letzten Zeltes standen einige Palisaden und Wachtürme aus Holz. Für diese mußten scheinbar etliche der alten Urwaldriesen gefällt worden sein. Dann sahen sie das Ziel ihres Marsches. Die gigantische Brücke der tausend Namen. Wer sie einst gebaut hatte, wußte niemand mehr zu sagen. Jede Stadt hatte für sie einen anderen Namen und eine andere Entstehungsgeschichte. Doch sie zu schützen, war - neben der Aufgabe, Nachschub an Verpflegung und Waffen zu bringen - der Hauptgrund ihrer langen beschwerlichen Reise gewesen. Der Zugang zur Brücke, welche die beiden Ufer des Flusses Dragus verband, wurde durch ein etwa sechs Meter hohes Holztor gesichert. Auf den Türmen rechts und links neben dem Tor standen etliche Bogenschützen, die unablässig die Brücke beobachteten. Der Feind indessen hatte sein Lager am fünfhundert Meter entfernten gegenüber liegendem Ufer bezogen. Auch sie lebten nur in Zelten. Wie es schien, hatte die Zeit für beide Parteien noch nicht gereicht, feste Wälle und Häuser zu errichten. In wieweit ihr Zugang zur einzigen Brücke, die den Dragus überquerte gesichert war, konnte er jedoch nicht erkennen. Aber

Veringot erkannte die ausweglose Situation, in der sich die Mechloron und sie selbst sich befanden. Versuche, den Fluß mit Booten zu überwinden, konnten auf Grund der starken Strömung und der steilen Uferböschungen nur scheitern. Für einen massiven Angriff auf die Befestigungen der Brücke war eben jene wiederum zu schmal. Jeder Angriff mußte in einem Hagel aus Pfeilen enden.

„Da hätte der Tod dann wieder Arbeit", sprach Veringot zu sich selbst.

Der Fluß Dragus, welcher Gundwen teilte, trennte nun auch beide Armeen, und die Führer beider Seiten überlegten fieberhaft, wie sie das Problem lösen sollten.

„Wir werden Freitagnacht einen Stoßtrupp entsenden, der die lächerlichen Palisaden unserer Feinde niederreißen wird. Wenn dann die Brücke wieder frei und somit passierbar ist, können meine Elitesoldaten, die unerkannt etwa zweihundert Meter entfernt auf der Brücke warten, den Zugang einnehmen und halten, bis unsere Armee nachgerückt sein wird."

„Verzeiht, dass ich noch einmal frage, mein Fürst", sagte Valton, der Befehlshaber der Mechloron.

„Ihr wollt die Unbesiegbaren schicken?"

„Ja, so lautet mein Befehl", erwiderte Mechloron, der unumstrittene Herrscher seines Volkes.

Wie er wirklich einmal hieß, wußte niemand mehr, denn seit je her war es Sitte, dass der Herrscher des Landes auch dessen Namen trug. Aber schon immer waren die Mechloron und seine gleichnamigen Fürsten kriegerisch veranlagt und seit Eisenerz-Vorkommen in Gundwen bekannt wurden, lag endlich ein Grund vor, auch dieses Land zu erobern.

„Freitagnacht bei Neumond werden wir unseren Widersachern das Genick brechen", bekräftigte noch einmal lautstark Mechloron.

„Willkommen in unserem netten Lager", erklang eine Stimme. Sie kam aus einem der hinteren Zelte. Veringot und Hersus wendeten sich dem unscheinbaren Zelt zu. Eine große Gestalt trat aus dem Dunkel des Einganges hervor.
„Willkommen", wiederholte jener noch einmal seinen Gruß.
„Mein Name ist Senzus, und ich bin der Befehlshaber an diesem beschaulichen Ort."
„Wo ist Vandgeren?" fragte Hersus.
„Ja guten Tag, mir geht es auch gut", erwiderte Senzus. Er war zirka zwei Meter groß und extrem muskulös. Nur seine dünne hohe Stimme schien gar nicht zu seinem Äußeren zu passen. Jetzt, wo er näher an Veringot und Hersus herantrat, bemerkte Veringot, dass er überhaupt keinen Haarwuchs besaß. Dafür war jede erkennbare freie Stelle seines Körpers tätowiert.
„Entschuldigt meine Unbeherrschtheit", sagte Hersus mit tiefer Stimme. Veringot glaubte eine Absicht dahinter zu erkennen, dass Hersus so betont tief sprach.
„Ich bin Hersus von Herakes und der neue Befehlshaber dieser Stellung. Jetzt holt Vandgeren, oder ich lasse Euch auspeitschen."
„Welch hoher Besuch, bin ja ganz außer mir vor Freude", sprach darauf Senzus und verneigte sich tief. „An Vandgeren von Heron seid Ihr vor etwa acht Tagen vorbeigeritten."
„Wie das?" fragte jetzt schon etwas ungeduldiger Hersus.
„Nun wir haben ihn an dem Baum beigesetzt, an dem er starb", sprach mit Unschuldsmiene Senzus.

„Kamt Ihr in einen Hinterhalt?"

„Oh nein, der tapfere Vandgeren galoppierte so stolz und aufrecht sitzend auf seinem Pferd, dass er vor lauter Eitelkeit eine Astgabel übersah. Nun, da hat er gleich seinen ersten großen Kampf gegen einen Baum verloren."

Senzus lachte. Man konnte seine Abneigung gegen die Reichen und höher als er stehenden förmlich spüren.

„Ich bin froh, endlich das Kommando abgeben zu können", sagte er noch, drehte sich um und ging wieder zurück ins Zelt. Die gespielte Freude nahm ihm Veringot allerdings genauso wenig ab, wie Hersus.

Seit unendlich langer Zeit lief Arcen nun schon den kleinen unscheinbaren Waldweg entlang. Er schritt durch sehr dicht gewachsenen Farn und mußte sich ständig unter mit Stacheln bewährtes Gestrüpp hindurchzwängen. Die Sonne stand fast senkrecht über ihm und tauchte den ganzen Wald in ein schillerndes saftiges Grün. Arcen lachte vor sich hin, denn heute war alles anders. Heute wußte er, dass er träumte. Zum einen war es erst kurz nach Mitternacht und die Sonne konnte nicht scheinen. Zum anderem hatte er Kleidung an, die er außerhalb der Traumwelt gar nicht besaß. Langsam erfaßte ihn Ungeduld und die Angst wach zu werden, ohne die Frau seiner Träume gesehen zu haben, die er nun schon so lange vermißte. Dann kam ihm die Idee.

„Ich muss es nur mit aller Kraft richtig wollen", sprach Arcen laut in seinem Traum.

Plötzlich wurde der Weg breiter, um dann an einem sehr großen Baum abrupt zu enden. Oben in dessen Krone erkannte Arcen ein Baumhaus. Sofort begann der junge Schwertmeister den Baum zu erklimmen. Doch je näher er dem Haus kam, das hoch über ihm thronte, umso weniger traute er seinen Augen. In vielleicht zwanzig Metern Höhe breiteten sich die Arme des Baumes in einem Radius von etwa drei Metern aus und waren so dicht mit Pflanzen, kleineren Ästen und Moosen bewachsen, dass sie einen natürlichen Boden bildeten.

Weitere drei bis vier Meter höher wuchsen sie wieder zusammen, um dann in einer schönen und anscheinend wasserdichten Krone zu enden, welche die Funktion des Daches einnahm.

Arcen erreichte nach langem Aufstieg den sonderbaren Boden des eigentümlichen Hauses. Er sah sich um. Bis auf einige kunstvoll verzierte Sitzkissen, die inmitten des riesigen Zimmers lagen, war das Haus leer. Doch für Arcen strahlte es eine angenehme Ruhe aus. Er fühlte sich leicht und ausgeglichen. Überall wuchsen Blumen mit wunderschönen bunten Blüten aus den lebendigen Wänden heraus. Sie erinnerten Arcen an das Bild, welches ihm einst der Bilderhändler in Heron schenkte. Da bemerkte der Schwertmeister den Tisch. Er stand genau gegenüber dem Eingang und war eigentlich nur ein Auswuchs der Wand.

Wer kann ein Baum nur so wachsen lassen, dachte Arcen. Doch dann erinnerte er sich, dass er ja nur träumte. Mit einemmall waren seine Ausgeglichenheit und sein Wohlgefühl verschwunden. Arcen befürchtete schon aufzuwachen. Da bemerkte er das Blatt Papier, das auf dem Tisch lag. Seine Befürchtungen verflogen, und seine Aufmerksamkeit galt nur noch dem geschriebenen Worten.

DER SCHNELLE SCHLANKE BACH
REISST MIT SICH SO VIELE STEINE,
DOCH IN SEINER UNENDLICHEN HAST
LERNT ER VON IHNEN KENNEN KEINE

IM RUHIGEN BREITEN SEE
LIEGEN DIE STEINE FÜR LANGE ZEIT
UND UM SICH KENNEN ZU LERNEN
IHNEN ALLEN DIE EWIGKEIT BLEIBT

„Gefallen Dir die Zeilen?" fragte eine Stimme. Arcen schrak auf und drehte sich blitzschnell um.

Hinter ihm stand der unbekannte Soldat, den Arcen in seiner Traumwelt und in Heron schon einmal sah. Er war sehr groß und kräftig sowie in schwarze Sachen gehüllt, die keinerlei Einzelheiten erkennen ließen. Sein Blick schien Arcen zu durchbohren, was in Arcen ein Gefühl des Unbehagens hervorrief. Aus diesem Grund versuchte Arcen durch eine Frage, die Situation zu ändern.

„Wie ist Dein Name?" fragte er schnell, froh überhaupt eine Frage formuliert zu haben.

„Ich habe keinen persönlichen Namen. Wohl könnte ich Dir ein Dutzend Namen geben, die mir in verschiedenen Städten verabreicht wurden. Doch was würde das ändern? Nicht unsere Namen machen uns zu dem was wir sind, sondern unsere Taten."

Der Unbekannte machte eine Pause. Arcen, selbst nicht fähig zu sprechen, wartete geduldig darauf, ihm weiter zuhören zu können.

Dann sprach der Unbekannte erneut mit seiner tiefen Stimme.

„Ich weiß, dass Du meine Schwester liebst, so wie sie Dich. Euer beider Traumverbindung ist wirklich außergewöhnlich. Deshalb mache ich Dir ein Angebot. Komm zu uns nach Gundwen, damit Du meine Schwester persönlich treffen kannst. Du kannst dann eine Zeit bei uns leben, und ihr könnt euch kennenlernen. In Deinen Träumen werde ich Dir Deinen Weg zeigen. Sowohl zu unserem Volk, als auch zu Dir selbst."

Arcen war außer sich vor Freude. Sollte er am Ziel seiner Träume angelangt sein?

„Wie soll ich in so kurzer Zeit so viel lernen?" fragte er.

„Mach Dir keine Sorgen", sagte der Unbekannte. „Du wirst wie der Stein in einem reißenden Fluß sein. Vielleicht wirst Du mich nach Deiner Traumausbildung nicht so gut kennen, als wenn Du am Grund eines Sees liegen würdest. Aber der reißende Fluß wird den Stein besser formen als jeder ruhige See."

Als Arcen erwachte, schien die Sonne bereits durch das ge-öffnete Fenster, und ein süßlicher Geruch durchzog den Raum. Arcen war sich sicher, das Fenster gestern Abend geschlossen zu
haben, doch fühlte er sich seltsam befreit und gleichgültig. Auf jeden Fall wollte er sich jetzt darüber keine Gedanken machen.

VERINGOTS ERSTE UND LETZTE SCHLACHT

„Wo ist Senzus?" fragte nun schon zum dritten Mal Hersus von Herakes. Seit er das Oberkommando der vereinigten Streitkräfte des Städtebundes übernahm, waren bereits fünf Tage vergangen, und selbst der vornehme Veringot hatte sich schon leidlich eingelebt.

Nur noch zwei Tage, dann werde ich den Troß nach Hause führen, um neuen Nachschub an Männern und Material zu holen, dachte Veringot in stiller Freude bei sich.

„Wir haben ihn überall gesucht, aber nicht finden können", antwortete er allerdings laut auf Hersus gestellte Frage. „Sicher wird er aus Frust über seinen verlorenen Posten in irgendeinem Zelt liegen, um seinen Rausch auszuschlafen. Kann man ihm ja nicht ver..."

„Wir haben ihn gefunden", rief eine vor dem Zelt postierte Wachen und unterbrach damit Hersus. Durch den Eingang des Zeltes zwang sich eine kleine vielleicht einen Meter sechzig große Gestalt hindurch. Das Gesicht der Person war von zahllosen Narben und Falten überzogen und das Feuer, welches im Zelt brannte, fügte durch seine Schatten dem Ganzen noch etwas Gespenstisches hinzu. Die Kleidung, die der Mann trug, erinnerte nur noch entfernt an eben solche. Von Blut verschmiert und unendlich vielen Rissen durchzogen, konnte sie seiner Funktion unmöglich nachkommen.

„Entschuldigt, mein Herr", sprach er. „Ich war mit einigen Soldaten auf Außenposten unten am Fluß. Wir suchten nach einer Furt, konnten aber keine finden."

„Das ist ja alles ganz schön", sagte etwas gelangweilt und vielleicht auch genervt Hersus.

„Wer seid Ihr denn überhaupt?"

„Ich muss mich nochmals entschuldigen. Ich bin Senzus."

„Die Nacht ist weit genug fortgeschritten. Der Stoßtrupp soll den Angriff beginnen und die Unbesiegbaren können dann langsam und leise nachrücken."
„Sehr wohl, Fürst Mechloron", antwortete Valton auf den Befehl seines Herrn.
Draußen vor den Zelten der Mechloron begannen sich unzählige Soldaten zu sammeln, versucht dabei nur so wenige Geräusche wie nötig zu verursachen. In jedem Fall waren es so wenig, dass sie den ahnungslosen Wachen am fünfhundert Meter entfernten gegenüber liegenden Ufer nicht auffielen. Dann ging ein Ruck durch die bereits in Formation stehenden Soldaten und in hektischer Eile wurde eine Gasse gebildet. Die Unbesiegbaren marschierten auf. Stolz und mit erhobenem Haupt schienen sie über den Boden zu schweben. Kein Geräusch ging von den siebzig Elitesoldaten, Mechlorons Leibgarde aus. Nicht nur auf ihre Feinde wirkte ihr Auftreten geisterhaft. Auch die umherstehenden Soldaten wagten es nicht, ihnen in die Augen zu sehen, denn in den Augen der Unbesiegbaren war nur eines geschrieben: Der Tod.

„Wer war der Fremde, der Euren Namen trug?" fragte in aufgebrachtem Tonfall Hersus den selbst ahnungslosen Senzus. Es geschah nicht oft, dass Hersus seine Beherrschung verlor. Aber, dass keiner der fünftausend Soldaten im Lager den großen Fremden mit seinen auffälligen Tätowierungen gesehen haben wollte, war ihm mehr als nur ein Rätsel. Um die aufkommende Unruhe im Lager zu unterdrücken, ließ Hersus an die Soldaten Wein verteilen. Auch Veringot ließ es sich nicht nehmen, fleißig mitzutrinken.

Ich kann ja morgen auf dem Rücken meines Pferdes ausruhen, wenn ich wieder heimwärts reite. Nach Hause zu meiner Suelia. Wir werden dann zu dritt mit Arcen unter dem Zauberbaum sitzen und wie in alten Zeiten plaudern. Wie in alten Zeiten. Wie in ...

Veringot schlief aufgrund seines fortgeschrittenen Rausches ein. Die Feuer draußen im Lager waren fast heruntergebrannt und warfen nur noch wenig Licht in die mondlose Nacht. Überall lagen betrunkene schlafende Soldaten herum, die es nicht mehr bis in ihre Zelte geschafft hatten.

Das laute Schnarchen übertönte sogar das Zirpen der zahllosen Grillen, und nur die Frösche am nahen Fluß konnten mit ihrem Quaken noch gegenhalten. Aus einiger Entfernung erklang der Ruf einer Eule. Doch selbst die schlaftrunkenen Wachen, die auf den Türmen rechts und links neben dem Tor zur Brücke Wache hielten, hörten ihn nicht mehr. Ihre Gedanken kreisten um die Heimat, die daheim gebliebenen Verwandten, Frauen und Kinder. In einem Gefühl von Sicherheit, beigebracht durch den Genuß des Weines, fielen auch sie in tiefen Schlaf.

DER TOD DEN SCHLAFENDEN EREILT
IM SANFTEM TRAUM IHN MIT SICH NIMMT
ZUR VORBEREITUNG KEINE ZEIT IHM BLEIBT
KEIN SCHREI DURCHBRICHT DEN WIND

DER WACHE GEIST NICHT ÜBERRASCHT
SIEHT DEM TOD GELASSEN INS GESICHT
KÄMPFT RUHIG UND OHNE JEDE HAST
BIS ZU SEINEM JÜNGSTEN GERICHT
DER SORGLOSE SICH SICHER WIEGT

AUF ANDERE STEHTS VERTRAUT
SCHLÄFT SELBST IN FEINDLICHEM GEBIET
VOM TOD SEINER SEELE WIRD BERAUBT

Arcen legte den gelesenen Zettel beiseite. Ein Gefühl der Unbehaglichkeit überkam den jungen Schwertmeister. Wer das Blatt Papier unter seiner Tür hindurch geschoben hatte, interessierte ihn nicht. Letztlich wußte er es ohnehin. Er spürte, dass etwas Schlimmes im Gange war, und seine Gedanken galten Gundwen. Schon lange fiel ihm auf, dass an der Front etwas nicht stimmen konnte, denn seine Schüler, die von der Armee geschickt, zu ihm kamen, wurden immer jünger. Waren sie zu Beginn seiner Funktion als Ausbilder noch älter als er, lag ihr Alter nun schon unter dem seinem. Draußen vor seinem Fenster war es bereits dunkel geworden, und ein starker Wind wehte durch die Straßen von Heron. Er brachte etwas Abkühlung und erfrischte die stickige schwüle Luft. Hoch am Himmel zuckten Blitze, gefolgt von tiefem Donner. Ein lauter Knall, und das Geräusch von berstendem Holz ließ Arcen zusammenzucken.
„Der Zauberbaum", rief Arcen laut und eilte von seinem Haus aus hin zu den Stadttoren. „Es wird keinen Honig mehr vom Zauberbaum geben", sprach Arcen, nachdem er die Tore durchschritten hatte, zu sich selbst. Der Zauberbaum, zur Hälfte gespalten, stand in Flammen. Der einsetzende Regen löschte diese zwar schnell, doch stand für Arcen fest, dass es sich um ein Zeichen, ein böses Omen handelte. Er mußte jetzt handeln. Schnell rannte er zurück zum Haus seiner Eltern, lief in den Stall und sattelte sein Pferd. Dann ritt er hinaus in die Nacht. Auf den Hügeln vor der Stadt machte er noch einmal halt und sah zurück nach

Heron. Vor den Toren erkannte er seinen alten Lehrer Serenson. Sie sahen sich in die Augen, und nach endlos erscheinenden fünf Minuten ritt Arcen, ohne sich noch einmal umzudrehen, davon. In seinem Innersten spürte, nein wußte er, dass er Heron und Serenson nicht mehr wiedersehen würde. Doch jetzt konzentrierte sich Arcen auf das, was vor ihm lag.

Der lange Weg nach Gundwen. Serenson sah seinem besten Schüler noch lange hinterher. Selbst als die Nacht und der Regen Arcen schon lange verschlungen hatten, mochte er seinen Blick nicht abwenden. Aber die einsetzende Kühle bewegte ihn dann doch zum Heimweg. Er fühlte sich alt und spürte den nahenden Tod. Seinen Tod.

„Macht Platz, Ihr Narren, wir, die Unbesiegbaren, machen eure Arbeit."

Der Stoßtrupp schritt zur Seite. Ihr Auftrag, das feindliche Brückentor einzunehmen und den Weg für Mechlorons Leibgarde zu ebnen, wurde, ohne dass sie auch nur eine Kampfhandlung geführt hatten, von den Elitesoldaten Mechlorons unterbunden. Die Soldaten fühlten sich in ihrem Stolz verletzt, doch traute es sich wiederum auch niemand zu, den Unbesiegbaren zu widersprechen. Letztlich waren sie auch froh nicht kämpfen zu müssen. Lieber, ein ängstlicher lebender Soldat, als ein mutiger toter Krieger, dachten die meisten von ihnen. Diese Denkweise widersprach komplett der Natur der Unbesiegbaren. Geräuschlos glitten die siebzig Krieger an den zitternden Soldaten des Stoßtrupps vorbei. Sie schienen förmlich über die Brücke zu schweben und kamen dem gegenüberliegenden Ufer und seinen Befestigungen immer näher. Dann wurden sie vom aufkommenden Nebel verschlungen. Auf die sich am Ufer sammelnden

Soldaten wirkte es, als würde jeder einzelne der Unbesiegbaren selbst zu Nebel werden. Die Truppen sammelten sich und dann trat Mechloron, gefolgt von Valton, an die Spitze seiner Armee. Von nun an hieß es warten. Warten auf ein Zeichen der Unbesiegbaren. Die Feuer im Lager der Mechloron brannten herunter und es wurde so dunkel, dass man nicht mehr die Hand vor Augen sehen konnte. Einzig die schwach scheinenden Feuer des Feindes am gegenüberliegenden Ufer waren noch als kleine leuchtende vom Nebel verzerrte
Punkte auszumachen.

Die hohen Palisaden und die schlafenden Wachen stellten kein Hindernis für Mechlorons Elitesoldaten dar. Sie stellten sich am Fuß des Tores auf, die Nachfolgenden stiegen auf deren Schultern und so bildeten sie eine lebende Leiter. Von den sich in süßen Träumen befindlichen Wachen, sollte keine mehr den kommenden Tag erleben. Nach dreihundert Sekunden war alles vorbei und die Tore weit geöffnet.

„Da ist das Zeichen, mein Fürst", rief aufgebracht, unfähig seine Anspannung zu verbergen, Valton. Hoch oben am Himmel erschien ein leuchtender Punkt, dessen Ursprung ein abgeschossener Brandpfeil war.

„Kämpft, diese Nacht ist die unsrige", schrie mit lauter und durchdringender Stimme Mechloron, und der Angriff begann.

„Was ist das?" schrak Veringot auf. Er hatte sich stundenlang im Halbschlaf hin und her gewälzt, bis er von einem Gefühl der Angst und Panik aufwachte. Hoch am dunklen sternen- sowie mondlosen Himmel leuchtete ein schwaches Licht.

„Was ist das?" wiederholte der noch immer schlaftrunkene und vom Restalkohol gezeichnete Kaufmannssohn. Er trat aus seinem Zelt hervor, bemerkte noch einen links neben sich stehenden Schatten und sah einen blanken Gegenstand auf sich zu schnellen. Von einem harten Schlag wurde er zu Boden geworfen. Warmes Blut lief über sein Gesicht, verklebte und brannte in seinen Augen. Dann wurde ihm ganz leicht zumute. Fern am Himmel sah er ein Licht, und ganz gedämpft hörte er leise Stimmen. Seine Sinne schwanden und Dunkelheit umhüllte ihn.

„Ich habe doch ausdrücklich Ruhe befohlen", sagte Hersus, während er aus seinem Bett sprang.

Er schlug die Wand des Einganges zu seinem Zelt zurück und spürte in diesem Moment einen stechenden Schmerz in seiner Brust. Sein Blick glitt abwärts und blieb an dem Stück Stahl heften, dass aus seiner Brust hervortrat.

„Ein sauberer Wurf", stammelte er. Blut floß aus seinem Mund, und er stolperte vorwärts über eine seiner toten Wachen. Langsam kämpfte sich Hersus, bemüht nicht die Besinnung zu verlieren, empor. Er hatte es bereits geschafft auf seinen Knien zu hocken, als eine große Gestalt hinter ihn trat. In beiden Händen hielt sie ein mächtiges Kampfschwert. Hersus blickte sich um und konnte doch nur stehende Feinde sowie hunderte getöteter Freunde und Verbündete sehen. Die feindliche Armee hatte sie überrannt und ihr Anführer stand nun mit erhobenem Schwert hinter ihm. Das letzte, was Hersus von Herakes noch vernahm, war das Surren des niedersausenden Schwertes. Dann trennte Mechlorons Klinge mit einem einzigen gezielten Schlag das Haupt Hersus von dessen Rumpf.

GUNDWEN

Von großer Eile getrieben, lief Arcen den Lauf der Straße folgend durch den Wald. Sein Pferd hatte sich beim Sprung über einen vom Unwetter umgeworfenen Baum tödlich verletzt und so rannte er nun schon seit Stunden und unter großen Anstrengungen immer weiter seinem Schicksal entgegen. Tränen der Enttäuschung, der Anstrengung und der Hoffnung rannen über seine Wangen, fanden den Weg zu seinem Kinn und stürzten sich hinab in den aufgeweichten Boden zu seinen Füßen. Arcens Lungen brannten wie Feuer, das Atmen bereitete ihm unendlich viele Schmerzen, und seine Muskeln waren bis zum Bersten angespannt. Motorisch und keinen Gedanken fähig setzte er einen Schritt vor den anderen,

erfüllt von der Sehnsucht zu seiner unbekannten Liebe und der Hoffnung, nicht zu spät zu kommen. Er wußte nicht was geschah, doch spürte er, dass Eile vonnöten war. Nachdem Arcen vor Erschöpfung schon des Öfteren zu Boden gestrauchelt und sich mühsam wieder empor gearbeitet hatte, die ganze Straße war von einem rutschigen schlammigen Film überzogen, schaltete sich sein Hirn wieder ein. Es suggerierte Arcen, dass er umsonst rannte, pausieren solle und sich ausruhen müsse. Doch Arcen kannte diese Gedankengänge. Früher, als er noch mit seinem Vater trainierte, verspürte er diese Gedanken oft. Immer, wenn er vor Erschöpfung kaum noch stehen konnte und sein Vater ihm neue Übungen auftrug, kamen diese Gedanken, begleitet von großem Schmerz. Doch wenn man diesem Schmerz standhielt, konnte Arcen immer weiter trainieren. Die Schmerzen, eine Schutzfunktion des Körpers, ließen sich noch tausendfach steigern, bevor die Ohnmacht einsetzte. In diesem Moment stürzte Arcen am Fuß eines großen und sehr alten Baumes zu Boden. Vor ihm stand ein Grabmahl, geschnitzt aus Holz. Arcen las den eingeritzten Namen, Vandgeren von Heron. Dann verlor er die Besinnung.

Die Sonne stand fast senkrecht über der Straße, die wie eine Narbe das Land durchschnitt.

„Steh auf und folge mir", sprach eine bekannte Stimme zu ihm. Arcen blickte auf und sah den Soldaten aus seinen Träumen, den Bruder seiner Liebe und seinen zukünftigen Lehrer. Das er von ihm lernen könnte, stand für Arcen außer Frage. Aber andere Fragen durchzogen sein Hirn.

Wie soll ich den Soldaten nennen, komme ich noch Rechtzeitig ins Lager und... Arcens Gedankengänge wurden vom Namenlosen unterbrochen.

„Du kannst, wenn es Dir hilft, mich nennen wie Du willst. Ein Soldat bin ich aber sicher nicht, denn ich kämpfe nicht für Sold. Ich bin ein Krieger Gundwens und werde Dich, wenn Du würdig bist, in unseren Fähigkeiten unterrichten. Das Lager Eurer vereinigten Städte existiert nicht mehr. Ihr wurdet in einer einzigen Nacht geschlagen. In diesem Augenblick reiten schon hunderte Soldaten Mechlorons durch die Wälder von Gundwen nach Heron. Da Du nun schon tagelang bewußtlos am Fuße des Baumes liegst, solltest Du langsam aufwachen und Dich verstecken, denn die Reiter werden bald hier sein."

„Ich liege bewußtlos noch immer unter dem Baum, Vandgerens Grab?" fragte Arcen. Ihn belustigte auf eigenartige Weise der Gedanke noch immer zu träumen. Dann wachte er, von starkem Hungergefühl geweckt, auf. Er spürte, wie der Boden unter ihm vibrierte und dann durchzuckte ihn der Gedanke wie ein Blitz.

Die Mechloron kommen. Die Straße bebte unter den unzähligen Hufen der Pferde. Arcen rollte sich von der Straße herunter und versteckte sich im Gestrüpp des Waldes. Aufrecht sitzend mit stolz erhobenem Kopf ritten erst siebzig Reiter, die sich äußerlich so ähnlich sahen, dass Arcen nicht fähig war, sie von einander zu unterscheiden, an ihm vorbei. In einigem Abstand folgten ihnen dann Hunderte anderer, die an Ausstrahlung mit den siebzig Vorangerittenen aber nicht konkurrieren konnten. Sie waren ein bunt durcheinander gemischter Haufen, der deutliche Mängel an Disziplin und Ordnung erkennen ließ. Die Straße war jetzt nicht mehr sicher. Arcen überlegte sein weiteres Vorgehen. Nach Heron zurück, seine Freunde und Verbündete zu warnen, konnte er nicht mehr. Es stand außerhalb seiner Möglichkeiten die Reiter zu überholen, um dem wehrlosen Städtchen im Kampf beizustehen. Der Straße weiter zu folgen, war sinnlos geworden, denn es gab dort weder Freunde noch Verbündete. Das Lager am Rand des Dragus existierte nicht mehr. Arcen entschloß sich mitten durch den Wald zu gehen. Er hoffte dort seinen zukünftigen Lehrer und die Frau, die er liebte, zu finden. Aber eines Tages würde er zurückkehren, um den Tod seines Freundes Veringot, denn das stand für Arcen außer Frage, zu rächen. Doch die Zukunft lag noch in weiter Ferne, und im Augenblick der Gegenwart verspürte Arcen nur den tagelang aufgestauten Hunger und Durst. Von starkem Schwindelgefühl geplagt, stapfte Arcen durch den Wald. Zu seinem Glück hatte er einen kaum sichtbaren Waldweg gefunden, und den lief er bereits seit Stunden mißmutig entlang. Dabei steckte sich Arcen alles, was er für eßbar hielt, in den Mund. Darunter Beeren, die ihn erbrechen ließen und seltsame Schoten, die nicht schmeckten, aber ein Gefühl der Leichtigkeit bei Arcen hervorriefen. Von ihnen verspeiste er noch einige und kam dabei unbemerkt an einen kleinen, vielleicht sechs Meter breiten, aber doch recht tiefen Fluß.

„Das muss ein Ausläufer des Dragus sein", sprach Arcen, der nun schon fast in Trance schwebte, zu sich selbst. Dann schwanden seine Sinne, und er stürzte kopfüber hinab.

Wo bin ich? Hier war ich doch schon mal. Arcen hatte seine Augen weit aufgerissen und sah sich um. Er schwebte in der kühlen Luft des bevorstehenden Morgens, die Sonnenstrahlen der aufgehenden Sonne brachen sich tausendfach im Nebel, und Arcen fühlte sich so unendlich leicht, als könne er fliegen. Er konnte fliegen! Warum er dieses konnte, war ihm in seinem derzeitigen Zustand egal.

Außerdem war Arcen zur Überzeugung gelangt, dass er träumen würde, und so maß er den Dingen nicht die Bedeutung bei, die sie vielleicht verdienen würden. Arcen begnügte sich damit, seine Umgebung weiterhin zu mustern. Er befand sich in einem vielleicht sechs Meter breiten Canyon. Unter ihm wogte im frischen Wind herrliches saftiges, etwa ein Meter langes, grünes Gras. Erst jetzt bemerkte Herons Schwertmeister, dass es wohl frisch war, aber kein Wind wehte. Doch noch immer, vielleicht auch aus Angst davor aus seinem vermeintlichen Traum zu erwachen, bemühte sich Arcen nicht den Dingen auf den Grund zu gehen und sie zu erforschen. Er fühlte sich seltsam entspannt und ausgeruht. Selbst sein Hunger und vor allem sein Durstgefühl waren erfreulicher Weise befriedigt. Sein Interesse galt einzig der Beobachtung und der Hoffnung, die einzige Liebe, die ihm geblieben war, zu finden. Wie er so über den gestreckten zwischen zwei und vier Meter tiefen Canyon glitt, bemerkte Arcen, dass er verfolgt wurde. Sein Schwert ziehend, drehte er sich blitzschnell um und mußte lachen. Hinter ihm flog ein Fisch. Es war ein vielleicht zwei bis drei Meter langer Wels.

„Bei Deiner Größe mußt Du schon ganz schön alt sein", sagte Arcen laut, während er sich vor Lachen schüttelte.

Die Szene erinnerte Ihn an einen alten Traum, als er selbst fliegend, einen ebenso fliegenden Delfin traf. Doch wirkte damals der Delfin durch seine horizontal verlaufende Brust und Schwanzflosse eher wie ein gleitender Vogel auf Arcen, als dieser alte Fisch.

„Was amüsiert Dich so?" fragte der Wels. „Hast Du keinen Respekt vor dem Alter?"

Arcens Lachen verstummte schlagartig. Sein Gesicht glich jetzt mehr einer Maske, und dass er seinen Verstand verloren haben mußte, war ihm nun auch klar.

„Wieso kannst Du fliegen?" platzte es aus Arcen heraus. Gleichwohl war er sich bewußt, dass er eigentlich ja auch nicht fliegen konnte, und wieso konnte er sich überhaupt mit einem Fisch unterhalten?

„Wieso kannst Du fliegen?" äffte der Wels Arcen nach. „Ich sollte Dich besser fragen, wieso Du unter Wasser atmen kannst."

„Unter Wasser atmen?" stammelte Arcen, die Worte des Fisches wiederholend nach.

In diesem Moment spürte er, wie sich seine Lungen verkrampften und hustend, sich dabei übergebend, warf er seinen Kopf empor und tauchte aus den Fluten des Flusses auf. Mit letzter Kraft schaffte er es, die paar Meter bis zum Ufer zurückzulegen. Am Ufer angekommen, wollte sich Arcen die Böschung empor kämpfen, doch erwarteten ihn dort schon hilfreiche Hände. Dankbar, nach der entgegengestreckten Hand greifend, sah Arcen auf und sah SIE. Fünf Minuten vergingen, ohne dass Arcen die Zeit registrierte.

Dreihundert Sekunden, in denen sich Arcen und seine unbekannte Liebe stumm in die Augen sahen. Kein Wort wechselte zwischen den beiden. Er sah ununterbrochen in ihre wunderschönen Augen, bemerkte die Traurigkeit in dessen Blick, die Wärme, die von ihnen auszugehen schien, und er versank, nicht einer Bewegung fähig, in deren Tiefe. Die Ewigkeit, das Gestern und das Morgen, hatten Arcen eingeholt. Zeit hörte auf zu existieren, und die Unendlichkeit hielt ihn fest umklammert, küßte seine Stirn und ließ ihn in tiefen Schlaf fallen.

Von sanftem Vogelgesang und warmen Sonnenstrahlen geweckt, die sein Gesicht kitzelten, schlug Arcen die Augen auf und sah durch das teilweise geöffnete Dach den blauen Himmel über sich. Er lag in einem kleinen Zimmer, und durch das Blätterdach rauschte der frische Wind. An der Ostseite des Zimmers war die ganze Wand geöffnet worden, und die aufgehende Sonne schickte ihre wärmenden Strahlen hindurch. Arcen zuckte zusammen. Denn die Morgensonne erhellte nicht nur das Zimmer. An seinem Fußende saß SIE, und das Licht spiegelte sich in ihren Augen wieder, ließ sie glitzern wie einen kristallklaren Bergsee. SIE mußte die ganze Nacht an seinem Bett gesessen haben, denn die Müdigkeit war ihr anzusehen. Da bemerkte SIE sein Erwachen, und ihre Müdigkeit schien sich so aufzulösen wie Nebel am Morgen. SIE lächelte und nickte Arcen aufmunternd zu. Auf ihren schmalen

Wangen zeichneten sich zwei Grübchen ab, und in ihren Bewegungen lag so viel Anmut, dass

Arcen hoffte, die Zeit würde erneut für ihn stehen bleiben und nie mehr weiterlaufen.

„Einen wunderschönen guten Morgen", sagte Arcen, vergewisserte sich mit einem Blick unter seine Bettdecke, dass er Kleidung trug und sprang aus seinem Bett. Er nahm SIE bei den Händen, und so standen sie vor der geöffneten Wand, hoch über dem Blätterdach von Gundwen.

Überall erkannte Arcen Häuser, die sich wie das ihrige in den Kronen der Bäume befanden. Sie waren alle durch Stege und Hängebrücken verbunden, auf denen in Schwindel erregender Höhe Kinder spielten. Die Vögel sangen ihre Lieder, und Arcen fühlte sich zum ersten Mal in seinem Leben glücklich.

„Ich habe Dich so lange gesucht, von Dir geträumt und mich nach Dir gesehnt", sprach Arcen und spürte, dass seine Worte im Grunde ohne Bedeutung waren.

Denn in seinem Herzen wußte er, dass es ihr ebenso erging. Arcen wollte nach ihrem Namen fragen, doch verstummte er sofort. Zum einen wollte er die Magie, die sich wie ein Mantel um sie beide zu legen schien, nicht durch unbedachte Bemerkungen zerstören. Zum anderen erinnerte er sich daran, was sein neuer Lehrer, ihr Bruder, einst zu ihm sagte. Dass die Bewohner Gundwens keine Namen führen. Denn Namen sind nach ihrer Ansicht, nur der Wunsch des Egos einer Person, den guten Taten das Gesicht der Person zu verleihen, welche diese verübt hat, damit das Ego der Person in der Öffentlichkeit und nach Möglichkeit noch bis über deren Tod hinaus glänzen könne. Egoismus und Namen sind für die Bevölkerung Gundwens ohne Bedeutung. Wenn jemand große Heldentaten vollbringt, solle dies uneigennützig geschehen. Was zählt, ist die Tat an sich und nicht, wer sie vollbringt. Langsam verstand Arcen die Worte, doch war es ihm noch nicht möglich, seine bekannte Welt des Egoismus aufzugeben, wo er doch sein ganzes Leben lang danach gestrebt hatte, der beste und angesehenste Schwertmeister zu werden. Sein Lehrer sagte darauf, dass

Ehrgeiz, sich selbst zu verbessern und neue Fähigkeiten hinzuzulernen, im Grunde gut sei. Erst wenn man versucht der Beste zu sein, um berühmt zu werden und seinen Ehrgeiz dazu benutzt, sein Ego zu nähren, seine Energie dafür verschwendet, um vor anderen zu bestehen, verschwendet man sein Leben für Dinge ohne Bestand. Man versucht so zu sein, wie man annimmt sein zu müssen, damit die Öffentlichkeit zu einem aufblickt und bewundert.

„Na, da hast Du ja meine Schwester endlich getroffen und wie es aussieht, mitten ins Herz", sprach Arcens neuer Lehrer, der den Raum soeben betrat und beendete damit dessen Gedankengänge.

Arcen wendete sich ihm zu und mußte gleichzeitig aufsehen, denn er überragte Arcen um etwa zwanzig Zentimeter. Jetzt, wo er genau vor ihm stand, konnte Arcen sehen, dass er keinen Haarwuchs, dafür eine Unmenge an Tätowierungen besaß. Er lachte, da er offensichtlich bemerkte, wie Arcen fieberhaft überlegte, wie er ihn ansprechen solle.

„Nenne mich einfach Meister, denn der werde ich die nächste Zeit für Dich sein. Ach ja, das Frühstück ist fertig."

Darauf drehte er sich zur Tür und verließ mit katzenartiger Geschmeidigkeit den Raum. Nur sein Lachen war noch längere Zeit zu hören, bis auch dieses verstummte. Arcen blickte wieder seine Liebe an. Sie hielten sich noch immer bei den Händen. Dann machte SIE eine Geste mit der Hand in Richtung Tür und Arcen versuchte galant zu sagen:

„Bitte nach Dir."

Dabei sah er in ihre Augen und bemerkte deren traurigen Blick. Tränen spiegelten sich in ihnen wie kleine Gebirgsseen im Sonnenlicht. Mit einem sanften Augenaufschlag vertrieb SIE die kleinen Tränen, und während SIE vorausging, folgte er ihr. Arcen war nicht fähig zu sprechen und so schritten sie still, über eine der Hängebrücken entlang, zu einem riesigen mehrstöckigem Baumhaus. Unter ihnen, in vielleicht dreißig Metern Tiefe, floß ein kleiner Bach, an dessen Ufer einige Rehe tranken.

Arcen war noch immer von diesem Naturschauspiel überwältigt. Doch ergriffen ihn auch Sorgen. Sorgen, resultierend aus dem traurigem Blick, der noch immer an seiner Hand laufenden Frau, die er nun endlich gefunden hatte. Gefunden, hier in Gundwen.

SUELIA

Seit sechs Wochen war Heron nun schon in der Hand der Mechloron. Widerstand hatte es fast keinen gegeben. Die Mehrzahl der Einwohner war geflohen und die wenigen, die geblieben waren, mußten sich jeden neuen Tag den Demütigungen der Besatzer aussetzen. Suelia arbeitete in einer kleinen Schenke und bediente dort die fremden Soldaten. Ihr Mann, der einst der reichste Kaufmann von Heron gewesen war, war mit sämtlichen Habseligkeiten, die er besaß, allein geflohen. Suelia blieb zurück. Nach seiner Ansicht hatte er sie in dem Moment gekauft, als sie zu ihm gezogen war.

Sie konnte bei ihm schlafen, und er gab ihr Nahrung und schöne Kleider, in denen sie neben ihm in der Öffentlichkeit glänzen konnte. Doch nach ihrer Hochzeit und den folgenden Nächten verlor er sein Interesse an ihr. Der Reiz des Neuen war verflogen und

„Die Ware verliert ihren Wert", pflegte der reiche Kaufmann stets zu sagen, womit er Suelia immer wieder demütigte und erniedrigte.

Erniedrigungen waren ihr somit zur Gewohnheit geworden. Vor langer Zeit, als sie noch mit Veringot verlobt gewesen war, wäre sie davon gelaufen, oder hätte die Probleme von ihrem Verlobten lösen lassen. Doch jetzt mußte sie durchhalten! Denn Suelia war schwanger! Geschändet und vergewaltigt von einem hergelaufenen Söldner, hatte sie viel verloren. Nur ihren Mut und den unabdingbaren Willen zu leben, besaß sie noch. Sie würde überleben, egal wie. Sie mußte es, allein für ihr noch ungeborenes Kind. Noch war ihre Schwangerschaft nicht sichtbar, und Suelia konnte ihrer Arbeit nachgehen. Ihre eigene Zukunft war ihr egal. Ich lebe hier, jetzt und heute, wen interessiert der Morgen, pflegte sie sich immer wieder aufs Neue ins Gedächtnis zu rufen.

Es war spät in der Nacht, und Suelia befand sich auf dem Weg, von der Schenke zur dahinter liegenden Scheune. Dort schlief sie mit einigen anderen Frauen, die ihre Männer bei Kämpfen verloren hatten, eng zusammen gepfercht auf altem Stroh. Nachts, wenn sie mit offenen Augen dalag und keinen Schlaf fand, hörte sie die herum rennenden Ratten, Frauen die ihre Freier befriedigten und die vielen Tränen und Schreie der Hoffnungslosen.

Soeben erreichte sie die Scheunentür, als ein fremder Soldat nach ihr griff. Mit seiner Faust zertrümmerte er ihre Nase, und dann begann er die ohnmächtig werdende Suelia zu entkleiden.

Doch ohnmächtig wurde Suelia nicht. Blanke Wut und unbarmherziger Haß erfaßte sie und ließ sie stark werden. Sich ruhig stellend, zog sie das Messer des Söldners aus dessen Gürtel. Dann stieß sie es ihm direkt ins linke Ohr, zog es heraus und stach immer wieder zu. Sie befand sich im Blutrausch. Der Angreifer wurde zum Opfer. Dass hinter ihr - verborgen von der Dunkelheit - eine Gestalt verharrte, bemerkte sie nicht. Aus haßerfüllten und finster blickenden Augen wurde Suelia beobachtet. Die Gestalt, ein Krieger der Unsterblichen, verschmolz förmlich mit der Nachtschwärze. Es hätte eines scharfen und wachsamen Auges bedurft, ihn zu entdecken. Doch Suelias Augen waren blutverschmiert und ihre Blicke glitten hastig umher.

Kein Mensch zu sehen, dachte sie, sich in Sicherheit wiegend. Unten beim Vieh wusch sie ihr zerschlagenes Gesicht. Dann stieg sie weinend die Leiter zum Boden empor. Die Frauen dort oben interessierten sich nicht für Suelias zerrissene und blutverschmierte Kleidung. Jede war sich selbst die Nächste und ihre ständigen Bekundungen zusammenhalten zu müssen, nur leere Phrasen.

Suelia legte sich zu Boden und schlief sofort vor Erschöpfung ein. Draußen an der Bodenluke, die einen Spalt breit offenstand, blitzten kurz im Mondlicht ein paar Augen. Dann entfernte sich die düstere Gestalt.

Am nächsten Morgen wurde Suelia unsanft von einem Tritt in den Rücken geweckt.

„Steh auf, Du Hure", sagte ein Soldat lautstark und zerrte Suelia an ihren Haaren zur Leiter, von wo er sie herunterwarf. Sie verlor das Bewußtsein und kam erst wieder im Kerker zu sich. Dort erfuhr sie von ihrer Verurteilung zum Tode. Die Vollstreckung sollte aber, aus Angst vor Unruhen, in Mechloron erfolgen. Suelia zweifelte daran, dass sich in Heron auch nur irgendjemand wegen ihrer Hinrichtung aufregen würde. Aber auch ihr war zu Ohren gekommen, dass sich die Reste ihrer Armee mit den Streitkräften von Herakes und Hunteron neu formierten. Anscheinend wollten die Mechloron kein Risiko eingehen. Wahrscheinlich würde sie ohnehin schon auf dem Weg beseitigt werden, dachte Suelia.

Dann kamen die Wachen, zerrten sie hinaus ins grelle Tageslicht und warfen sie auf einen Wagen. Suelia mußte die Augen schließen, so gleißend hell war es um sie herum.

Langsam erkannte sie ihre Umgebung. Sie lag auf einem einachsigen kleinen hölzernen Wagen, der von einem dunkelbraunen Pferd gezogen wurde. Sie war an ihren Händen und Füßen gefesselt und bekam schwer Luft.

„Ihr wisst, was zu tun ist", sagte ein Offizier zu den beiden Männern auf dem Kutschbock.

„Ja, Herr", antwortete einer der beiden, und sein Lachen gefiel Suelia überhaupt nicht.

Das lag weniger am Speichel, der aus seinem zahnlosen Mund tropfte und den er mit seinem Ärmel großzügig in seiner Umgebung verteilte. Auch dass die Feuchtigkeit ihr Gesicht benetzte, machte Suelia keine Angst. Es war die Art, wie der Mann lachte und den Gesichtsausdruck, den er dabei hatte. Sie hatte solch Lachen hundertmal gehört, wenn sich die heruntergekommenen Soldaten Mechlorons an den hilflosen Frauen in der Scheune vergingen. Sie wußte, was sie erwartete. Doch Suelia würde kämpfen. Kämpfen mit den Möglichkeiten, die sie hatte.

GUNDWENS SCHATTEN

„Das sind mindestens sechs Meter!" staunte Arcen, der mit seiner namenlosen Liebe die große Eingangshalle betreten hatte.

„Wie kann man Bäume dazu bringen so zu wachsen?" fragte er seine noch immer schweigende Begleiterin. Er hatte begriffen, dass es sich bei diesem sechs Meter hohen und vielleicht fünfzig Meter im Durchmesser großen, kreisrunden Baumhaus um ein Gebilde aus mehreren Bäumen handelte. Sie befanden sich jetzt in vielleicht siebzig Metern Höhe und Arcen überlegte sich wie lange ein Baum braucht, um so hoch zu wachsen.

„Etwa fünfhundert Jahre", sagte in diesem Moment Arcens Meister, der am Ende der Halle wartete.

Ob er meine Gedanken lesen kann, schoß es Arcen durch den Kopf. Aber er fragte etwas anderes.

„Wenn ich Euch mit Meister ansprechen darf, kann ich dann Eurer Schwester auch einen Namen geben? Es würde mir sehr helfen."

„Das solltest Du sie und nicht mich fragen, und jetzt laßt uns essen."

Er drehte sich um, ging durch eine Tür, um den dahinter liegenden Raum zu betreten.

„Darf ich Dich Rose´ nennen?" fragte Arcen seine Begleitung und sprach, als er keine Antwort erhielt, weiter. „Das schönste, was ich besitze, ist das Bild einer Rose und dieses ist das Einzige, was sich nur ansatzweise mit Deiner Anmut und Schönheit messen kann."

Mit diesen Worten überreichte er ihr das Bild, welches er solange unter seinem Hemd getragen hatte. Wenn nicht ihr, wem sollte er es dann schenken? Das Wertvollste, was er besaß, hatte er ihr schon gegeben. Sein Herz.

Rose´ lächelte, ihre Grübchen zeichneten sich auf ihren zarten Wangen ab, und doch sah Arcen in ihren wunderschönen Augen die kleinen verborgenen Tränen.

Er spürte, wie er in Hilflosigkeit zu versinken drohte, fühlte sich allein und unfähig ihr helfen zu können. Dann kam alles so plötzlich und unerwartet für Arcen, dass alles vorbei war, bevor er es begreifen konnte.

Rose´ streckte sich zu ihm empor und küßte seine Stirn. Er sah, wie sich ihre Brust unter ihrer Kleidung abzeichnete, spürte ihre Hände an seinem Hals, und seine aufkommende Erregung ließ seinen Atem stocken. Er fühlte sich wie im Rausch und bemerkte gar nicht, wie er, von Rose´ gezogen, den nächsten Raum betrat.

Sie befanden sich in einer Halle, in der eine riesige Tafel stand. Die Tische waren alle zu einem Kreis aufgebaut worden und dieser maß mindestens dreißig Meter im Durchmesser. An ihnen saßen so viele Menschen, dass Arcen nicht vermochte ihre Anzahl zu schätzen. Über ihnen allen schien die Sonne durch das wiederum kreisförmig geöffnete Dach.

Wieso ist es überhaupt noch so warm? Es mußte doch schon längst Herbst sein, wunderte sich Arcen im Stillen. Doch seine Gedanken wurden je unterbrochen, denn nachdem die Menschen bemerkten, dass Rose´ und Arcen den Saal betreten hatten, verstummten sie und erhoben sich von ihren Plätzen.

„Ich bitte Euch, dass ist nicht nötig", sagte Arcen laut.

Arcens Meister lachte lauthals los und fiel dabei, denn er war der einzige, der noch gesessen hatte, von seinem Stuhl herunter. Doch selbst unten auf dem Boden krümmte er sich noch vor Lachen.

„Sie meinen nicht Dich", sprach er seinen Bauch haltend. „Sie zollen ihrer Anführerin den Respekt, den sie verdient."

„Anführerin? Aber ich dachte, es gibt bei Euch keine Unterschiede", sagte Arcen fassungslos.

„Es gibt immer zwei Führer in unserem Volk", erwiderte Arcens Meister. „Dass es in dieser Generation meine Schwester und ich sind, ist Zufall, denn die Anführer meines Volkes werden nicht durch Geburtsrecht, sondern auf Grund ihrer Fähigkeiten, ausgewählt. Meine Schwester zum Beispiel ist, wie Dir sicher aufgefallen ist, stumm. Aber sie vermag Dinge zu sehen, die noch nicht geschehen sind und manchmal erst Jahre später eintreffen. Ja, und einen Teil meiner Fähigkeiten kennst Du ja bereits."

Sie ist stumm! Jetzt wurde Arcen alles klar. Er nahm ihre Hand erneut und flüsterte ihr ins Ohr, dass es ihm egal sei, ob sie sprechen könne oder nicht, denn er liebe sie mehr als alles andere auf dieser Welt. Sie lächelte ihm zu und bemühte sich dabei, ihre Tränen weiterhin zu verbergen. Arcen begriff zu diesem Zeitpunkt noch nicht den Grund ihrer Trauer. Er setzte sich an die Tafel und konnte nun endlich, nach langer Fastenzeit, seinen Hunger stillen.

So ist aus Herons Schwertmeister wieder ein Schüler geworden, dachte Arcen bei sich. Er freute sich auf die bevorstehende Zeit, denn um Veringots Tod zu rächen, musste er noch viel lernen. Später, nach dem Essen fragte er seinen Meister, wann sein Unterricht beginnen würde und wo sie überhaupt waren.

„Dein Unterricht hat schon begonnen, und Du bist in Gundwen", antwortete dieser darauf.

„Ich weiß Meister, aber wo in Gundwen bin ich? Es muss längst Herbst sein, aber kein Blatt im Wald färbt sich, und nichts deutet auf den Winter hin."

„Du kannst doch denken?" fragte erneut Arcens Meister. „Also nutze Deinen Kopf. Ich muß für einige Tage fort. Erhole Dich erst einmal von den Strapazen Deiner Reise."

Er drehte sich um und verschwand.

Sollte ich, als ich in Trance zu schweben schien, unbemerkt den Dragus überquert haben? Dann muss das kleine Flüßchen in Wahrheit fast einen halben Kilometer breit gewesen sein.

Später erfuhr Arcen von seinem Meister, dass er tatsächlich in der Südhälfte von Gundwen war. Der Fluß Dragus trennt nicht nur das Land, sondern auch das Klima. Während es in der Nordhälfte, so wie in Herakes, Heron und den restlichen Städten des Bündnisses richtige Winter mit Eis und Schnee gab, blieb es im Süden immer warm. Dies war ein Grund, warum die Menschen von Gundwen nur im Süden lebten. In den Norden zogen sie nur zum Sterben. „Wenn ein Krieger aus meinem Volk seinen Tod kommen sieht, ihn spürt und merkt, dass seine Zeit gekommen ist, macht er sich auf den Weg nach Xantus. So nennen wir die Gebiete nördlich des Dragus. Wir warten nicht auf unseren Tod und wollen unserem Volk auch nicht zur Last fallen. Deshalb machen sich die gealterten Krieger auf die Reise, welche für sie die letzte Schlacht ihres Lebens ist."

„Aber mir wurde berichtet", sagte Arcen, „dass auch alte Frauen im Norden Gundwens gesehen wurden, und es leben doch auch alte Menschen hier bei Euch."

„Nicht jeder Bewohner Gundwens ist ein Krieger, und nur diese machen sich auf den Weg zu ihrem letzten Kampf. Dabei ist es völlig gleich, ob es sich um einen Mann oder

eine Frau handelt. Ein Krieger zu sein, ist nicht vom Geschlecht abhängig. Es steht in seinem Herzen geschrieben."
Arcen fragte weiter: „Warum nennt ihr Euer Land nördlich des Dragus nicht auch Gundwen, sondern Xantus?"
Arcens Meister lachte. „Es ist nicht unser Land, die Grenzen von Gundwen wurden von Eurem Volk gezogen, und Ihr wart es auch, die unter dem Vorwand uns schützen zu müssen, Straßen durch die Wälder bautet. So konntet Ihr das schützen, was Euch an Gundwen am wichtigsten ist. Die Eisenerz-Vorkommen."
„Heißt das, die Mechloron kämpfen in diesem Krieg für eine gerechte Sache?" Arcen war am Boden und seine Ideale mit ihm. Sein Meister sprach weiter. „Ihr Anliegen ist dasselbe, wie das Deines Volkes. Wir in Gundwen verurteilen aber nicht ein Volk für dessen Taten, sondern seine Führer. Denn niemand buht in einer schlechten Puppentheatervorstellung die Marionetten aus, sondern immer den Spieler, der die Fäden in seinen Händen hält und die Puppen führt."
Arcen wußte, dass sein Meister Recht hatte, und er war dankbar von ihm lernen zu können. Sein Meister war nun schon seit drei Tagen von seiner Reise zurück und Arcen merkte, dass seine Ausbildung nicht, wie angenommen physischer, sonder psychischer Natur war. Doch jede freie Minute, die er hatte, war er mit Rose´ zusammen und von ihr lernte er zu sprechen, ohne etwas zu sagen. Sie lehrte ihm die Gebärdensprache, und Arcen verstand sie schnell. So war es ihnen beiden möglich, abends stundenlange Gespräche zu führen, ohne die Frösche unten an den Ufern bei ihren Konzerten zu stören. Oft stand der Mond dann schon hoch über ihnen, und die Bäume warfen ihre Schatten auf Rose´ und Arcen. Doch ihre Liebe konnten sie nicht verdunkeln.

DER WEG DES LEIDENS

Langsam durchfuhr das Gespann, auf dem Suelia geknebelt lag, das Stadttor. Sie verließ Heron und wußte nicht, ob sie es je wiedersehen würde. Die beiden Männer auf dem Kutschbock ließen das Fuhrwerk behutsam die Hügel emporfahren, vorbei an Serensons Grab, vorbei am abgestorbenen blattlosen Zauberbaum. Insgeheim hoffte Suelia, Heron nie wieder zu sehen. Denn der glückselige Ort ihrer Kindheit war nun zu einem Ort der Hoffnungslosen geworden. Es roch förmlich überall nach Verwesung und Tod. Auch wenn die Sonne schien, war Heron ein Ort der Finsternis, in dem es scheinbar nie mehr hell werden sollte.

„Au", Suelia stöhnte laut auf vor Schmerz. Soeben hatte das Gespann ein Schlagloch durchfahren, und sie hatte sich den Kopf gestoßen.

„Ja, stöhnen kannst Du schon ganz gut, Schlampe. Aber warte erst mal wie es ist, wenn ich es Dir besorge", sagte einer der Männer.

Der andere lachte nur und schlug sich dabei auf die Schenkel. Ihre Namen kannte Suelia nicht. Sie sollte sie auch nie mehr erfahren, und für die Länge ihres Leidensweges, lebten die beiden Männer in ihrer künstlich geschaffenen Anonymität. Nach etwa zwei Stunden Fahrzeit hielt der Wagen an. Die Kutscher stiegen ab und genehmigten sich etwas zu trinken und zu essen.

„Du bekommst nichts, sonst wirst Du noch fett. Außerdem wäre es Verschwendung", sagte wieder der eine der beiden.

Er mochte vielleicht an die fünfzig Jahre alt sein und war etwa einen Meter siebzig groß. Sein schütteres graues Haar reichte bis über seine Schultern, und er war offensichtlich der Anführer. Sein zahnloser Kumpan, deutlich kleiner, haarlos und älter, roch so stark nach Schweiß und Alkohol, dass Suelia glaubte ohnmächtig zu werden. Vielleicht hoffte sie es auch. Doch sie mußte wach bleiben und jede Kleinigkeit wahrnehmen, um so eine Möglichkeit zur Flucht zu finden.

„Ich hätte da etwas zu essen für Dich", sprach nun auch der Zahnlose, während er mit seiner Hand auf seine dreckige Hose deutete.

Doch hatte er dann wohl doch doch Angst um sein bestes Stück und vergewaltigte Suelia, natürlich erst nach seinem Vorgesetzten, auf herkömmliche Art und Weise. Suelia hatte die Augen leicht geschlossen und stellte sich müde. Ihre Hand und Fußgelenke schmerzten, genau wie ihr ganzer Genitalbereich. Sie sah, wie der Grauhaarige, ein Messer in der Hand haltend, sich an sie heranschlich. Bevor er zustechen konnte, spielte Suelia den einzigen Trumpf aus, den sie hatte. Sie packte die Männer bei ihrem Ego.

„Das war gut", sagte sie. „Ihr seid ja so gut in Mechloron. Ich weiß, dass Ihr mich beseitigen müßt, denn Befehl ist nun einmal Befehl, und Ihr Helden von Mechloron seid schließlich zuverlässig. Ja" stöhnte sie, „Ihr seid so zuverlässig und so gut. Bitte, wollen wir nicht noch etwas länger Spaß haben? Euer Weg ist doch noch so weit."

Während sie sprach, mußte Suelia aufpassen, dass sie sich nicht vor Ekel übergab. Sie versuchte so aufreizend wie möglich auszusehen und zu wirken, als sei ihr alles andere egal.

„Ja, Du kleine Schlampe, so etwas bist Du in Heron nicht gewohnt gewesen", sagte der Grauhaarige.

Der Zahnlose kicherte, denn dass eine Frau ihn für seine Liebeskünste loben würde und dass, ohne sie bezahlen zu müssen, ließ sein Ego ins Unermeßliche wachsen.

„Du hast recht", sprach der Grauhaarige weiter, „gönnen wir Dir noch etwas Spaß."

Suelia wußte, dass sie es bereuen würde und in den darauffolgenden Tagen sehnte sie sich nach nichts mehr, als ihren Tod. Doch sie hatte etwas Zeit und einen Plan. Immer, wenn der Grauhaarige schlief, machte sie sich an den Zahnlosen heran. Sie befriedigte ihn mit ihrem Mund und ließ ihn immer wieder hören, dass er ein besserer Geliebter als sein Vorgesetzter sei. Sie schmeichelte ihm mit den Worten: „Hätte ich Dich doch nur schon früher in Heron getroffen, dann wären wir schon verheiratet."

Das alles hatte Erfolg. Als er merkte, dass sie ihn selbst mit gelösten Handfesseln nicht kratzte oder schlug, wurde er mutiger.

„Wir könnten nach Mechloron gehen. Dort gibt es Regionen, wo ehemalige Gefangene und verarmte Bauern zusammenleben, den Boden bestellen und sich ihre Freiheit und Unabhängigkeit damit erkaufen, dass sie an die Armeen Mechlorons siebzig Prozent ihrer Ernte liefern. Denn nur so kann Mechloron sein riesiges Heer ernähren. Aber Du merkst es vielleicht nicht", sprach er weiter, „ich bin schon alt und werde nicht mehr so hart arbeiten können."

Suelia bemerkte, wie sich Nüchternheit beim Zahnlosen breitmachte. Seine euphorischen Reden wichen der Klarheit seines einsetzenden Verstandes. Sie versuchte schnell das alte Thema wieder aufzunehmen.

„Schatz, Du merkst es vielleicht auch nicht, aber ich bin noch jung und kann für uns beide arbeiten. Außerdem hätte ich gern ein Kind von Dir." Damit traf sie ins Schwarze.

„Ein Kind von mir", stammelte der Zahnlose und Speichel floß aus seinem Mund. „Ich sollte meinen Vorgesetzten fragen, vielleicht läßt er uns ja einfach gehen."
Jetzt war es soweit, Suelias Plan schien aufzugehen. Etwas Geschick war aber noch erforderlich.
„Wir sollten lieber davonschleichen oder denkst Du, er läßt uns einfach gehen?" Suelia setzte jetzt alles auf eine Karte.
„Immer, wenn er mich vergewaltigte und ich dabei doch nur an Dich dachte, flüsterte er mir ins Ohr, dass Du, mein Liebster, ein Versager seist und nicht fähig, eine Frau zu befriedigen. Dabei bist Du doch alles, was sich eine Frau nur wünschen kann. Laß uns fliehen, Schatz."
„Dieser Sohn einer Hure", schrie der Zahnlose, sprang auf und ging auf den schlafenden Grauhaarigen los. Mit einem Schnitt durchtrennte er dessen Halsschlagader. Zur Sicherheit rammte er ihm darauf noch viermal sein Messer ins Herz. Dann stand er auf, gab Suelia einen Kuß und schnitt ihre Fesseln entzwei. Im Anschluß an seine Bluttat liebte er sie auf dem Pferdewagen, und Suelia ließ es ein letztes Mal geschehen. Fünf Minuten, nachdem der Zahnlose eingeschlafen war, erstach sie ihn mit seinem eigenem Messer.
„Frei!" Laut schrie sie es heraus. Sie lachte, weinte und fühlte sich dabei doch so elend, schmutzig und unwürdig am Leben geblieben zu sein.
Unfähig, je noch einmal Liebe zu empfinden, glaubte sie sich, und sie spielte bereits mit dem Gedanken, auch ihrem Leben ein Ende zu bereiten. Doch irgendwann siegte ihr logisches Denkvermögen. Aber wo sollte sie hin? Zurück nach Heron konnte und wollte Suelia nicht. Dann kamen ihr die Worte des Zahnlosen in den Sinn.
„Jetzt erobert Suelia aus Heron Mechloron", schrie sie laut und gab dem Pferd, das noch immer angespannt vor dem

Wagen stand, die Peitsche. Sie würde in den entfernten Gebieten Mechlorons das Land bestellen und für ihr Kind und für sich selbst eine neue Zukunft aufbauen.

Die Bäume flogen an Suelia vorüber, und der Fahrtwind schien ihre Seele zu reinigen. Immer schneller fuhr sie, vorbei am Grab von Vandgeren und immer weiter nach Mechloron.

„Was ist mit Dir? Ich merke, dass Dich seit Tagen etwas bedrückt." Arcen versuchte von Rose´ eine Erklärung für ihre ständige Traurigkeit zu bekommen.

„Ich kann es Dir nicht sagen," erwiderte Rose´ in Ihrer Gebärdensprache. „Es reicht, wenn ich es weiß."

„Aber Du leidest. Willst Du Dein Leid nicht mit mir teilen?" beharrte Arcen weiter.

„Was sollte das ändern, mein Leid würde dadurch nicht geringer werden und Dein derzeitiges Glücksgefühl nur verfliegen." Rose´ wollte nicht antworten, und so fragte Arcen nicht weiter.

Sein mulmiges Gefühl blieb und verschwand auch nicht, als er zwei Tage später seinen Meister, den Bruder von Rose´, um Rat fragte.

„Ich kann Dir nichts sagen. Aber meine Schwester wird ihre Gründe haben, Dir nicht die Ursache ihrer Trauer zu erklären. Vielleicht hängt es mit ihrer Fähigkeit zusammen, die Dinge zu sehen, die kommen.

Diese Antwort machte es Arcen auch nicht leichter mit Rose´ Traurigkeit umzugehen.

Wenn sie etwas trauriges in der Zukunft erblickt hatte, so hoffte Arcen, dass es ihn und nicht Rose´ treffen würde. Sie intensivierten zunehmend ihre Beziehung und nutzten jede freie Sekunde, um zusammen zu sein. Es schien als würden beide wissen, dass ihnen die Zeit davonlief.

„In Heron müsste es jetzt schon Spätherbst sein", überlegte Arcen laut. Er betrat das Zimmer seines Meisters, um mit ihm wieder jene endlosen Gespräche zu führen, die zumeist mit Kopfschmerzen auf seiner und Lachkrämpfen auf der Seite seines Lehrers endeten. Doch das Zimmer war leer, und auf dem Tisch lag erneut einer dieser merkwürdigen Zettel.

ALLES, WAS DU WISSEN MUSST, SCHON IN DIR IST
SEHEN, ERKENNEN UND VERSTEHEN KANN ABER NUR DER,
DER VOR DEM WISSEN DAS DENKEN NICHT VER-GISST.

„Ich habe Dir viele Ideen in Dein Hirn gepflanzt", sagte Arcens Meister.

Er stand hinter Arcen und musterte dessen Verhalten, während er weitersprach.

„Es ist jetzt an der Zeit, dass die Pflanze der Erkenntnis heranwächst, um Früchte zu tragen. Du mußt dabei behutsam vorgehen und die Pflanze gut pflegen, denn sehr schnell wächst auch das Unkraut. Und dieses Unkraut der Verdrängung ist sehr stark. Hiermit beende ich Deinen Unterricht."

„Meister, ich kann doch noch soviel von Euch lernen", presste Arcen hastig hervor.

„Da hast Du Recht", erwiderte der Meister und lachte.

„Aber es ist kein Platz mehr in Deinem Kopf für noch mehr Pflanzen. Du mußt Geduld haben und Deine Rachegedanken verdrängen. Aber Du rennst durchs Leben, verschwendest Energie und vergißt zu denken. Das Angebot meines Volkes gilt. Du kannst hier bleiben und unter uns leben."

Arcen spürte, dass er falsch handelte und trotzdem antwortete er: „Ich werde zurückkommen, nachdem ich meinen Racheschwur eingelöst habe, und dann werde ich Dich um die Hand Deiner Schwester bitten."

Arcens Meister hörte auf zu lachen und verließ sein Zimmer. Durch die geöffnete Tür erblickte er Rose´. Er sah ihren fragenden Blick und das verneinende Kopfschütteln ihres Bruders. Arcen und Rose´ standen sich gegenüber, sahen sich in die Augen, und die Zeit stand für beide still. Nach fünf Minuten streifte sie ein Windzug, und sie küßten sich tief und innig.

„Ich komme wieder. Bitte bleibe in Gundwen, damit Dir nichts geschehen kann."

Arcen wollte sich umdrehen und gehen, doch Rose´ hielt ihn zurück. Ihre Finger bewegten sich schnell und ließen ihre Gedanken zu Worte werden.

„Ich habe in einer Vision unseren Tod außerhalb von Gundwen gesehen. Der meinige schreckt mich nicht, aber Du bist die Liebe meines Lebens, und ich will, dass Du lebst."

Arcen umarmte seine Rose´ und erwiderte.

„Auch Du bist mein Leben, aber ich bin ein Mann von Ehre und muß den Tod meines Freundes Veringot rächen. Doch wenn Du hier in Gundwen bleibst, kann Deine Vision nicht Wirklichkeit werden. Ich bitte Dich deshalb zu bleiben."

Damit verließ Arcen, selbst Tränen in den Augen habend, seine neue Heimat. Dass Rose´ ihrer beider Tod zwar gesehen hatte, der aber unabhängig voneinander an verschiedenen Orten stattfinden könnte, kam Arcen in seiner Eile nicht in den Sinn.

Kälte durchdrang Suelias Körper, fraß sich durch ihre spärliche Kleidung hindurch und ließ ihre Glieder fast erstarren. Noch immer fuhr sie die lange Straße entlang, die Heron und Mechloron verband sowie die Wälder Gundwens teilte. Der Herbst näherte sich seinem Ende, und der Winter kündigte seine Nähe mit eisigem Wind an. Der Boden war übersät von bunten herabfallenden Blättern. Doch so farbenfroh die Straße nun auch aussah, desto trostloser wirkte der kahle Wald auf Suelia. Sie versuchte sich ständig aufzumuntern, um nicht in Depressionen zu verfallen.

Mein Kind wird es besser haben, ich werde es schaffen, denn ich kann alles erreichen.

Doch erreichen wollte Suelia erst einmal die wärmeren Gebiete von Gundwen. Dort hoffte sie eßbare Früchte und Pflanzen zu finden, denn die Rationen ihrer ehemaligen Bewacher waren schon längst aufgebraucht.

Die Schweine wollten mich ja auch schon gleich hinter Heron umbringen, weil sie schnell nach Mechloron zurück wollten, um dort wieder mit ihren Huren herum zu machen. Suelia lachte laut auf. Ob es im Jenseits Huren gibt? Wenn nicht, werden der Grauhaarige und der Zahnlose nie mehr Sex haben.

Suelia ließ den Wagen halten, damit das Pferd noch die Reste des Straßenrandes abgrasen konnte. Dann kauerte sie sich auf den Rücken des Pferdes und umschlang fest dessen Hals. Sie versuchte sich so zu wärmen, denn sie wollte mit aller Macht überleben. Trotz ihres Hungers und der Kälte schlief Suelia ein.

Arcen hatte das Ufer des Dragus erreicht und lief es Stromaufwärts entlang. Weit entfernt hinter diversen Biegungen mußte die Brücke der tausend Namen liegen. Doch Arcen suchte nach einem anderen markanten Punkt. Dann fanden seine Augen das Ziel. Plötzlich und unerwartet durchbrach ein steil aufragender Felsen das Dickicht des Waldes. Er überragte die ohnehin schon etwa sechzig Meter hohen Bäume um ein vielfaches und sah aus, wie ein steil nach oben gestreckter Arm. Die Hand des Arms aus Stein zeigte die Richtung an, in die Arcen schwimmen mußte.

„Dies ist mit Ausnahme der Brücke die einzige Möglichkeit, den Dragus zu überwinden", hatte Arcens Meister zum Abschied gesagt.

Von hier mußte Arcen ins Wasser steigen, um dann immer nur geradeaus zu schwimmen. Die Strömung sollte ihn dann von selbst, an eins der wenigen flachen Ufer der anderen Seite tragen.

So ähnlich werde ich wohl den Fluß schon damals unbewußt überquert haben, überlegte Arcen. Doch seine Aufmerksamkeit galt nun erst einmal der Überwindung des Flusses.

Es dauerte fast eine Stunde, bis er die gegenüberliegende Seite erreichte. Nun war er in Xantus, dem Land der sterbenden Krieger. Vor Wochen hatte er diesen Namen noch nicht einmal gehört. Doch jetzt, wo er auch im Herzen ein Bewohner Gundwens geworden war, nahm er auch dessen Gebietsnamen an.

Wie wenig wir in Heron doch eigentlich über die Welt außerhalb unserer Mauern wußten, überlegte Arcen. Alles, was außerhalb unseres Landes und vor Mechloron lag, war für uns Gundwen. Es lag wohl am mangelnden Interesse, andere Menschen verstehen zu wollen, ihre Gebräuche und

Gewohnheiten zu akzeptieren und am fehlgeleiteten Glauben, von anderen nichts lernen zu können.

Arcen erkannte die Arroganz seiner ehemaligen Heimat und deren egoistische Denkweise. Doch sein Plan stand fest. Er wollte in Xantus die Armee von Heron, Hunteron oder Herakes finden, um sich ihnen anzuschließen. Dann würde er die Mechloron vertreiben, um später wieder friedlich in Gundwen leben zu können. Leben mit seiner Rose´.

Suelia schlug die Augen auf. Heftige Magenschmerzen hatten sie geweckt. Noch immer kauerte sie auf dem Rücken des Pferdes und sah sich um.

„Bist über Nacht ganz schön weit gelaufen, alter Gaul", sagte Suelia. „Na ist wenigstens einer von uns beiden satt."

In der Tat mußte ihr Pferd die Nacht über weitergelaufen sein, um die letzten Reste des Grases abzuweiden, das noch am Straßenrand stand.

„Na mir soll es ja recht sein. Je schneller ich in Mechloron bin, je besser."

Drei Tage später erreichte sie den Dragus. Zu ihrer Verwunderung interessierte sich dort niemand für sie, und sie konnte die Brücke mit ihren Befestigungen an beiden Ufern problemlos passieren. Sie bemerkte, dass auf der Seite, die nach Heron führte, emsig gearbeitet wurde. Dicke Mauern aus Stein wurden errichtet, Palisaden verstärkt und Gräben ausgehoben. Aber es waren nur wenige der Soldaten Mechlorons zu erkennen.

Na läuft ja alles bestens, dachte Suelia und verließ auch das Camp auf der Südseite, immer weiter in Richtung Mechloron fahrend. Erst als die Straße einen Bogen zu machen drohte, hielt sie ihr altes klappriges Fuhrwerk an und warf sich, nachdem sie abgestiegen war, an das Ufer des Dragus.

Wie lange und wieviel sie vom Wasser trank, wußte und interessierte sie nicht. Endlich trinken, dachte sie. Als sie später ihren Wagen wieder besteigen wollte, mußte sie, ehe sie ihn erreichen konnte, plötzlich zur Seite springen.

In voller Fahrt fuhr eine voll beladene Kutsche an ihr vorüber.

„Platz da, ich habe frisches Obst für Mechlorons Leibwache geladen," schrie der Kutscher, ohne sein Tempo zu drosseln.

Die Unbesiegbaren sind hier? Das muß ja bedeuten, dass sie schon vor meiner unfreiwilligen Abreise aus Heron selbst abgerückt waren. Sollten unsere Armeen schon so stark sein, dass die Truppen Mechlorons sich zurückzogen?

„Mir doch egal", sagte Suelia schließlich, und während sie ihren Wagen bestieg, erblickte sie etwas, dass ihr viel wichtiger war. Das Fuhrwerk, des Fremden hatte Obst verloren.

„Frühstück", rief Suelia.

Sie sammelte alles Eßbare auf und nahm es mit. Weiter ging ihre Fahrt, doch mußte sie sich um Nahrungsprobleme nun keine Gedanken mehr machen. Ihre Vorräte brauchte sie zwar schnell auf, doch war es nun schon so warm, dass sie die Früchte der Bäume verzehren konnte. So fuhr sie immer weiter nach Süden, Tag für Tag, und während in Heron der erste Schnee fiel, gedieh in Gundwen das satte Grün. Aber auch etwas anders wuchs heran. Ihre Schwangerschaft konnte Suelia nicht mehr verheimlichen. Aber das wollte sie auch nicht.

Auf merkwürdige Weise fühlte sich Suelia, jetzt wo sie fast nichts mehr besaß, sonderbar frei und unbeschwert. Sie machte sich keine Gedanken über ihr Aussehen, keine Sorgen, was andere über sie denken könnten. Diese Energien, die sie sonst verbrauchte, um sich vor anderen Menschen zu profilieren und gut auf diese zu wirken, Menschen die sie meist nicht einmal kannte, nutzte sie nun für sich. Und Suelia sprudelte über vor Energie und Tatendrang. Nur vereinzelt, wenn kleine Abteilungen Soldaten an ihr vorbei zogen, kam dieses Gefühl in ihr wieder hoch. Dann spürte sie die Kälte, fühlte das Unbehagen und konnte förmlich den Schweiß riechen und spüren. Sie roch den Gestank von abgestandenem Sperma, und dann fühlte sie die seelischen Narben ihrer Vergewaltigungen. Andere Frauen hätten wahrscheinlich Haßgefühle auf ihr noch ungeborenes Kind gehabt. Doch nicht Suelia. Sie haßte ihren Peiniger, aber nicht das Produkt der Tat. Denn Suelia wollte aus dem Kind etwas machen. Sie wollte es formen und erziehen, damit aus ihm eines Tages das werden würde, was es in diesen Tagen kaum noch zu geben schien. Einen Menschen.

XANTUS

Seit Tagen lief Arcen durch die nunmehr blattlosen Wälder. Während in Gundwen sicherlich die Sonne schien, fiel hier in Xantus bereits der erste Schnee. Arcen mied es, die große Straße zu benutzen und ging stattdessen quer durch den Wald. Durch das fehlende Grün, viel ihm das Vorankommen auch nicht allzu schwer. Tausende Gedanken schossen durch seinen Kopf, und er fing an zu dichten.

ICH FÜHLE WIE DER WINTER UNS BEKÄMPFT
WIE EISIG WASSER ZU HARTEM EIS ERSTARRT,
DOCH WIRST DU DIE ZEIT DER DUNKELHEIT ÜBER-
STEHEN,
UM IM FRÜHLING DIE SONNE ERNEUT ZU SEHEN.

WENN DANN EINES TAGES DER LETZTE WINTER AN-
BRICHT,
DIE ROSE LÄNGST VERBLÜHT UND TOD,
WÄCHST IM FRÜHJAHR EINE ANDERE BLUME
SCHNELL HERAN,
EINE BLUME MIT DEM NAMEN VERGISSMEINNICHT

Durch die Kälte und das ständige diesige Licht betrübt, fielen ihm nicht gerade lustige und aufmunternde Verse ein. Um nicht noch deprimierter zu werden, ließ er das Reimen und versuchte an gar nichts mehr zu denken. So bemühte er sich den Wald zu durchqueren, in dem er nur noch auf die Regelmäßigkeit seiner Atmung achtete. Sein Geist fing an sich zu lösen und Arcens quälende Gedanken ließen nach. Die Vorwürfe, die er sich seit Tagen machte, weil er seine Rose´ verlassen hatte, verschwanden. Schritt auf Schritt machend, ging er vorwärts, um sich plötzlich instinktiv zu Boden zu werfen.

„Ein wenig langsam, junger Krieger", sagte eine tiefe Stimme hinter ihm und kicherte dabei.

Arcen setzte, noch während er mit dem Bauch auf der Erde lag, seinen rechten Fuß auf den Boden und katapultierte sich mit einer Rolle vorwärts. In der Drehung zog er sein Schwert und nahm eine Abwehrhaltung ein. Die Hände schräg über dem Kopf haltend, die Spitze des Schwertes leicht nach unten gerichtet, musterte er die Umgebung. An einem dicken Baum, vielleicht acht Meter von Arcen entfernt, saß ein sehr alter Mann. An die einen Meter fünfundsechzig groß, mit langen bis zur Hüfte reichenden schneeweißen Haaren. Seinen ebenso weißen und langen Bart hatte er zusammengeflochten, und auch er reichte weit hinab, fiel über seine schwarze Kleidung und ließ Arcens Gegenüber noch älter aussehen, als er es vielleicht tatsächlich war.

„Habt Ihr mich angesprochen?" fragte Arcen. Dass die tiefe sonore Stimme dem Alten gehören sollte, konnte Arcen sich nicht vorstellen. Doch sie gehörte ihm, und das merkte Arcen in dem Moment, als der Fremde antwortete.

„Ich wollte Euch nicht erschrecken, junger Krieger. Trinkt eine Tasse Tee mit mir und laßt uns etwas plaudern."

Arcens Neugier war geweckt und während er sich neben den Alten setzte, spürte er die Wärme des kleinen Feuers, auf dem das Wasser für den Tee kochte.

War das Feuer vorhin auch schon da, überlegte Arcen im Stillen. Dann fragte er den alten Mann. „Was macht Ihr hier?"

„Ich warte", antwortete dieser.

„Worauf wartet Ihr hier mitten in dieser trostlosen Einöde?"

„Trostlos? Das Land ist frei von Gefühlsregungen. Wenn in Dir Verzweiflung ist, so mußt Du in Dir auch den Trost finden", sagte darauf der Alte.

Arcen war noch immer von dessen Stimme fasziniert und hörte weiter den Worten zu.

„Ich warte auf meinen Tod. In meiner Heimat habe ich ihn bereits rufen gehört, und hier in Xantus werde ich ihn treffen. Aber erst einmal bist Du ja in mein Leben reingeschneit."

Der Alte kicherte über seinen Wortwitz, da es wieder stärker zu schneien anfing.

Arcen überlegte, Der Mann nannte diesen Ort Xantus. Das mußte bedeuten, dass er aus Gundwen kommt, denn niemand außer dessen Bewohnern nutzt diesen Namen.

Sie saßen unter einem kleinen, aus Ästen und Stöcken errichteten Dach, auf dem schon reichlich Schnee lag. Der Alte hatte es auf der Rückseite des Baumes errichtet, wo es windstill war. Arcen wunderte sich über sich selbst, denn es war ihm genauso wenig aufgefallen, wie zuvor das kleine Feuer.

Nun verlassen mich auch noch meine Instinkte, dachte Arcen.

„Stillt meine Neugier", sagte in diesem Moment der Alte. „Was macht Ihr hier in Xantus, wo doch sonst nur wir Alten zum Sterben hierher kommen? Ich sah, dass Ihr nur widerwillig durch den Wald gelaufen seid und euer Herz noch in Gundwen weilt."

Der Alte kicherte erneut über seinen Reim, den er soeben gemacht hatte.

Arcen schilderte seine Beweggründe und sah, wie der Alte ihn dabei beobachtete oder vielmehr musterte. Denn seine Augen ließen nicht eine Sekunde von ihm ab. Nachdem Arcen geendet hatte, herrschte für fünf Minuten Schweigen. Dann sprach erneut der Alte.

„Du versuchst die Tat eines anderen zu wiederholen. Dein Freund Veringot hat, was sein gutes Recht ist, über sein Leben selbst entschieden. In dem Moment, wo er seinem Tod entgegeneilte, war er auch bereit, sein Leben für seine Ideale aufzugeben."

Arcen überlegte, wann er dem Alten den Namen seines Freundes überhaupt mitgeteilt hatte. Da er zu keiner Antwort kam, hörte er einfach der tiefen Stimme des Alten weiter zu.

„Nun, wo er vielleicht sein Leben hingab für eine Sache, die es ihm wert war, ist die Geschichte Veringot beendet. Doch Du versuchst etwas zu ändern, was nicht mehr veränderbar ist. Selbst, wenn Du den Gegner, ich sage bewußt nicht Mörder, finden und töten solltest, was sollte sich für Veringot ändern? Vielleicht solltest Du Dich besser um die Lebenden kümmern und nicht daran denken, was Du und Dein Ego wollen, denn Veringot wirst Du nicht helfen können. Die Rache, die Du vollziehen willst, nutzt niemanden, außer Dir selbst. Und ob sie Dir zum Guten dient, bezweifele ich sehr. Aber was weiß ich schon? Wer hört schon auf die Worte eines alten sterbenden Mannes?"

Er kicherte wieder und lehnte sich etwas tiefer an den Baum, so dass er fast eine liegende Position einnahm.

Arcen versuchte sich zu rechtfertigen und merkte, dass in seinen ganzen Ausführungen nur diverse kleine Entschuldigungen für seine Taten enthalten waren. Ihm fiel eigentlich kein wirklich plausibel erscheinendes Kriterium ein, was seinen Racheplan unterstützen könnte. Denn Veringot war ja wirklich nicht ermordet worden, sondern hatte sich freiwillig dem Kampf gestellt, ja sogar förmlich gesucht. Hätte der Gegner nicht den tödlichen Schlag vollzogen, wäre er selbst getötet worden. Arcen wollte den Alten um Rat fragen, da sein Denken von so viel Zweifel durchzogen wurde und er selbst sich keinen Rat mehr wußte. Doch der Alte antwortete nicht mehr. Er lag stumm, mit einem Lächeln im Gesicht, auf dem Rücken und hatte seine Augen für immer geschlossen. Wo immer sein Geist und seine Seele nun auch waren. Sicher nicht mehr in Xantus.

Einige Tage später erreichte Arcen Heron. Doch was er dort vorfand, hatte nichts mehr mit dem netten kleinen Örtchen seiner Jugend gemeinsam. Der Zauberbaum, oder besser die Reste des Baumes, die vom einstigen Blitzschlag übriggeblieben waren, existierten nur noch in Arcens Erinnerungen. Dort, wo er einst stand und Suelia, Veringot und Arcen Schatten an sonnigen Tagen spendete und den wilden Bienen ein zu Hause gab, zeugte nur noch ein übriggebliebener Stumpf von seinem Fehlen. Das allein traf Arcen tief und erzeugte einen

Stich in seinem Herzen. Er überlegte, ob es überhaupt ratsam sei, weiterzugehen. Doch wie in Trance setzte der Schwertmeister Herons und Schüler Gundwens automatisch einen Schritt vor den anderen. Er sah, dass die alte Stadtmauer so durchlöchert war, wie sein altes Kettenhemd, das er als Kind stets zum Schwertunterricht tragen mußte. Das schöne alte Stadttor lag zersplittert am Boden und einige heruntergekommene dreckig aussehende Gestalten zersägten es, in der Absicht Feuerholz daraus zu machen.

„Das wird wohl auch das Schicksal des Zauberbaumes geworden sein", sagte Arcen leise im Selbstgespräch.

Dann fiel sein Blick auf etwas, das seinen Atem stocken ließ. Nicht weit vom Tordurchgang entfernt, an den ersten Hügeln kurz vor der Stadt, lag ein Grab. Ohne die Innenschrift lesen zu müssen, wußte Arcen, wer dort beigesetzt worden war. Serenson, sein erster Lehrer. An dem Tag, als er in Panik Heron verließ, hatte er gespürt, dass er seinen ehemaligen Lehrer und Freund sowie den Ort seiner Kindheit nicht mehr wiedersehen würde. Serenson war tot und begraben und mit ihm schien auch ganz Heron, so wie es Arcen im Gedächtnis geblieben war, beigesetzt worden zu sein.

Arcen durchschritt das Tor und spürte einen Windhauch, der ihm schmerzlich die Erinnerung an vergangene Tage zurückbrachte. Er schloß seine Augen, und die Zeit hielt in ihrem Lauf inne. Die Vergangenheit hatte den Schwertmeister Herons eingeholt. Er hörte Veringot scherzen, das Lachen von Suelia und für fünf Minuten roch er den süßlichen Geruch, der an dem Tag in der Luft schwebte, an dem er seine Rose´ das erste Mal sah. Ihm war zumute, als würde sein Herz von der Unbarmherzigkeit der Erinnerung zerdrückt werden und erst jetzt wurde Arcen bewußt, wie sehr Rose´ ihm fehlte. Arcen schrie auf, so groß war der ihn überwältigende seelische Schmerz, der auf seiner Brust lastete, seinen Magen zusammendrückte, und von Weinkrämpfen geschüttelt, sank er zu Boden.

„Ich weiß, Schwertmeister, der Anblick Herons ist nicht mehr so schön, wie einst. Doch wir werden uns rächen, die Mechloron vernichten und jeden einzelnen dieser Bastarde büßen lassen. Es ist gut, dass Ihr wieder hier seid und unsere Truppen verstärken könnt."

Ohne sich umdrehen zu müssen, erkannte Arcen die Stimme. Veringots Vater, schoß es Arcen durch den Kopf. Er sprang auf und umarmte den reichen Kaufmann überschwänglich.

„Wo ist Suelia?" fragte Herons Schwertmeister.

„Die Mechloron haben sie getötet", antwortete Veringots Vater verlegen und fügte noch schnell hinzu, „Aber Du wirst Gelegenheit haben, sie und meinen Sohn zu rächen. Ich werde weiterhin die Truppen ausrüsten, denn für das Kämpfen bin ich mittlerweile zu alt geworden."

Arcen mußte an den alten Krieger aus Gundwen denken, den er in Xantus getroffen hatte und der den Kaufmann an Alter, Mut und Willen um ein Vielfaches übertraf. Doch wurden seine Gedanken unterbrochen, denn Veringots Vater sprach weiter.

„Bald kommt die Armee von Hunteron. Der werden sich unsere Soldaten unter Deinem Kommando anschließen. Ich muß jetzt noch viel erledigen", sagte er und gab Arcen seine Hand zum Abschied, um sich anschließend schnell davonzuschleichen. Arcen blickte ihm hinterher, erstaunt, aber nicht ahnend, warum der Kaufmann sich so schnell davonstahl.

Doch Gedanken machte er sich deswegen keine. Die Aufgabe, die nun auf seinen Schultern lastete, erforderte jetzt seine ganze Aufmerksamkeit.

Wenige Tage später verließ erneut eine Streitmacht Heron. Doch dieses Mal klatschte niemand Beifall, nirgendwo erklang Musik, und keine Fahnen wehten in der eisigen Luft. Die wenigen Menschen am Straßenrand, zumeist Frauen, die ihre Männer bereits verloren hatten und nun zusehen mußten, wie ihre Söhne in den Krieg zogen, weinten und riefen in ihrer Verzweiflung die Namen ihrer Kinder .

„Wo ist eigentlich der große Gönner, der unsere glorreiche Armee ausgerüstet hat?" fragte Varisius und konnte dabei seinen Sarkasmus nicht verbergen.

„Ich habe gehört", antwortete Arcen, der an der Spitze seiner Truppen ritt, „er ist zurück nach Hunteron geritten, um mehr Geld für Waffen aufzutreiben."

„Dieser Kaufmann ist nicht nur der reichste Mann von Heron, sondern auch der feigste", sagte daraufhin Varisius.

Für diese Aufruhr verbreitenden Worte hätte Arcen ihn auspeitschen lassen müssen. Doch dann hätte jeder der ihm anvertrauten Männer, die er bis zum Treffen mit der Armee von Hunteron befehligte und schließlich auch er, selbst Schläge verdient.

„Jeder weiß doch, dass er nun zum reichsten Kaufmann von Hunteron geworden ist und all sein Geld dorthin geschafft hat", sprach Varisius weiter. „Um Heron kümmert er sich nur noch, weil er mit seinen Waffengeschäften noch mehr verdienen will."

„Nicht so hitzig, Soldat" unterbrach ihn da Arcen. „Er wird auch den Tod seiner Frau rächen wollen."

„Ha!" lachte laut Varisius auf. „Für den ist er doch verantwortlich. Schließlich hat er sie doch allein in Heron zurückgelassen."

Arcen blieb erstaunlich ruhig. Irgendwie wunderte er sich nicht einmal über Veringots Vater. Dass er ein gieriger und selbstherrlicher Mann ist, wußte Arcen schon immer. Immerhin trieb sein Verhalten, den eigenen Sohn schon früh fort. Selbst als Veringot bei Heeden Schwertunterricht bekam, wohnte Arcens bester Freund lieber bei ihm und nicht im fünf Minuten entfernten eigenen Elternhaus.

„Wie starb Suelia, die Frau des Kaufmanns?" fragte Arcen den jungen Varisius, der noch immer neben ihm ritt. Varisius, froh seinem Vorgesetzten etwas erzählen zu können, sprudelte regelrecht mit seinem angeblichen Wissen hervor und gab Arcen eine wahre Flut an Informationen, Gerüchten und Mutmaßungen. Arcen hörte aufmerksam zu und da er neutral blieb und die Mitteilungen sorgsam sondierte, fiel ihm auf, dass niemand den Tod von Suelia gesehen hatte und sie vorerst nur verschleppt worden war. Das gab zumindest einen Funken Hoffnung, und wieder einmal hieß für Arcen das Ziel Gundwen.

Arcen betrachtete Varisius, der kaum einen halben Tagesritt von seiner Heimatstadt entfernt war und sich schon so ängstlich im Wald von Xantus umsah, als wären sie bereits im feindlichen Gebiet. Dabei hatte der Wald erst angefangen und war aufgrund des Winters auch noch ohne Laub. Er ist halt noch sehr jung, dachte Arcen. Varisius kam aus gutem Haus. Sein Vater war ein hoher Offizier der Stadtwache gewesen und würde es wohl auch heute noch sein, wenn er nicht beim Angriff der Mechloron gefallen wäre. Seine Mutter hingegen war die Tochter von Serenson, Arcens ehemaligem Lehrer. Das allein war für Arcen Verpflichtung genug, auf den jungen Varisius aufzupassen.

Jung war er, so wie die meisten der Soldaten, die hinter ihnen marschierten. Erst im Sommer sechzehn geworden, war er nun auf dem Weg in einen Kampf, der seinem Leben vielleicht schon früh ein Ende setzen konnte. Varisius hatte blonde Haare, die über seine Schultern hinabfielen und zu einem Zopf geflochten waren. In seinem Gesicht war der erste Ansatz eines Bartwuchses erkennbar und von Statur war er sehr zierlich. Das lag weniger an seiner Größe von etwa einen Meter fünfundsiebzig, sondern vielmehr am fehlenden Körpergewicht. Denn er wog gerade einmal fünfzig Kilogramm, und nirgends war ein Ansatz von Muskelwachstum erkennbar. Aber sein Wille, den Tod seines Vaters zu rächen, war um ein Vielfaches größer, als sein Aussehen anderen suggerierte. Arcen konnte den Haß spüren und in Varisius Augen sehen.

„Wenn Ihr in einen Kampf verwickelt werdet", sagte Arcen zu seinem jungen Begleiter, „solltet Ihr Eure Gefühle unter Kontrolle bekommen, oder es wird euer letzter Kampf sein."

Varisius nickte bejahend, die Worte allerdings nicht verstehend und keiner Beachtung schenkend kräftig und sah Arcen entschlossen dabei an.

Wenn der Meister etwas sagt, wird es richtig sein, dachte Varisius bei sich.

Arcen lachte freundlich, wissend was in seinem Gegenüber vorging. Wie sagte schon der Bruder von Rose´ einst zu Arcen:

ICH KANN DIR VIELES SAGEN UND ERKLÄREN,
DOCH KANNST DU ES AUCH VERSTEHEN?
NUR DANN KANN ICH DICH LEHREN,
KANNST DU DAS BEGEHREN AUCH AUFGEBEN!

„Deine Taten dürfen nicht von Deinem Verlangen diktiert werden", sagte Arcen zu Varisius und während er sprach, bemerkte er, wie sehr seine Rachepläne von seinem eigenen Begehren gesteuert wurden.

Arcen ließ eine Rast machen und in der Zeit, wo die meisten der Soldaten am Straßenrand standen, um ihren natürlichen Bedürfnissen freien Lauf zu lassen, dachte er nach. Sollte er seine ihm anvertrauten Männer im Stich lassen und nach Gundwen zu seiner Rose´ zurückkehren? Sein Innerstes schrie laut ja und seine Sehnsucht, sein tiefstes Verlangen stimmten freudig ein. Doch sein Begehren war nicht wichtig. Wenn es auch nur eine Chance gab, Suelia zu retten, würde er sie nutzen.

„Also weiter!" rief Arcen.

Wenige Tage später verbündete sich die Armee von Hunteron mit der von Heron, und Arcen gab damit sein Kommando ab. Der neue Befehlshaber war ein bärtiger, großer, schon fast dick wirkender, Muskel bepackter Hüne. Über zwei Meter groß, an die einhundertundfünfzig Kilogramm schwer und in ein schweres Bärenfell gewickelt, stand er vor Arcen. Seine langen Haare, zu mehreren kleinen Zöpfen geflochten, fielen weit über seine Schultern hinab. Die Stirn und der gesamte vordere Kopfbereich hingegen waren kahl rasiert. Als er mit donnernder Stimme das Ziel ihres Kampfes, die Mechloron zu vernichten erklärte, fiel Arcen auf, dass man nicht einmal den Mund ihres neuen Anführers sehen konnte, so dicht war dessen schwarzer Bart gewachsen.

„Wie ist Euer Name?" fragte Arcen.

„Wir können ja Vater zu ihm sagen", scherzte einer der Soldaten.

„Das ist eine gute Idee, meine kleinen Kinder", erklärte der neue Befehlshaber mit tiefer und kräftiger Stimme. „Ich werde auf Euch aufpassen, gehorcht und Ihr werdet überleben."

„Jawohl, Vater", erscholl es lauthals aus den Reihen der Soldaten.

Damit war Arcens Frage so überflüssig geworden, wie seine Rachegelüste.

Die Wochen vergingen, in denen die Armee des Städtebundes Xantus durchquerte und sich damit der Brücke der tausend Namen immer mehr nährte. Wie die Brücke überwunden werden sollte, konnte sich noch keiner der Soldaten vorstellen. Vorerst waren sie zufrieden, dass keine Gegenwehr der Mechloron erfolgte.

„Die Mechloron sind kein Kriegervolk, sondern ein Volk der Feiglinge", schrie Varisius und redete sich damit nur selbst Mut zu. Andere Soldaten riefen ähnliche Parolen, doch konnte Arcen in ihren Augen deutlich die Angst erkennen, die in den jungen Soldaten vorherrschte.

Überhaupt kam ihm, dem selbst noch jungen Schwertmeister, der ganze Feldzug wie ein Schulausflug vor. Welche Ausbildung sollten die jungen Männer auch besitzen, da sie doch erst seit kurzem zum ersten Mal in ihrem Leben eine Waffe in der Hand hielten und noch nie zuvor einen Kampf absolviert hatten?

Dann erreichten sie den Dragus, sahen die nur zur Hälfte fertiggestellten Befestigungen und erblickten kaum Soldaten, die sie bewachten.

„Ich wusste es", rief Varisius laut, „die Mechloron laufen vor uns davon wie Hasen."

„Was sollen wir machen, Vater? fragten die Soldaten ihren Anführer.

„Was schon! Wir greifen an und fegen sie hinfort."

Ihr Befehlshaber war ein tapferer, mutiger und starker Kämpfer. Gleichwohl ein schlechter Taktiker. Arcen wollte den Vorschlag machen von den Flanken aus anzugreifen, um erst dann die Hauptstreitmacht in den Kampf zu schicken. Denn die gesamten Truppen auf einmal loszuschicken bedeutete, dass nur die vorderen kämpfen konnten, während den restlichen der Platz dafür fehlte und sie erst zum Kampf kämen, wenn die vorderen fielen. Doch es war bereits zu spät. Die zweitausend Soldaten des Städtebundes rannten ungeordnet die Hügel hinab zur Brücke der tausend Namen, die nach dem heutigen Tag einen weiteren bekommen sollte. Die Brücke des Blutes.

Varisius, der den anderen und vor allem sich selbst beweisen wollte, welch tapferer Kämpfer er war, lief in der ersten Reihe und kam den Befestigungen schnell näher. Diese stellten auf Grund der fehlenden Tore kein Hindernis dar. Um so mehr, der vor ihnen auftauchende Soldat Mechlorons. Je näher sie ihm kamen, desto größer und gewaltiger wirkte er auf die jungen Soldaten. Varisius stockte im Lauf und wurde unfreiwillig von den Nachrückenden vorwärts geschoben. Der Fremde stieß einen Kampfschrei aus und Varisius - mit vor Angst geweiteten Augen - verließen die Kräfte, gefolgt von seinem Mut. Der Soldat Mechlorons trat mit seinem rechten Fuß frontal in den Kehlkopf von Varisius Nebenmann, mit seiner linken Hand griff er den Hals eines in seiner Nähe stehenden Soldaten und ein lautes Knacken war zu vernehmen, ein Geräusch, welches Varisius in seinem Leben nicht mehr vergessen würde. Der junge Soldat, der vor kurzem noch so mutig war, sah, wie Mechlorons Krieger mit der rechten Hand sein Schwert aus dem Körper eines anderen Angreifers zog und zum alles beendenden Schlag ausholte. Nicht fähig zu einer Bewegung verharrte Varisius, sich seinem Schicksal ergebend. Das Schwert sauste bluttriefend herab, und es entstand ein surrendes Geräusch.

Was für eine zauberhafte Musik, schoß es den noch immer bewegungsunfähig dastehenden Varisius durch den Kopf.

Bevor das Schwert von Mechlorons Krieger jedoch sein Ziel erreichte, gab es einen schrillen und metallisch klirrenden

Ton von sich, denn ein anderes Schwert versperrte den Weg zu seinem Opfer. Arcen hielt sein Schwert fest in beiden Händen, hob seine Arme und damit auch das feindliche Schwert leicht an. Dann tauchte er unter seiner Waffe, dabei eine Drehung vollziehend, blitzschnell hindurch. Er stand jetzt neben seinem Gegner und ließ sein Schwert, auf dem noch immer das des Feindes ruhte, hinabfallen, geradewegs in den ungeschützten Oberkörpers des fremden Soldaten hinein.

Blut spritzte aus der klaffenden Wunde, die entstanden war, hervor, und der Soldat Mechlorons sank tot zu Boden. Arcen verbeugte sich vor dem fremden Soldaten, ihm die letzte Ehre erweisend.

Auch die restlichen Kämpfe waren beendet. Ihr Anführer hatte das gegenüberliegende Ufer unter großen Verlusten bereits erobert, und der Weg ins Herz von Gundwen war nun offen. Die überlebenden Verteidiger der Brücke flohen ins Landesinnere, um ihrem Herrn Bericht zu erstatten. Und endlich, nach der Überquerung des Dragus, war auch die Kälte verschwunden.

Unter dem dichten Blätterdach der Bäume sammelten sich die verbliebenen eintausenddreihundert Soldaten zum Weitermarsch nach Mechloron.

Arcen war von Unruhe gepackt worden und zitterte am ganzen Körper. Er währe am liebsten gleich in die dichten Wälder gerannt und ohne Pause zu seiner Rose´ gelaufen. Doch sein Entschluß stand fest. Er mußte erfahren, was mit Suelia geschah und wenn sie noch lebte, ihr helfen.

MECHLORON

Der Wald hörte abrupt auf, und Suelia ließ ihr Pferd halten. Sie stand vor einer riesigen Schlucht, über die eine Brücke aus Stein führte. Sie schätzte den Abgrund, welche die Brücke überspannte, auf etwa dreihundert Meter. Wie tief es hinabging, konnte sie nicht einmal erahnen, denn der Grund des Canyon war nicht einzusehen.

Wer kann so etwas Gigantisches bauen, staunte sie mit offenem Mund. Doch ihr Respekt gegenüber den Baumeistern Mechlorons war fehl am Platz. Denn auch diese Brücke stammte aus ebenso lang vergangenen Zeiten, wie jene, die den Dragus überquerte.

Auf der anderen Seite änderte sich die Vegetation plötzlich und unerwartet. Bäume erkannte Suelia nur noch wenige. Dafür viele weite Landstriche, die komplett mit Gras überwuchert waren, das bis zu zwei Meter hoch stand. Als Anhaltspunkt für ihre Schätzung diente ein kleiner Befestigungsturm aus Stein, durch dessen Tor Suelia fahren mußte, wollte sie die Brücke überwinden.

„Jetzt kommt Suelia, die Eroberin", flüsterte sie leise, in der festen Überzeugung, dass sie der erste Mensch sei, der aus Heron nach Mechloron kam.

Fünfzig Meter trennten Suelia noch von der Tordurchfahrt. Sie konnte den Turm, der sie stark an das Stadttor von Heron erinnerte, deutlich sehen und viele Einzelheiten erkennen.

„Mist!" entfuhr es ihr spontan. „Wie konnte ich nur so naiv sein zu glauben, dass die Mechloron ihre Landesgrenze nicht bewachen würden."

Aus dem Schatten des Tores heraus bewegten sich drei Wachen auf Suelias Fuhrwerk zu.

„Scheiße, Scheiße, Scheiße!" Suelia bemerkte ihren Leichtsinn zu spät, denn zum Wenden und damit zur Flucht fehlte es an Platz und Zeit.

„Die Idioten hätten diese scheiß Brücke auch breiter bauen können", fauchte sie. Doch ihr Fluchen änderte nicht die Lage, in der sie sich befand. Leicht zog Suelia die Zügel an, die Fahrgeschwindigkeit verringernd. Dabei versuchte sie so befreit wie möglich zu lächeln.

„Wo wollen wir denn hin? fragte der vorderste der drei Torwächter. Er war der einzige, der ein Schwert besaß. Die restlichen beiden hielten in ihrer rechten Hand je einen Speer und in der anderen einen Schild, auf denen die Wappen Mechlorons prangten.

„Zu Euch, meine Süßen", antwortete Suelia und lächelte dabei. Mit ihren Händen zog sie ihre Kleider leicht zur Seite, so dass ihre Schenkel erkennbar wurden.

„Steig ab, Schlampe, und gehe drei Schritt weg vom Wagen", sagte darauf erneut der vordere der drei.

Suelia erkannte, dass ihr Plan dieses Mal nicht aufgehen würde. Doch erneut kam der Zufall ihr zu Hilfe. Mit schwerem Hufschlag machte sich ein herannahendes Pferd bemerkbar.

„Macht Platz, dringende Botschaft für Mechloron", schrie der Reiter, dessen Pferd sich noch in vollem Galopp befand.

„Halt!" befahl der Wortführer der drei Wachen, erhob dabei seine rechte Hand und ging dem Reiter einige Schritte entgegen.

„Aus dem Weg", rief der heranreitende Soldat erneut und zügelte dann doch sein Pferd. Dabei fiel der total erschöpfte Mann vom Rücken des Pferdes hinab, geradewegs in die Arme des Hauptmannes der Wachen.

„Die Feinde haben die Brücke nach Gundwen überwunden", stammelte der Soldat, bevor er in Ohnmacht viel. Der Hauptmann, von den schlechten Nachrichten überrascht, blickte zu Suelia und deutete mit einer Bewegung seines Kopfes an, dass sie weiterfahren solle.

Während Suelia schnell ihren Wagen bestieg, um schleunigst weiterzufahren, damit die Wachen es sich nicht noch einmal anders überlegten, hörte sie, wie der Anführer befahl, dass sein Pferd gesattelt werden solle. Er würde Mechloron die Nachricht persönlich überbringen. Suelia hatte das Tor kaum passiert, da ritt der Hauptmann der Wachen auch schon an ihrem Fuhrwerk vorbei und verschwand schnell aus ihrem Blickfeld.

„Ich bin unbesiegbar", sagte Suelia laut und ließ ihr Pferd erst einmal am Wegesrand grasen. Dann kletterte sie geschwind auf einen der vereinzelt herumstehenden Bäume, um sich umzusehen. Ein riesiges Meer aus Gras wogte zu ihren Füßen. Der aufkommende heiße Wind erzeugte einzigartige Muster auf der grünen Oberfläche, die mit den Wolkengebilden hoch am blauen Himmel konkurrierten. Suelia atmete tief durch ihre Nase, sog die Luft weit hinab bis in ihren Bauch hinein, um sie dann durch ihren Mund wieder frei zu geben.

„Riechst Du das, mein Kleines?" rief sie laut, gegen den Wind anschreiend. Dabei streichelte sie leicht ihren hervorstehenden Bauch, in dem ihr Kind heranwuchs.

„Das ist der Geruch der Freiheit. Die Welt liegt uns zu Füßen und wartet auf uns."

„Der Feind hat sich ergeben", sagte Valton zu seinem Fürsten.

„Gut", erwiderte Mechloron darauf, trank einen Schluck Wein, um dann weiter zu sprechen.

„Wenn die Unruhen im Süden beendet sind, können wir uns ja endlich wieder um die Bastarde im Norden kümmern. Ich denke sowieso, dass Dein Rat falsch war, Valton."

„Inwiefern, mein Herr? stammelte darauf der Befehlshaber der Soldaten.

„Nun, wir hätten die Unbesiegbaren in Heron lassen sollen. Dass wir dann auch noch die ganze verdammte Brücke ohne nennenswerten Schutz gelassen haben, gefällt mir auch noch immer nicht."

„Aber, mein Fürst", versuchte sich Valton zu rechtfertigen. „Ihr seht doch, dadurch dass wir unsere gesamte Streitmacht in den Süden schickten, haben wir die Kämpfe da unten binnen kürzester Zeit gewonnen. Nun können wir uns auf das letzte verbleibende Ziel konzentrieren. Heron ist schutzlos, und bevor die Feiglinge in der Lage sein werden eine neue Armee aufzustellen, sind wir längst wieder über den Dragus rübermarschiert und vernichten die übriggebliebenen Soldaten schnell. Wer sollte sich Euch..."

„Ein Bote aus Gundwen", sagte in diesem Moment eine der Wachen, die vor der Tür stand und unterbrach damit Valtons Redefluss.

Erschöpft stürzte der Hauptmann der Wachen, der an den Grenzen Mechlorons seinen Dienst tat, herein und warf sich sofort zu Füßen seines Fürsten.

„Ihr tragt die Kleidung der Wachen unseres Reiches", sagte Valton mit fester Stimme.

„Wie könnt Ihr uns da Botschaft aus Gundwen bringen?"

„Verzeiht", keuchte der noch immer atemlose Bote. „Der eigentliche Überbringer der Nachricht starb an unseren Toren, noch in meinen Armen bei der Ausübung seiner Pflicht. Die Nachricht fiel deshalb denkbar knapp aus."

„Sprecht", sagte darauf Mechloron ungeduldig.

„Ja, Herr!" Sich nur kurz räuspernd fuhr der Befragte fort. „Eine neue Streitmacht der verbündeten Städte hat bereits den Dragus überschritten und befindet sich in diesem Augenblick auf dem Weg zu uns nach Mechloron."

„Euer Plan war wirklich ausgezeichnet, Valton", zischte Mechloron.

Sich verbal verteidigen konnte der Beschuldigte aber nicht mehr. Denn Mechlorons Schwert steckte in seinem Hals, durchstach diesen und nagelte Valton an der hinter ihm befindlichen Wand förmlich fest.

„Schickt die Unbesiegbaren auf der Stelle zu unserer Grenze im Norden. Sie dürfen den Feind nicht über die Brücke lassen. Sofort!" schrie der wütende Fürst der Mechloron.

Die ehemals große und befestigte Straße verkam zusehends zu einem sandigen, von Grasbüscheln überwucherten Weg. Konnten von Heron bis zur Grenze Mechlorons noch bequem drei Fuhrwerke nebeneinander fahren, so hatte Suelia nun ihre liebe Not, den Wagen überhaupt noch in der Spur zu halten. An zwei größeren Ortschaften kam sie bereits vorbei, doch fürchtete sie sich hindurchzufahren. So umfuhr sie die Mauern in großer Entfernung, immer in der Hoffnung, von den Wachen nicht entdeckt zu werden.

Gelegentlich las sie eßbare Abfälle am Straßenrand auf, auch wenn diese schon schimmelten, um sie dann auf der Stelle zu verspeisen. Ihr Pferd hatte bei der Nahrungssuche keinerlei Probleme, denn noch immer wucherte das grüne Gras um sie herum.

„Fühlst Dich wie im Pferdehimmel, Alter", sagte Suelia und tätschelte dabei sanft den Hals des Rosses. Sie lief nun vor dem Wagen, die Zügel lagen auf dem Kutschbock und das Pferd trottete gemütlich neben ihr her. Dann rümpfte Suelia ihre Nase.

Ein Gestank der Verwesung lag in der Luft und Suelia von Neugier gepackt, teilte mit ihren Händen das Gras, entfernte sich immer mehr vom Wagen und stand plötzlich und unerwartet am Fuße eines kleinen Bachs. Tausende Fliegen schwirrten um sie herum und verdunkelten mit ihren winzigen Körpern den Himmel. In der sengenden Hitze erkannte die werdende Mutter den Kadaver eines verendeten Tieres. Aasgeier kämpften um ihre Beuteanteile und Suelia gegen ihre aufkommende Übelkeit. An der Flanke des toten Tieres konnte sie deutlich die Kratzspur einer großen Pranke erkennen. Panik befiel Suelia, denn sie wollte nicht selbst zur Beute irgendeiner Großkatze werden. Welcher Art ihr unbekannter Gegner angehörte, wußte sie nicht und dass es Raubkatzen in Mechloron gab, auch nur aus Erzählungen ihrer Großmutter, bei der sie aufgewachsen war. Plötzlich sträubten sich ihre Nackenhaare, und eine Gänsehaut überfiel Suelia. Hinter ihr war deutlich ein Knacken zu hören, und dann spürte sie den Atem eines fremden Lebewesens an ihrem Nacken. Die Zunge des Unbekannten fuhr über ihren Haut entlang und mit den Zähnen zwickte es an ihrer Schulter. Laut lachend drehte sich Suelia um und umarmte den Hals ihres Pferdes.

„Bist nicht gern allein, Alter", sagte sie. Dann kam ihr eine Idee. „Freunde von Suelia sollten frei sein", flüsterte sie ins Ohr des Pferdes und befreite es von der Kutsche. Für diese hatte sie sowieso keine Verwendung, und ohne Wagen würden sie außerdem noch schneller vorankommen.

Ein kurzes aber kräftiges Fauchen aus dem dichten und hoch stehenden Gras ließ Suelia aschfahl werden. Ihr Pferd wieherte und schabte unruhig mit den Hufen. Als erneut ein Fauchen zu vernehmen war, aber dieses Mal von der entgegengesetzten Seite, wußte Suelia das ihre Neugier sie in eine Falle gelockt hatte. Stocksteif und zu keiner Bewegung fähig, verharrte Suelia. Ihrem Pferd erging es nicht anders. Mit vor Angst geweiteten Augen stand es nun ganz still, sich dem Schicksal ergebend, neben ihr. Schaum bildete sich an seinem Maul in dem Maße, wie Suelias Mund immer trockener wurde. Dicht hinter sich hörte sie die festen und zugleich sanften Tritte eines großen Tieres, das sich unaufhaltsam nährte. Als ein Brüllen erklang, so gewaltig das Suelia das Blut in den Adern gefror, fiel die Lethargie von ihr ab.

Ohne sich umzusehen, sprang sie auf den Rücken des Pferdes und trieb es vorwärts durch den Bach. Am anderen Ufer ging es im Galopp weiter. Das Brüllen hinter ihr wurde leiser, doch bevor Suelia aufatmen konnte, widerhallte der Ruf zehnfach in den Weiten des sie umgebenden Graslandes. Sie klammerte sich fest an den Hals des Pferdes und hoffte auf den Instinkt des Tieres. Dieses rannte in blinder Panik weiter geradeaus, während links und rechts neben ihm deutlich das stoßweise Atmen der Raubtiere zu hören war. Suelia nahm den starken Absprung eines der Angreifer wahr und wie er dicht hinter ihrem Pferd hart auf dem Boden aufschlug. Der Schaum am Maul ihres vor Erschöpfung fast zusammenbrechenden Pferdes löste sich in klebrige stinkende Fäden auf, die sich in ihrem Gesicht verfingen. Suelia schrie so laut sie nur konnte. Irgendwann registrierte sie mit geschlossenen Augen, sich nur auf ihr Gehör verlassend, dass ihr Pferd still stand und von den Bestien nichts mehr zu hören war.

Sie öffnete ihre Augen und blickte sich vom Rücken ihres treuen Begleiters aus um. Ihr Pferd graste friedlich im Schatten einiger Bäume.

Obstbäume! Eben noch das Ende vor den Augen habend, blickte sie nun wieder dem Glück ins Antlitz.

„Hier, Alter, hast es Dir verdient."

Suelia warf einige der Früchte hinab zu ihrem Roß, dass diese dankbar verschlang. Dann biß sie selbst in eine der Köstlichkeiten und verschluckte sich fast daran. Hustend, das Verschluckte herauswürgend, fluchte Suelia vor sich hin. Angsterfüllt blickte sie voraus und sprach dabei mit sich selbst.

„Scheiße, das Leben ist doch wie der Ozean im Sturm. Kaum ist Suelia auf der Welle des Glückes, fällt sie auch schon wieder runter."

Mit Tränen in den Augen harrte sie der Dinge, die geschehen sollten.

Eine dunkle Staubwolke kündigte das Herannahen des Feindes an. Dass er wegen ihr kam, stand für sie außer Frage. Wer macht sich schon die Mühe die sichere Straße zu verlassen, nur um den Weg abzukürzen? Doch Suelia nahm sich ihrer selbst zu wichtig. Dicht an ihrem Baum vorbei, im schnellen Lauf sich nicht für sie interessierend, rannten die siebzig Unbesiegbaren vorbei. Trotz ihrer Angst bewunderte Suelia das Auftreten der Elitesoldaten Mechlorons. Selbst in vollem Lauf bewegten sie sich noch im Gleichschritt und so graziös, als seien sie miteinander eins. Wer soll die jemals besiegen, dachte sie bei sich und dann fingen ihre Hände an zu zittern. Während Neunundsechzig der Unbesiegbaren sie keines Blickes würdigten, schaute einer zu ihr hoch, und der sie durchbohrende Blick ließ ihren Atem stocken. Die Augen hatte sie schon einmal gesehen! In der Nacht vor ihrer Verhaftung in Heron, als sie ihren Peiniger tötete, hatte dieser sie schon einmal beobachtet.

Doch Suelia sollte nicht von der Welle des Glückes stürzen. Das erneute Brüllen der Raubtiere ließ den Krieger wieder nach von sehen. Doch die Unbesiegbaren interessierten sich auch nicht für Raubkatzen. Keine Veränderung in ihrer Bewegung machend, rannten sie geradeaus in Richtung der Tiere. Zu Suelias Verwunderung entfernte sich das Brüllen von ihrem Standpunkt aus, immer weiter in die entgegengesetzte Richtung.

Selbst die Könige der Tierwelt Mechlorons haben vor den Unbesiegbaren Angst, dachte Suelia und biß nun erleichtert in die Früchte des Baumes. Dann pflückte sie noch einen kleinen Vorrat und setzte sich wieder auf den Rücken des Pferdes, denn sie wollte noch etwas Abstand zwischen sich und den Raubtieren bringen, ehe die Nacht hereinbrechen sollte.

AUFGEBEN

‚Ich habe so viele Dinge gesehen, Bruder, die ich mir nicht erklären kann.'
Die Hände von Rose´ formten flink die Worte, derer ihr Mund nicht fähig war, sie auszusprechen. Ihr Bruder las aufmerksam von ihren Händen, ohne sie zu unterbrechen.
‚Ich habe den Tod von Arcen und mir gesehen, aber auch die Geburt unseres gemeinsamen Kindes. Wenn ich nicht zu Arcen gehe, kann ich nicht getötet werden, so, wie er dann nicht beim Versuch der Rache. Andererseits muß Arcens Tod, den ich nun einmal sah, auch gar nicht im Zusammenhang mit dem meinigen stehen. Aber würden wir uns nie mehr sehen, entstände auch nicht unser Kind.'
Zum ersten Mal in seinem Leben sah Rose´s Bruder seine Schwester so aufgelöst und hilflos.
Doch die Entscheidung abnehmen, konnte ihr niemand. Das Problem in ihren Wahrnehmungen lag darin, dass es nie zeitliche Anhaltspunkte gab. Dadurch fehlte natürlich jeglicher Bezug zwischen den gesehenen Dingen. Genauso gut konnte Arcen auch schon Jahre vor ihrem eigenen Tod ermordet werden oder umgekehrt. Doch ein noch viel ent-

scheidenderes Kriterium konnte Rose´ nicht außer Acht lassen, und das war ihre unendlich große Sehnsucht nach dem Mann, den sie so sehr liebte.

„Ich halte diese Wärme nicht mehr aus", stöhnte Varisius fortwährend.
Er war nicht der einzige in der Armee des Städtebundes, dem das feuchtwarme Klima zu schaffen machte. Von überall her erklang das Jammern der jungen und entkräfteten Männer.
„Ihr werdet doch jetzt nicht aufgeben, Ihr Weichlinge", schrie ihr Anführer von Zeit zu Zeit. „Wenn Ihr an Mamis Brust wollt, müßt Ihr nur umkehren. Für die, die lieber an den Busen der Frauen Mechlorons wollen, heißt es weiter marschieren."
„Ja, Vater", sagte einer der Soldaten, der einen Verwundeten stützend, hinter ihnen lief.
„Ich fürchte, dass wir ihn", dabei deutete er auf den Verletzten auf seiner Schulter, „aber auf die Frauen drauf legen müssen, denn allein schafft er es wohl nicht mehr die Berge Mechlorons zu erklimmen."
Einige Soldaten lachten für kurze Zeit, dann kehrte erneut Stille ein, die nur vom keuchenden Atem der Männer unterbrochen wurde.
Arcen wunderte sich, woher er die Energie nahm. Denn allem Anschein nach, war er der Einzige, dem seine Umgebung gefiel und dem das Klima nicht zu schaffen machte.
Ist halt meine neue Heimat, dachte er und bemühte sich in den Wäldern irgendein vertrautes Gesicht zu entdecken. Doch entweder waren seine Bemühungen zu gering oder die Bewohner Gundwens beobachteten nicht ihren Marsch. Die

Wochen vergingen, in denen tagsüber nichts geschah. Doch des Nachts träumte Arcen wieder intensiv von seiner Rose´. Ich warte auf Dich an der Grenze zu Mechloron, sagte sie mit Hilfe ihrer Hände in einem seiner Träume, und der Schwertmeister aus Heron fieberte dem Augenblick entgegen, an dem er seine Rose´ in seine Arme nehmen konnte, um sie einfach nur zu halten, ihre Nähe zu riechen und ihr seine Liebe zu gestehen.

Der Mond schien ein Wettrennen mit der Sonne abzuhalten, so schnell verflog die Zeit. Doch für Suelia war es die pure Erholung. Sie konnte sich nicht daran erinnern, wann sie das letzte Mal so entspannt war. Menschen hatte sie seit Tagen keine mehr zu Gesicht bekommen, und von den Raubkatzen fehlte auch jede Spur. Das letzte Mal, dass sie das Brüllen der Bestien wahrgenommen hatte, lag schon drei Tage zurück.

Es war die Nacht des Vollmondes, als die Tiere miteinander kommunizierten. Suelia konnte deutlich vor der großen Scheibe des Mondes, die Schatten der Katzen vorbei huschen sehen, wie sie Beute machten, um darauf ihr markerschütterndes Gebrüll zu inszenieren, dass alle Geschöpfe der Nacht in Bewegungslosigkeit und Stille verharren ließ. Trotz ihrer Furcht hatte sich Suelia am folgenden Tag zum Beutetier geschlichen, um die Reste des Tieres roh zu verspeisen. Dabei mußte sie sich vor den scharfen Schnäbeln der Aasgeier in Acht nehmen, die ihre gefundene Beute nur ungern teilen wollten.

Noch immer umgab sie das saftige Grün des schier niemals endenden Graslandes Mechlorons. Doch zeichneten sich erste Veränderungen ab, denn von Zeit zu Zeit durchbrachen Felskuppen die sonst monotone Landschaft. Der Himmel blieb als einziger ein Bestandteil des ewigen Gleichbleibens. Ohne eine Wolke in helles blau getaucht, den Kontrast zum grünen Gras bildend, blieb er unverändert seit die werdende Mutter das Land des Feindes betreten hatte.

Nach stundenlangem Ritt erreichte Suelia endlich die Berge Mechlorons. Dahinter sollte das Ziel ihrer langen Reise liegen. Womit sie ihr Leben als Farmerin beginnen wollte, wußte sie noch nicht. Denn ohne Saat würde es auch keine Ernte geben. Doch darum kümmerte sich Suelia vorerst noch nicht.

„Zuerst müssen die Berge überwunden werden, und dann sehen wir weiter", sagte Suelia zu ihrem stummen Begleiter, dessen Rücken nun schon seit so langer Zeit eine Erleichterung für ihre müden Füße darstellte. Dass ihr Pferd es auch war, dass sie vor den Raubkatzen rettete, würde Suelia ihm nie vergessen. Deshalb legte sie trotz ihrer Ungeduld eine Pause ein.

„Friss Dich mal schön voll, Alter. Wer weiß, wann Du wieder so saftiges Gras zu Gesicht bekommst."

Suelia tätschelte noch einmal den Hals ihres treuen Pferdes und legte sich dann am Fuße eines einsam herumstehenden Baumes zum Schlafen nieder. Stunden später brach Suelia mit ihrem Pferd zum letzten Abschnitt ihrer Reise auf. Doch schon bald erkannte sie das hoffnungslose Unterfangen. Der Weg war nicht zu steil für sie, wohl aber für ihr treues Pferd. Suelia hatte Tränen in ihren Augen und schluchzte ohne Unterlaß.

„Wir werden einen geeigneteren Weg finden, Alter. Was soll ich in der Freiheit, wenn mein einziger Freund nicht mitkommen kann?"

Doch in ihrem Innersten kannte sie die Wahrheit bereits.

Sie hatte nun zwei Möglichkeiten. Entweder allein in eine ungewisse Zukunft, oder sie blieb mit ihrem Pferd in den weiten des Graslandes. Für ihr Pferd wäre es das Paradies, doch Suelia würde sich in eben dem bald wiederfinden, denn binnen kürzester Zeit würde sie hier Hungers sterben.

„Machen wir es kurz, mein Alter", sagte Suelia mit zittriger Stimme und gab ihrem treuen Begleiter einen dicken Kuß auf dessen von Schleim und Dreck verklebten, sowie stark stinkenden Maul. Ihr Pferd wieherte, und ob es Suelia verstanden hatte oder das Gras es nur zurücklockte, drehte es sich langsam um und ging den Weg allein bergab.

Minutenlang sah Suelia ihrem besten Freund hinterher. Selbst als das Pferd schon längst verschwunden war, konnte sie ihren Blick nur widerwillig vom Weg zurück abwenden. Irgendwann wischte sie ihre Tränen jedoch fort und machte sich auf den entgegengesetzten Weg bergauf. Es war ihr Weg, und den mußte sie allein gehen.

Arcen lag allein in seinem Zelt, durch dessen Wände spärlich das Mondlicht fiel. Draußen war mit Ausnahme vom Zirpen der Grillen und den vereinzelten Rufen eines Waldkauzes keinerlei Geräusch wahrnehmbar. Doch die Stille sollte trügerisch sein, denn unweit der Wachposten schlich eine zierliche Gestalt durch das dichte Unterholz. Am Rande des Waldes verharrte sie kurz, sich umblickend. Vor ihr lag das ohne große Sorgfalt errichtete Camp des Städtebundes. Durch ihren schnellen Vorstoß siegessicher, beließen die Soldaten es bei einem Minimum an Wachen. Denn im Morgengrauen wollten sie die Brücke nach Mechloron überwinden. Sicherlich wäre ein sofortiger Vorstoß im Schutze der Dunkelheit effektiver.

Doch dass ihr Anführer kein großer Taktiker war, hatte nicht nur Arcen bemerkt. Doch die jungen Soldaten liebten ihren „Vater" und Herons Schwertmeister, wälzte sich unruhig in seinem Zelt umher und wartete auf die Erfüllung seines letzten Traumes.

Ein kurzer Windhauch ließ Arcen erschauern. Er spürte instinktiv, dass er nicht mehr allein im Zelt war. Dann im Mondlicht sah er sie endlich wieder. Deutlich konnte er die Brüste von Rose´ erkennen, wie sie sich im Mondlicht abzeichneten.

„Wenn es ein Traum ist, lass ihn nie enden", stammelte Arcen unhörbar, mehr zu sich selbst. Er setzte sich auf und befand sich nun hinter Rose´, die vor ihm auf ihren Knien hockte. Mit seinen Händen strich er sanft ihre Arme entlang, hinunter bis zu ihren Hüften. Mit seinem Mund liebkoste er den Hals von Rose´ und führte seine Zunge langsam die Wirbelsäule hinab. Nach endlosen Minuten drehte sie sich ihm zu und beide versanken im Rausch des sich gehenlassens. Stunden vergingen, in denen sie ihrer Liebe freien Lauf ließen. Erneut schrie ein Waldkauz seinen klagenden Ruf hinaus in die Stille der Nacht. Dass der Schrei von Seiten Mechlorons erfolgte, wo gar kein Wald existierte, verwunderte nur Rose´. Dann überschlugen sich die Geschehnisse, und alles Weitere vollzog sich so plötzlich und schnell, dass zur Gegenwehr keine Zeit blieb.

Mehrere Schatten tauchten vor den Zelten auf, und eine silber im Mondlicht scheinende Klinge durchstach das Zelt, in dem der noch schlaftrunkene Arcen lag. Rose´ warf sich über ihren Geliebten, der noch immer nicht begriffen hatte, dass die Mechloron im Begriff waren, die Armee des Städtebundes zu überrennen. Aber er registrierte das Schwert, welches seine Rose´ durchbohrte. Er schrie auf vor Wut und wollte zu seinem Schwert springen. Doch nicht fähig sich zu konzentrieren, blieb es bei der Absicht, es erreichen zu wollen. Ein schwerer Schlag warf ihn zu Boden. Vom Mondlicht angestrahlt, erschien das erhobene Haupt von Mechloron in Arcens Zelt.

„Herr, es ist nicht gut, dass Ihr selbst dem Kampf beiwohnt", sagte einer der hinter seinem Fürsten stehenden Krieger. „Wir, die Unbesiegbaren, erledigen die uns gestellten Aufgaben immer gewissenhaft."

„Das weiß ich", erwiderte darauf Mechloron. „Ich koste nur gern selbst vom Nektar des Triumphes. Was gibt es schöneres für einen Krieger, als den Sieg über seine Feinde in den Armen einer Frau zu genießen."

Damit deutete er mit seiner Hand auf die am Boden liegende Rose´. Sofort sprangen einige der Unbesiegbaren vor, um nach kurzer Untersuchung ihrem Fürsten Bericht zu erstatten.

„Herr, beide leben noch, sind aber schwer verwundet."

Mechloron lächelte selbstzufrieden, bis einer der Unbesiegbaren von draußen rief, dass die Armee des Städtebundes sich im Wald neu formiere und ihre Bogenschützen bereits heran marschierten.

„Lasst ihn hier verrecken! Aber die hübsche Kleine nehmen wir mit. Kümmert Euch um sie. Wir müssen vorerst zurück nach Mechloron. Hier würden wir uns nur für deren Schießübungen präsentieren."

Mechloron verließ das Zelt, gefolgt von seinen Unbesiegbaren, von denen einer Rose´ in den Armen hielt. Ein anderer warf Arcen, seinen Spieltrieb folgend, von der Brücke hinab in die unbekannte Tiefe. Doch waren die daraus entstehenden Folgen für Mechloron und dessen Unbesiegbare zu diesem Zeitpunkt noch nicht abzusehen. Denn für Arcen bedeutete der Sturz, in den unten verborgen dahin fließenden Fluß nicht den Tod, sondern neues Leben. Die kalten Fluten weckten seine Lebensgeister und getrieben von unbändiger Wut, angestautem Haß und der Kraft zu seiner tot geglaubten Liebe, stieg er aus den Fluten empor. Der Schrei, der sich seiner entledigte, war so gewaltig und kam so tief aus seinem Inneren heraus, dass die Unbesiegbaren zum ersten Mal in ihrem Leben das Gefühl der Angst vor der unbekannten, dabei doch von ihnen geweckten Kraft, spürten. In diesem Moment, in dem der Schrei hundertfach unten im Canyon widerhallte, wußte der Fürst der Mechloron, dass er einen Fehler begangen hatte.

Entkräftet stürzte Suelia zum wiederholten Mal zu Boden. Sie hatte alles aufgegeben. Vor drei Tagen selbst ihre Nahrungsaufnahme, was allerdings darauf zurückzuführen war, dass ihre spärlichen Vorräte aufgebraucht waren und ihr das Wissen, sich in der Bergwelt Mechlorons neue zu beschaffen, fehlte. Doch eines besaß sie noch immer. Den unbezwingbaren Willen zu leben, um eines Tages ihr Kind in den Händen zu halten, es zu liebkosen und ihm ein Leben ohne Ängste in Freiheit bieten zu können.
Doch vorerst lag sie auf dem harten Boden der Realität, und ihre Träume waren fehl am Platz. Suelia registrierte, dass sie am Ufer eines kleinen Baches lag, in dem sich das gleißende Sonnenlicht spiegelte.
„Wasser, muss trinken", stammelte sie vor sich hin und versuchte zum kühlem Naß zu kriechen.
Dann bemerkte sie rechts neben sich eine flüchtige Bewegung am Ufer und ohne zu überlegen, schlug sie geistesgegenwärtig mit ihrer rechten Hand zu. Woher ihre impulsive Schnelligkeit herrührte, war ihr selbst ein Rätsel. In jedem

Fall hatte die kleine Eidechse, die zum Sonnenbad am Ufer saß, nicht den Hauch einer Chance, dem von links heranschnellenden Tod auszuweichen.

„Worüber machst Du Dir auch Sorgen?" sagte Suelia zu ihrem Spiegelbild im Bach. „Wenn Suelia Hunger hat, besorgt sie sich Nahrung. Hat sie Durst, sucht sie sich Wasser. Aber wie Du siehst", dabei schlug sie mit ihrer Hand ins kühle Wasser, „kommt sogar alles von selbst zu mir." Dann lachte sie schallend los, drehte sich auf ihren Rücken und verspeiste die Eidechse. Schmatzend und immer noch kichernd reimte, sie kleine Verse.

HAST DU HUNGER,
KOMMT DAS ESSEN SCHNELL ZU DIR.
HABE ICH DURST,
DANN FLIESST EIN BACH GESCHWIND ZU MIR.
WOZU SICH VOR DER ZUKUNFT SORGEN,
WIR HABEN HEUTE UND NICHT MORGEN.

Vor Erschöpfung, aber mit dem seit so langem vermißten Sättigungsgefühl, schlief Suelia noch am Ufer des Baches ein. Das sich hinter ihr eine Gestalt mit schleppendem Schritt heranschlich, den rechten Arm kraftlos hängen lassend, dafür in der linken Hand eine um so schwere Axt haltend, bemerkte sie nicht mehr. Die Person verharrte in ihrer Bewegung, die schlafende Suelia betrachtend, um sich kurz darauf an ihrem Fußende niederzusetzen. Dort beobachtete der junge Mann weiter, sah wie sich Suelias von der fortschreitenden Schwangerschaft geweiteter Bauch, beim Atmen sanft auf und ab bewegte und sich ihre Gesichtszüge langsam entspannten. Der Fremde lächelte und flüsterte: „Süße Träume, Suelia."

DER LAUTLOSE TOD

Seit sechs Wochen lag Rose´ nun schon bewußtlos auf ihrer harten Lagerstatt. Es Bett zu nennen, verbot sich von selbst, denn die schlecht zusammengeleimten und mit Stroh bedeckten Bretter boten keinerlei Bequemlichkeit. Doch davon spürte sie ohnehin nichts. Mechlorons Ärzte hatten Rose´ schon längst aufgegeben und der Fürst sein Interesse an der jungen Frau vergessen. Er war damit beschäftigt, seine verstreuten Truppen zu vereinen, um den letzten alles entscheidenden Angriff auf Heron und die Städte des Nordens zu führen. Außerdem machte es ihn wütend, dass es allen Anschein nach schon Feinde im eigenen Land gab. Denn seit sechs Wochen wurden vereinzelte, zu den Sammelplätzen ziehende Soldaten, von unbekannten Kämpfern getötet.

Das es mehrere sein mußten, stand für Mechloron außer Frage, denn erst gestern kam die Meldung zu ihm, dass erneut eine Gruppe von acht Soldaten tot aufgefunden wurden.

„Mein Fürst, Ihr habt uns rufen lassen." Die Unbesiegbaren waren vor ihrem Herrn angetreten und erwarteten seine Befehle.

„Ein neuer und ungewöhnlicher Auftrag für Euch", sagte Mechloron. Müde wischte er sich den letzten Schlaf aus seinen Augen heraus und fuhr in seiner Rede fort.

„Ihr werdet bemerkt haben, dass der Feind schon unter uns weilt. Schwärmt aus, findet und beseitigt ihn."

„Wie Ihr befehlt!" Die Unbesiegbaren verneigten sich und rannten geordnet und ohne zu zögern davon. Rasch, sich in mehrere kleine Gruppen aufteilend, entfernten sie sich von Mechlorons Festung.

Derweil war unten in den Verliesen der Burg eine alte weißhaarige Frau damit beschäftigt, Rose´ weiterhin Nahrung und Flüssigkeit einzuflößen. Ursprünglich sollte sie vor langer Zeit wegen Mordes an ihrem Mann hingerichtet werden. Dieses Urteil ist im Lauf der Jahrzehnte in Vergessenheit geraten, und keine der Wachen vor den Kerkertoren konnte sich noch an die Alte und ihre Vergangenheit erinnern. Doch die Frau, im Bewußtsein ihrer Schuld, versuchte seitdem ihre Seele durch gute Taten reinzuwaschen. Ihr verdankte Rose´ den letzten Funken Leben, der noch in ihrem Körper weilte.

Dann inmitten einer mondlosen Nacht, einzig erhellt von einem schwachen Lichtstrahl, der sich unter der Gefängnistür hindurch zwängte, erwachte Rose´. Ihre erste Bewegung galt dem Anfassen ihres Bauches.

„Deinem Kind geht es gut", sagte die weißhaarige Alte und versuchte ihren Worten einen Hauch von Güte einzuverleiben.

Rose´ nickte dankbar im Bewußtsein, dass sie ohne die Alte nicht überlebt hätte.

„Bist nicht von hier, Kleines? Verstehst wohl nicht meine Worte", sprach erneut die Alte. Sanft streichelte sie das Haar von Rose´ und erzählte weiter. „Ich war auch einmal so hübsch wie Du.

Aber das liegt schon viele Jahre zurück."

Für eine kurze Zeit sah sie wehmütig zum Fenster hinaus, wo man selbst bei Tageslicht nichts als den dreckigen und steinigen Hof der Burg sehen konnte.

„Ist der Himmel über Mechloron noch immer so schön blau?" fragte sie mit zittriger Stimme, keine Antwort erwartend. „Es ist bestimmt noch genauso erfrischend den Sommerwind auf der Haut zu spüren, den Wind zu riechen, nachdem er durch das hohe Gras hindurch fuhr, so wie vor dreißig Jahren. Bin ich schon solange hier unten?"

Die Alte hatte ihre Augen geschlossen, und kleine Tränen drangen unter den Liedern hervor, sich den Weg über ihre faltige Haut hinabbahnend. „Dreißig Jahre!"

Das Tageslicht erblickten ihre Augen nie wieder. Denn mit der aufgehenden Sonne, entschwand die reingewaschene Seele ihrem Körper, gleich dem Morgentau, der im Sonnenlicht vergeht.

„Was gibt es schöneres, als unser Soldatenleben?"

Unter lauter Zustimmung sprach der sich im mittleren Alter befindliche Soldat weiter.

„Ich habe nach unserem Sieg über unsere Feinde im Süden, drei Frauen mit meinem Schwanz beglückt. Ich glaube die waren froh, dass ich ihre Männer zuvor erschlagen habe."

„Das ist doch noch gar nichts", prahlte ein anderer, etwas jüngerer Soldat. „Nachdem die Feiglinge sich ergeben hatten, standen die Frauen in einer langen Schlange vor meinem Zelt, nur um mit mir zu schlafen. Das wurde anstrengender, als die Schlacht zuvor."

„Wartet nur ab", sagte nun auch noch ein dritter Soldat aus der Armee Mechlorons überschwenglich lachend daraufhin. „Wenn wir in Heron, Hunteron, Herakes oder einer anderen Stadt des verdammten Nordens einmarschieren, werde ich euch zeigen, wer der beste Liebhaber im Bett ist."

Die acht Soldaten marschierten seit vier Tagen gemeinsam ihrem Sammelpunkt entgegen. Vier Tage, in denen sie sich ihre Heldentaten unermüdlich vorlogen.

„Ich werde ..." Gerade als der erste erneut zu reden begann, wurde er auch schon wieder jäh unterbrochen, von einer zirka vier Zentimeter breiten Klinge aus blankem Stahl, die sich durch seinen Hals bohrte.

Keiner der Soldaten hatte den hinter einem Baum wartenden Feind, der blitzschnell mit der Sonne im Rücken angriff, bemerkt. Bevor die dem vorderen Soldaten folgenden, den nur als Schatten in der untergehenden Sonne erkennbaren Schwertmeister aus Heron erblickten, lagen bereits vier ihrer Kameraden tot auf dem Boden.

Arcens grenzenlose Liebe zu seiner Rose´ hatte sich in diabolischen Haß auf alle Menschen Mechlorons gewandelt. Vor zwei Tagen hatte er es geschafft, einen Weg aus den Tiefen des Abgrundes hinauf an die Oberfläche zu finden. In diesen zwei Tagen tötete er bereits mehr Soldaten, als in sämtlichen Kämpfen zuvor. Er glich jetzt einer übermenschlichen Bestie aus dem Reich der Fabeln und jeder Gegner, der in seine scheinbar funkensprühenden Augen sah, den darin lodernden Haß erblickte, wußte um sein Ende und dem Unvermögen, ihm irgend etwas entgegensetzen zu können. Mit tiefem grollenden Fauchen, dass mehr an die Raubkatzen Mechlorons als an einen Menschen erinnerte, riß er sein Schwert aus dem Leib seines fünften Opfers heraus. Dabei parierte er den Angriff des sechsten Soldaten, in dem er mit seiner Waffe, das Schwert samt dem dazugehörigen Arm vom Rumpf seines Gegners trennte. Die Bewegung weiterführend, stach Arcen mit seinem Schwert hinter sich genau ins Herz des vorletzten Feindes. Der achte Soldat, der zuvor noch seinen Kameraden in Heron seine Liebeskünste beweisen wollte, sank um Gnade winselnd auf seine Knie. Er sollte Heron nie erblicken. Denn nicht nur das Gefühl der Liebe war dem Schwertmeister abhanden gekommen. In Arcen brodelte ein Gemisch aus Trauer, Schmerz, Sehnsucht und abgrundtiefen Haß, der keinen Platz für Mitleid ließ. Mit einem einzigen Schlag trennte er seinem letzten Opfer den Kopf ab. Selbst als der kopflose Körper bereits kraftlos zu Boden gesunken war, konnte man in den Augen des abgeschlagenen Hauptes den um Erbarmen flehenden Blick erkennen. Arcen sank für einen kurzen Moment von Schmerzen gezeichnet zu Boden. Diese rührten nicht von Verletzungen her. Vielmehr drohte sein Herz im Anflug von Wehleidigkeit und der Sehnsucht zu der totgeglaubten Liebe seines Lebens zu zerspringen.

Nein, solange auch nur einer der Unbesiegbaren und ihr elender Fürst am Leben ist, bleibt keine Zeit für meinen Tod.

Mit einem einzigen Sprung stand Arcen wieder fest auf seinen Beinen. Dann grub er sich ein kleines Erdloch. Er wußte, dass über kurz oder lang Mechloron seine Elitesoldaten auf ihn ansetzen würde.

Keine achtundvierzig Stunden später erschienen drei der siebzig Unbesiegbaren, um sich die Spuren des Kampfes anzusehen. Dass links hinter ihnen, gut getarnt in seinem mit Gras bedeckten Erdloch ihr Tod wartete, bemerkten sie nicht. Dafür stellte einer von ihnen anhand der Schwertspuren fest, dass sie es mit nur einem Gegner zu tun hatten. Diese Erkenntnis verlängerte das Leben der drei jedoch auch nicht. Ohne den Hauch einer Chance zur Gegenwehr wurden zum ersten Mal in der Geschichte der Unbesiegbaren, Krieger aus ihren Reihen im Kampf getötet und damit besiegt.

„Was wollt Ihr damit sagen?" schrie Mechloron wütend.

„Nun ja", sagte der Bote und konnte während er sprach seinen Sarkasmus nicht verbergen.

„Ich denke, dass die Unbesiegbaren ihrem Namen nicht gerecht wurden. In jedem Fall, fanden wir die acht toten Soldaten, die meine Männer und ich begraben sollten und obendrein noch drei getötete Krieger eurer Elitetruppe. Also mußten wir noch drei Gräber mehr ausheben und ..."

„Ihr habt meine Krieger zusammen mit gewöhnlichen Soldaten beigesetzt?" unterbrach Mechloron schroff den Boten. Nach kurzer Überlegung gab er einem an der Tür stehenden Krieger aus den Reihen der Unbesiegbaren einen Wink mit seinem Zeigefinger, stand auf und verließ ohne ein Wort den Thronsaal.

„Wir sollten uns ein wenig unterhalten", sagte der Elitesoldat Mechlorons, der bis dahin schweigend den Worten seines Fürsten gelauscht hatte, zu dem nun allein vor dem Thron stehenden Überbringer der schlechten Nachricht.

„Ja, etwas Zeit habe ich ..."

Von der kräftigen Stimme des Unbesiegbaren unterbrochen, verstummte der Bote, noch bevor er seinen Satz zu Ende bringen konnte.

„Ich frage, und Du antwortest", sagte er trocken und griff mit seiner rechten Hand an die Kehle des ihm gegenüber stehenden Soldaten. Dann hob er den nicht gerade schwächlichen Boten einzig mit der Kraft seines rechten Armes empor und drückten den hilflos Zappelnden mit dessen Rücken an die kühle Mauer des Thronsaals.

„Wie fandet Ihr die Unbesiegbaren vor?" fragte ohne erkennbare Anstrengung Mechlorons Krieger, den noch immer strampelnden Soldaten.

„Tot", keuchte dieser und im Bewußtsein, dass sein Sarkasmus fehl am Platz war, fuhr er schnell fort, „Alle drei lagen am Boden mit aufgeschlitzten Kehlen. Ihre Waffen hatten sie noch nicht einmal gezogen. Wird wohl sehr schnell gegangen..."

Durch ein lautes Knacken, das entsteht, wenn Knochen brechen, wurde der Bote zum letzten Mal in seinem Redefluß gestoppt. Langsam öffnete sich die Hand des Unbesiegbaren, und mit gebrochenem Genick fiel der Soldat Tod zu Boden. Danach verließ auch Mechlorons Krieger den Thronsaal und ging nach draußen in den Burghof. Dort wartete bereits der Fürst mit den restlichen Unbesiegbaren.

„Kommt", sagte dieser. „Wir gehen auf die Jagd nach unserem unbekannten Kämpfer."

„Mein Fürst, wollt Ihr wirklich selbst daran teilnehmen?" fragte dieser darauf.

„Oh ja! Das Leben in der sicheren Burg ist nichts für einen Krieger", erwiderte Mechloron. „Um die harmlosen Feinde an unseren Grenzen kann sich unsere Armee kümmern. Ich will den Schwertkämpfer erlegen."

Nach kurzer Pause fügte er dann noch hinzu.

„Natürlich bin ich schon etwas älter als Ihr, meine Krieger, und deswegen werde ich reiten und nicht, traditionell wie Ihr, durch unser großes weites Land laufen. Seid ihr bereit?" schrie er vom Rücken seines Pferdes hinab.

„Ja, Herr", erklang die einheitliche gewaltige Antwort der siebenundsechzig verbliebenen Unbesiegbaren.

„Wir können die Belagerung nicht länger durchhalten", sagte Varisius zu seinem Befehlshaber.

„Unsere Vorräte sind erschöpft, genau wie der Rest unserer Männer."

Auch ihr Anführer hatte seinen Fehler längst bemerkt. Hätte er seine Befehle befolgt, nur die Brücke über den Dragus einzunehmen, um diese dann zu halten, wären sie jetzt nicht in dieser aussichtslosen Situation. Doch die Geschehnisse konnte er nicht mehr rückgängig machen.

„Ihr habt Recht", antwortete er, „eine Belagerung macht nur dann Sinn, wenn man den Gegner von dessen Vorräten trennen kann. Leider habe ich nicht bedacht, dass die Mechloron keinen Nachschub von Außerhalb benötigen und sich selbst versorgen können."

„Idiot", sagte einer der Soldaten, kaum hörbar aus den hinteren Reihen, der sich um ihren Anführer gescharrten Männer. „Nur weil sie eine Befestigungsanlage haben, mit der sie ihren einzigen Zugang ins Landesinnere schützen, ist es noch lange keine zu belagernde Burg. Nur ein Idiot belagert ein ganzes Land."

Ihr, von allen nur „Vater" genannter Anführer hatte gute Ohren und hörte die Vorwürfe überdeutlich. In der Absicht sich zu rechtfertigen, stellte er sich für alle sichtbar auf ein leeres Faß und sprach erneut.

„Mein Fehler war es zu glauben, die Mechloron hätten ihre Grenze nicht so gut gesichert. Ich dachte, nachdem wir die Brücke über den Dragus überwunden hatten, könnten wir in einem Blitzangriff auch gleich ihre Grenzen stürmen. Leider war ich nicht darüber informiert, dass auch hier eine schwer zu überwindende Brücke existiert."

Der letzte Fehler, den er allerdings tat war der, sich für Mechlorons Bogenschützen gut sichtbar auf dem Faß als Ziel zu präsentieren. Laut surrten etliche Pfeile durch die warme Abendluft. Mit einem ebenso lauten Knall durchschlugen zwei von ihnen die Brust des unvorsichtig gewordenen Kriegers. Der vom Blut gerötete Boden ergänzte das am Himmel entstehende Abendrot farblich vortrefflich. Das melodische Zirpen der Grillen, die zu ihrem nächtlichen Konzert aufspielten, wurde zum Todesmarsch des verendenden Anführers.

Langsam entspannten sich dessen Gesichtszüge, und er vollzog seinen letzten Atemzug. Da öffneten sich plötzlich die Tore Mechlorons und heraus rannte eine wild brüllende Horde Soldaten. Für die führungslos gewordene Armee des Städtebundes war es das Signal zur panischen Flucht. Wie viele von ihnen Hinterrücks und ohne Gegenwehr zu so später Stunde erschlagen wurden, zeichnete sich erst am kommenden Morgen ab.

Von der stolzen, siegessicheren Armee des Städtebundes waren nur noch zweihundert verängstigte Soldaten übrig geblieben. Diese flohen in kleinen versprengten Gruppen vor ihren nachrückenden Feinden. Auch Varisius war unter ihnen. Er hatte sich mit vier gleichaltrigen jungen Männern seiner Heimatstadt zusammengetan und zu fünft versuchten sie, diese jetzt wieder zu erreichen. Dabei mußten sie sich ständig vor den berittenen Soldaten Mechlorons verstecken, die auf der Suche nach verstreuten Kämpfern ohne Unterlass die Straße kontrollierten. Diese gänzlich zu verlassen, trauten sie sich aber auch nicht. Zu viele Gruselgeschichten hafteten in ihrem Gedächtnis über die Barbaren in den Wäldern Gundwens. Auch erinnerten sich die jungen Soldaten an Erzählungen ihrer Großeltern, dass Drachen und Dämonen dort hausen sollten. Dann lieber mit Gegnern aus Fleisch und Blut um ihr Leben ringen. Aber eigentlich wollten sie nur noch nach Hause und überhaupt nicht mehr kämpfen.

Erneut hatte der Unbekannte zugeschlagen. Stumm saß Mechloron auf seinem Pferd und sah zu den tot am Boden liegenden sechzehn Soldaten. Einer der Unsterblichen untersuchte die Getöteten und stellte fest, dass es sich erneut nur um einen Gegner handelte. Es musste aber ein sehr gefährlicher Meister seines Faches sein, denn anhand der Schwertführung und der sauberen Schnitte ließ sich ablesen, dass er kein gewöhnlicher Soldat war. Dieses Mal war auch zu erkennen, dass der fremde Schwertmeister sich nicht lautlos an seine Opfer angeschlichen hatte. Jeder der getöteten Soldaten hatte seine Waffe gezückt in der Hand gehalten, und trotzdem waren ihre Klingen sauber, ohne Blutreste ihres Gegners, geblieben.

Mechloron blickte sich um. Die Unbesiegbaren und er waren bereits weit weg von ihrer heimatlichen Festung. Das schöne weite Grasland verschwand zusehends, und stattdessen befanden sich fast nur noch Hügel und Felsen in ihrer Nähe. Ehe der Fürst reagieren konnte, schlug ein Pfeil in den Körper eines seiner Elitesoldaten ein, und ein erneutes todesverheißendes Surren streckte einen zweiten der Unbesiegbaren nieder.

Schnell sprang Mechloron von seinem Pferd. Mit seinen verbliebenen fünfundsechzig Kriegern suchte er die Umgebung ab. Doch erfolgte kein weiterer Angriff, und so konnten sie den Standort ihres Gegners nicht mehr ausmachen. Langsam begriff der Fürst, dass es nicht bei den Toten bleiben würde und dass er damit recht hatte, zeichnete sich schon zwei Tage später ab.

Auf der Suche nach Herons Schwertmeister, hatten sie das Gebirge bereits erreicht, und in schwindelerregender Höhe kamen sie an eine lange Hängebrücke, die einen tiefen Abgrund überspannte. Dort erblickten sie ihren Gegner zum ersten Mal.

Er war offensichtlich damit beschäftigt, einen Verband um seine Füße zu binden und als er Mechloron und sein Unbesiegbaren sah, humpelte er langsam davon.

„Von wegen nicht verletzt" sagte Mechloron.

Dann schrie er laut vor Wut vom Rücken seines Pferdes zu den noch wartenden Unbesiegbaren. „Holt euch den Bastard, Männer!"

Sofort sprangen seine Krieger vor und rannten zur wackeligen Brücke.

Aufrecht mit gezückten Schwertern liefen sie Meter für Meter über den sich leicht im Morgenwind wiegenden Bauwerk menschlichen Erfindungsgeistes. Eine andere Eigenart der Menschen, die ihn von den Tieren unterschied war es, sich Pläne zur Vernichtung seiner eigenen Artgenossen ausdenken zu können. Bevor die sechsunddreißig Unbesiegbaren, die sich auf der Brücke befanden, die andere Seite erreichten, schnellte der eben noch scheinbar verwundete Gegner, befreit von seinem Verband, hervor und zerschlug mit einem einzigem Schwertschlag die Halteseile. Es war die Zeit der großen Ernte.

Fünf Minuten lang sahen sich Mechloron und Arcen in die Augen. Dann wendete sich Herons Schwertmeister von ihm ab und verschwand zwischen den Felsen. Der stolze Fürst hingegen sank auf die Knie, schloß seine Augen und versuchte seinen Wutanfall unter Kontrolle zu kriegen. Dann schrie er laut, aber nicht mehr so siegessicher wie einst: „Ich werde Dich finden und töten! Hörst Du, ich schlage Dir Deinen scheiß Kopf vom Hals ab."

Doch Arcen hörte nicht. Sein Interesse galt einer kleinen Hütte in der Nähe eines hohen Felsens, vor der einige kleine

Felder angelegt worden waren. Dorthin wollte sich der Schwertmeister zurückziehen, um neue Energie zu tanken. Vielleicht sind die Bauern in Mechloron ja freundlicher, als ihre Soldaten. Mit dieser Annahme ging Arcen von den Bauern seiner Heimat aus. Denn die waren damals überhaupt nicht erfreut gewesen, die Soldaten Herons, welche ihre Felder zertrampelten, auch noch mit ihrer knappen Ernte verköstigen zu müssen. Fünfhundert Meter trennten ihn noch von der Hütte. Vor Arcen lag ein kleiner Bach und der unglückliche Schwertmeister besann sich seines Äußeren.

Werde mich wohl besser erst einmal waschen, sonst halten die mich noch für einen Räuber.

Über ihm schien die Sonne, unter der ein Adler seine Runden zog, mit seinen vereinzelten Rufen die Stille durchbrechend.

Schon lange betrachtete der Wärter die schlafende Rose´. Dass sich ihr leicht von der Schwangerschaft geweiteter Bauch bei jedem Atemzug etwas auf und ab bewegte, machte ihn nur noch geiler. Es war kurz nach Mitternacht, und er hatte die undankbare Aufgabe der Nachtwache. Seine Befehle waren eindeutig, die Kerkertüren dürfen nur in Begleitung eines Soldaten geöffnet werden. Als er neulich die alte weißhaarige Tote aus dieser Zelle heraustragen mußte, standen ihm sogar drei bewaffnete Soldaten zur Seite.

„Ist ja auch ein gefährlicher Krieger, diese kleine Schlampe", kicherte der Wärter vor sich hin. Dass er damit Recht hatte, erfuhr alsbald am eigenem Leib.

Des Nachts schliefen die Soldaten und wollten auch nicht vom niedrigen Wachpersonal geweckt werden.

„Wenn in der Nacht jemand verreckt, holt Ihr ihn eben am nächsten Morgen raus", äffte der Wärter den Offizier nach, der hier unten das Kommando hatte. Dabei war er doch ein stattlicher Kämpfer. Ende vierzig, einen Meter neunzig groß und fast einhundert Kilo schwer, wovon natürlich ein Großteil des Gewichtes auf seinen Bauch entfiel. Aber seiner Meinung nach war ein Mann ohne Bauch kein richtiger Mann. Das war auch die Ansicht seiner beleibten Freunde, von denen er nicht all zu viele hatte. Irgendwann konnte der Wärter gegen sein Sexbedürfnis nicht mehr ankämpfen, sah sich um und als er niemanden erblickte, öffnete er leise die Tür, in seiner Hand einen Fetzen Stoff haltend, den er seinem Opfer in den Mund stopfen wollte, damit es nicht schreien konnte. Doch dazu kam er nicht mehr. Gerade als er das Fußende der schlafenden Rose′ erreichte, schnellte diese lautlos empor, umschlang mit ihren Füßen den Hals des Wärters und mit einer blitzschnellen Drehung um ihre eigene Achse, brach sie dessen Genick. Dann schlich sie aus den Tiefen des Kerkers empor, auf dem vom Mondlicht beschienen Burghof. Trotz ihrer nicht verheilen wollenden Verletzungen, war es für Rose′ ein leichtes, die hohen Mauern von Mechlorons Festung zu überwinden. Dann verschwand sie im Schutz der Dunkelheit.

DAS WIEDERSEHEN

„Guten Morgen, Suelia."

Die Genannte schreckte auf. Über ihr leuchtete schon hell die Morgensonne, und in ihrer Nase kitzelte der Geruch frisch zubereiteten Tees. Sie hörte das lustige Prasseln eines Feuers und bemerkte das frische Obst zu ihren Füßen. Hastig griff sie nach einer der Früchte und biß sofort hinein. Dabei drehte sie sich ihrem Gönner zu und verschluckte sich sofort an dem noch in ihrem Hals steckendem Bissen.

„Veringot?" Ungläubig, den Ausruf mehr als Frage formuliert habend, starrte sie hustend ihr Gegenüber an.

„Ich bin tot, und wir sind beide im Paradies", stellte Suelia trocken fest, was ein herzhaftes Lachen bei ihrem Verlobten hervorrief. Dann wurde sie rot vor Scham, denn Veringot mußte ihren Zustand bemerkt haben.

„Ich kann, oder besser muß Dir etwas erklären", sagte sie, wurde aber sofort von Veringot unterbrochen.

„Nein, es bedarf keiner Erklärungen. Die Taten von gestern gehören der Vergangenheit an. Wer wir heute sind und was wir jetzt machen ist wichtig."

Niemand hätte vor zwei Jahren noch vermutet, dass der arrogante Sohn eines der reichsten Kaufmänner von Heron und seine Freundin, die hübsche und eitle Suelia, sich einmal so entwickeln würden.

„Wo willst Du eigentlich hin?" fragte Veringot seine so lang vermißte Suelia.

„Ich weiß noch nicht so genau", antwortete diese und hoffte Veringot würde sie zum Bleiben überreden, was er dann auch tat.

„Wenn Du willst, kannst Du hier bleiben. Ich würde gern der Vater Deines ungeborenen Kindes sein und, Du könntest mir bei der Bestellung des Bodens helfen."

„Was ist mit Dir geschehen?" fragte Suelia plötzlich, die erst jetzt den kraftlos herunter hängenden Arm und den schleppenden Schritt Veringots bemerkte.

„Oh", antwortete dieser, "bei unserem glorreichen Feldzug wurde ich von Mechlorons Truppen gefangen genommen. Nach stundenlanger Folter entschieden sie sich dafür, mir meinen rechten Arm und eines meiner Beine mehrfach zu brechen, damit ich nie wieder eine Waffe gegen Mechloron erheben könne."

„Das ist ja furchtbar", rief Suelia.

„Ich denke", dabei sah Veringot der Liebe seines Lebens tief in die Augen, „wir haben beide schreckliche Dinge erlebt. Aber wir leben und nur darauf kommt es an."

Dann stützte er seine Suelia und führte sie zu seiner kleinen Hütte, die am Rande eines stattlichen Felsens stand.

„Heute feiern wir unser Wiedersehen", sagte er, entzündete im Kamin ein Feuer und holte eine kleine geschnitzte Flöte hervor. So sangen sie die Lieder ihrer gemeinsamen Kindheit bis spät in die Nacht hinein und zum ersten Mal seit einer Ewigkeit verspürten beide ein Gefühl des Glückes. Dann klopfte es laut an der Eingangstür und Veringot humpelte los, um diese zu öffnen.

Nach tagelangem Fußmarsch erreichte Rose´ die Brücke nach Gundwen.

Mit letzter Anstrengung überwand sie die Grenzbefestigungen Mechlorons. Ihre Wunden hatten sich erneut entzündet und von Fieber geplagt, entkräftet und dem Tod näher als dem Leben, gelangte sie in den Wald ihrer Heimat. Dort fiel sie einem der Wachposten auf, der sie sofort auf seiner Schulter nach Hause trug.

„Wie geht es meiner Schwester?" fragte der Bruder von Rose´.

„Seit zwei Monaten schläft sie fast pausenlos und ich denke, wir können nichts mehr für sie tun", antwortete der befragte Heiler. „Sie wird sich entscheiden müssen."

„Ich kann sie so lang im Schlafzustand halten, bis sie ihr Kind gebärt. Die Geburt würde sie aber nicht überleben und dementsprechend nie mehr aus ihren Träumen erwachen. Die andere Alternative sie zu wecken, wäre für Deine Schwester auch nicht besser. Dann könnte sie noch ein bis zwei Monate unter Schmerzen leben, um dann gemeinsam mit ihrem Kind zu sterben."

„Ich werde mit ihr sprechen", sagte der Bruder von Rose´, der nun bald der letzte verbleibende Anführer seines Volkes sein würde.

Die Entscheidung von Rose´, ihrem Kind um jeden Preis das Leben zu schenken, war vorhersehbar und nach kurzem Abschied fiel Rose´ in den Schlaf, aus dem sie nie wieder erwachen würde. Einige Monate später starb sie, und ihre Leiche wurde von den besten Kriegern ihres Landes nach Xantus gebracht, wo sie ehrenvoll bestattet wurde.

Kaum zurück in Gundwen gab ihr Bruder den Befehl, dass eine Beratung stattfinden solle.

„Der Krieg zwischen Mechloron und den Städten des Nordens geht an uns, die wir zwischen ihnen leben, nicht spurlos vorüber. Wir passen unser Leben ihren Kriegen an und ich denke, wir sollten uns dieses nicht länger gefallen lassen."

„Das ist richtig", erwiderte ein alter Krieger auf die von ihrem Anführer gesprochenen Worte. „Doch sind wir kein aggressives Volk. Unsere Taten dienen nicht der Befriedigung egoistischer und selbstsüchtiger Pläne, nicht der Sucht nach materiellen Gütern, sondern dienen einzig und allein dem Wohl unseres Volkes. Wenn wir töten, dann nur, um die Unsrigen zu schützen. Also sollten wir nach Möglichkeiten suchen, den Krieg zu beenden, ohne Blut zu vergießen. Ich denke, wir sollten Späher in unsere Nachbarländer schicken, die vorerst einmal nur die Lage analysieren sollen."

In diesem Moment erklang aus einer Kammer hinter ihrem Anführer Babygeschrei und der Bruder von Rose´ erhob sich, um dem Kind seiner verstorbenen Schwester die Flasche zu geben.

„Ein weiser Vorschlag", sagte er noch, sich in Richtung seiner Ratgeber verneigend.

„Dieser Bastard bringt mich um meinen Verstand", fluchte der Fürst der Mechloron. Er saß an einem kleinen Bach und versuchte sich notdürftig die Wangen zu rasieren.

„Scheiße" rief er erneut, als er die ersten grauen Haare an sich entdeckte. „Nun werde ich durch diesen Scheißkerl auch noch alt."

„Ein Bote aus unserer Festung", unterbrach einer der verbliebenen neunundzwanzig Unbesiegbaren das Fluchen seines Herrn.

Sie hatten sich an einem kleinen Bach zur Rast versammelt, um sich auszuruhen und um die Geschehnisse des letzten Tages, der mit dem Tod von sechsunddreißig der ihren geendet hatte, zu verarbeiten.

„Was gibt es?" fragte schroff Mechloron, ahnend, dass es sich nicht um gute Nachrichten handeln würde. Der Bote im Bewußtsein, was sein Fürst nur allzu oft mit den Überbringern schlechter Botschaften anstellte, versucht die seine möglichst locker und harmlos darzubieten.

„Vor zwei Tagen brach eine Gefangene aus dem Kerker aus. Aber sie ist schwer verwundet und wird nicht weit kommen. Der Wächter der versagt hatte, wurde bereits gerichtet." Dass der Gefängniswärter von der Ausgebrochenen selbst gerichtet wurde, verschwieg er sicherheitshalber. Außerdem fügte er noch schnell hinzu: „Ich werde natürlich an der Suche nach der Ausreißerin teilnehmen. Euch mein Fürst und Euren Unbesiegbaren noch viel Glück bei der Suche nach dem Feind."

Dann beging er allerdings einen tödlichen Fehler, in dem er anstatt davon zu reiten fragte: „Wo sind eigentlich die restlichen Unbesiegbaren?" Die Antwort traf ihn mitten ins Herz, in Form von Mechlorons Rasiermesser.

„Ich bin ja schon auf dem Weg", rief Veringot, sein Bein hinterher schleifend, lautstark. Vorsichtshalber nahm er noch die schwere Axt von der Wand.

„Keine Angst", flüsterte er Suelia beruhigend zu. Noch trennten ihn zwei Meter von der Eingangstür und dem Unbekannten, der hinter ihr stand. Erneut tönten feste Schläge von der Haustür, durchzogen die ganze Hütte mit ihrem schweren Klang und schüchterten die neue Hausherrin ein, während der Herr des Hauses noch einen Meter zurücklegen mußte, um sie zu erreichen. Veringot umfaßte seine Axt mit dem festen Griff seiner linken Hand. Er hatte ein merkwürdiges Gefühl, dass er sich nicht erklären konnte.

„Wer kann das sein?" fragte Suelia. Mit der Erkenntnis einer neuen Zukunft und der Möglichkeit auf ein kleines Stückchen Glück, hatten sich auch schnell wieder Verlustängste bei ihr eingestellt. „Lass die Tür doch einfach zu", rief sie heiser fast panisch. Veringot lächelte gequält. Er hatte die Tür erreicht und entzündete eine Kerze, die neben der Hauspforte stand. Dann fragte er mit fester Stimme. „Wer seid ihr, und was ist Euer Begehr?"

„Ich bin ein Krieger aus Gundwen und begehre nichts, außer etwas Ruhe und ein wärmendes Feuer."

„Ein Krieger aus Gundwen", flüsterte Veringot. Er wusste, dass von denen keine Gefahr ausging, denn Gundwen kümmerte sich nicht um den Krieg zwischen Nord und Süd, gleichwohl er auf dem Rücken ihres Landes ausgetragen wurde. Außerdem kam ihm die Stimme vertrauenerweckend, fast schon bekannt, vor. Er öffnete und der dabei entstehende Luftzug ließ die Kerze verlöschen.

„Tretet ins Licht, damit ich Euch erkennen kann", sagte Veringot zu der draußen im Dunklen verharrenden Gestalt.

Der Junge schwamm durch die Fluten des riesigen Flusses und wurde von der Strömung an die gegenüberliegende Seite getragen. Ein großer in schwarze Kleidung gehüllter Mann folgte ihm. Am anderen Ufer war es kalt, und der Schnee lag meterhoch umher. Die blattlosen Bäume streckten ihre kahlen Zweige der untergehenden Sonne entgegen, und ihre Schatten erzeugten düstere Bilder auf dem gefrorenen Naß. Der Junge war etwa dreizehn Jahre alt und erinnerte Arcen an sich selbst. Vor einer kleinen Ewigkeit lief er selbst noch mit Suelia und seinem Freund Veringot glücklich durch die Wälder vor Heron. Aber die Uhr tickt fortwährend, gnadenlos dem Ende aller vergänglichen Dinge entgegen und dass nichts für die Ewigkeit und von Dauer ist, hatte Herons Schwertmeister längst begriffen. Arcen beobachtete weiter. Die vermummte Gestalt wies dem Jungen den Weg. Es ging durch mit Dornen bewachsenes Gestrüpp leicht bergauf. Langsam veränderte sich die Umgebung und wurde unmerklich zu einem mit dichten Nadelbäumen bewachsenen Wald. Meterhoch standen die hölzernen Riesen. Ihre spitzen Enden ließen sich in der aufkommenden Dunkelheit der bevorstehenden Nacht nicht mehr erkennen. Der Weg führte nun steiler aufwärts und endete auf einer Anhöhe, die mit den Wipfeln der Bäume abschloß. Wie hoch sie sich befanden, konnte Arcen nicht abschätzen. Er wunderte sich mehr darüber, dass der Knabe und sein Führer sich nicht um ihn kümmerten. Plötzlich verschwanden die Wolken und im Lichte des Vollmondes erblickte Arcen von Heron, dass sie sich vor zwei Gräbern befanden. Er trat näher an diese heran, stellte sich vor die beiden Fremden und wollte die Innenschrift des gemeinsamen Grabsteines lesen. Hinter sich hörte er die vertraute Stimme seines Lehrers, dem Bruder von Rose´: „Ja, Kleiner, hier in Xantus begruben wir Deine Eltern."

Arcen erschrak, drehte sich um und sah seinem Mentor ins betrübte Gesicht, erkannte Tränen in dessen Augen und von Schwindel gepackt, wendete er sich erneut dem Stein zu.

Hier ruhen in Liebe vereint Rose´ und Arcen
Sie waren....

Arcen wachte schweißgebadet auf. Es brauchte einige Zeit, bis er sich gesammelt hatte. Er mußte erschöpft am kleinen Bach eingeschlafen sein, denn die Nacht war bereits weit fortgeschritten. So heiß auch die Tage in Mechloron waren, umso kälter waren die Nächte. Frierend erkannte Arcen, dass bereits Licht im nicht sehr weit von ihm entfernt stehenden Haus brannte. Dorthin wollte Arcen gehen. Bevor er klopfte, hörte er den vertrauten Klang einer Flöte aus dem Inneren des Hauses. Mit gemischten Gefühlen schlug er mit

seiner Faust gegen die nicht sehr stabil wirkende Eingangstür.

„Ich bin ja schon auf dem Weg“, hörte er eine Ihm vertraute
Stimme rufen. Fünf Minuten verstrichen, und Arcen klopfte
erneut, auf sich aufmerksam machend.

„Wer seid Ihr, und was ist Euer Begehr?“ Erneut erklang die
Stimme des Hausherrn, und Arcen wußte in diesem Augenblick zu wem sie gehörte, doch war seine Annahme unmöglich. Ihm fielen die Worte des sterbenden Kriegers aus
Gundwen ein, den er in Xantus getroffen hatte. Besonders
der Teil eines Satzes, war in seinem Gedächtnis haften
geblieben: „Nun, wo er vielleicht sein Leben hingab...“ Arcen entschied sich die Wahrheit zu sagen.

„Ich bin ein Krieger aus Gundwen und begehre nichts, außer
etwas Ruhe und ein wärmendes Feuer.“

Das war nicht gelogen, denn mit Heron verband ihn nur
noch seine Vergangenheit. Sterben wollte er, nachdem seine
Rache erfolgt war, als Krieger Gundwens, um seiner Rose´
ins Unbekannte zu folgen. Langsam wurde ein Riegel zu-
rückgeschoben, und die Tür gab knarrend den Blick ins Innere des Hauses frei. Für eine Sekunde konnte Arcen das
Gesicht des ihm gegenüberstehenden Hausherrn erkennen.
Dann blies ein Windhauch die Kerze aus und hinterließ
nichts als die Dunkelheit der mondlosen Nacht.

Krachend schlug die Streitaxt in den Rücken des hinter Varisius laufenden Kameraden. Der Klang berstender Knochen und die entsetzlichen Schreie des tödlich Getroffenen
ließen den jungen, um sein Leben rennenden Soldaten, stop-
pen.

„Bist Du verrückt, renn weiter", schrie neben ihm ein anderer flüchtender Kämpfer, aus den Reihen der einst siegreichen Armee des Städtebundes.

Varisius sah zu dem am Boden liegenden, wimmernden und sich in Todeskrämpfen windenden Bündel Mensch zurück. Über das Gesicht des Todgeweihten liefen die Tränen der Angst. Blut quoll aus seinem Mund hervor, dass sich mit den kleinen Bläschen, welche sich aus dem Speichel bildeten und die im Sonnenschein so herrlich funkelten, vermischte. Mit jedem neuen qualvollen Schrei spie er das Gemisch weit aus seinem Rachen hinaus. Unter den lauten Gurgelgeräuschen hörte Varisius ein flehendes, Hilfe suchendes Wort deutlich heraus: „Mutter!"

Beim Blick zurück erblickte er auch noch einen anderen Soldaten, der sich in der Absicht zu helfen, zum Verwundeten herunter beugte. Er gehörte zur kleinen Flüchtlingsgruppe, der auch Varisius angehörte, obwohl dieser nicht einmal dessen Namen kannte. Es war der gleiche Soldat gewesen, der auch gegen den Versuch war, die Brücke über den Dragus einfach im Laufschritt zu überwinden. In diesem Moment hörte der Enkel Serensons Reiter, die von der Seite Herons und somit ihnen entgegen galoppierten. Deutlich waren die schweren Hufe der Pferde auf der Brücke zu vernehmen, regelrecht zu spüren. Denn der gesamte Boden aus Stein vibrierte unter Varisius Füßen. Er drehte sich wieder in Richtung seines Fluchtweges und sah, wie der Feind, ohne anzuhalten, die beiden schon weit vorausgerannten Soldaten aus seiner Gruppe niedertrampelte.

„Eine Falle", schrie er entsetzt und blickte erneut zum noch immer gebeugt stehenden letzten verbliebenen Kameraden zurück. Der richtete sich auf, warf seinen Speer beiseite und rief laut, dass er sich ergeben wolle. Doch waren seine Widersacher nicht auf Gnade aus. Der erste der heranstürmenden Brückenwachen rammte sein Knie, dem hoffnungslos unterlegenen Waffenlosen in den Unterleib. Noch ehe der vor Schmerzen laut Aufschreiende den Boden erreichte, zückte sein Angreifer zwei kurze Dolche und rammte sie dem um Gnade bettelnden Soldaten Herons in den Rücken. Varisius zitterte, sein Ende vor den Augen habend, am ganzen Körper. Im Kampf konnte er nur unterliegen. Da wollte er lieber mit dem Fluß um sein Leben ringen. Mit einem Sprung stand er auf dem Geländer, und ein weiterer ließ ihn die kalten Fluten des Dragus spüren. Kurz davor seine Besinnung zu verlieren, bemerkte er plötzlich einen stechenden Schmerz in seiner rechten Schulter. Dann rissen ihn die Fluten hinab in die Tiefe, um nach endlosen Minuten Varisius an einer entlegenen Stelle, weit weg von der Brücke der Tausend Namen ans Ufer zu schwemmen.

Von den Feinden fehlte jede Spur. Aber zum Andenken ließen sie ihm ein Geschenk. Mit vor Schmerzen verzerrtem Gesicht, aber aus Angst vor Enddeckung seine Schreie unterbindend, sah Varisius den Rest eines Pfeiles in seiner Schulter stecken. Der Ohnmacht nah, schleppte er sich die Böschung empor. Hustend entledigte er sich anschließend, nachdem er sich vergewissert hatte, dass keine Gefahr bestand, seiner Kleidung und entzündete ein Feuer, um diese zu trocknen. Dann schwanden ihm die Sinne, und Varisius fiel in einen tiefen Schlaf.

„Arcen!"

Erstaunt, teils erschrocken, blickte Veringot dem ins Licht tretenden Krieger direkt in dessen ebenso überraschtes Gesicht. Doch hielt er dem Blick seines ehemals besten Freundes nicht stand. Welch groteskes Bild zeichnete sich vor seinen Augen ab. Er, der einst auf Äußerlichkeiten so großen Wert legte und sich selbst, am liebsten triumphierend in einer schillernden Rüstung über seinen Gegnern stehend sah, stand nun vor dem Ebenbild eines stolzen Kriegers und war selbst gefangen im Körper eines Krüppels, gehüllt in Lumpen. Auch Arcens Kleidung war zerschlissen. Doch allein seine Ausstrahlung und seine überflüssige Bewegungen vermeidende Haltung, ließen ihn über den Dingen stehen. Nur Suelia bemerkte einen weiteren Unterschied zwischen den beiden. Während Veringots Blick klar, dabei aber ausdruckslos wirkte, sah sie in Arcens Augen grenzenlosen Schmerz und tiefe Trauer, gepaart mit erbarmungslosem Haß.

Er gibt sich für einen Krieger Gundwens aus, dachte Veringot im Stillen. Für einen Augenblick vergaß er seine mühsam erlangte Selbstlosigkeit und schob seine eigene Wichtigkeit wieder in den Vordergrund. Er glaubte, Arcen wäre im Auftrag Herons unterwegs, um ihn zu suchen und als Verräter zu richten. Veringot erhob seine Axt und rief, „Willst Du kämpfen, Freund? Ich bin bereit!"

Arcen zog blitzschnell sein Schwert und wehrte den halbherzig geführten Angriff ab.

Suelia schrie: „Was ist mit Euch los, seid Ihr von Sinnen? Sieh Dir Arcen doch an, glaubst Du wirklich er hat keine anderen Sorgen als Dich hier zu suchen? Und Du, Du Schwertmeister aus Heron, Gundwen oder sonst woher, betrachte erst mal Deinen Angreifer, bevor Du tötest!"

Arcen hatte nicht vor, jemanden zu töten und konnte erst jetzt Veringot und Suelia in Ruhe anschauen. Er sah die Verletzungen seines Freundes, Suelias gebrochene Nase, die ebenso schräg verheilte, wie ihr zerschlagenes Kinn. Und doch erkannte Arcen gerade in ihren Augen den Ausdruck, den er bei Rose´ und dessen Bruder schon damals gesehen hatte.

Was mußten die beiden durchgemacht haben?

Dasselbe ging Veringot durch den Kopf, bei der Betrachtung seines eventuellen Gegners.

Wie auf ein geheimes Zeichen folgend, dass von niemandem gegeben wurde, warfen beide plötzlich ihre Waffen beiseite und fielen sich in die Arme. Abwechselnd tanzten sie mit der hochschwangeren Suelia, ihr Wiedersehen feiernd, herum. Für einen kurzen Augenblick konnte Arcen seine Trauer, die Wut und den Haß vergessen. Er blieb bei seinen beiden Freunden und half Veringot beim Ausbessern des Hauses sowie der Bestellung der Äcker. In Heron war es bereits Frühling, aus den Resten des Zauberbaumes spross unerwartet frisches Grün. Doch nicht nur im Norden gedieh neues Leben. Denn weit weg, im tiefen Süden, schenkte Suelia Zwillingen das Leben.

Es waren zwei gesunde Mädchen und so wie im Haus der beiden neu Verliebten das Glück Einzug hielt, keimte in Arcen die Trauer und die Sehnsucht nach seiner Rose´ erneut auf.

„Ich werde euch verlassen", sagte er eines Morgens, umarmte die Vier und schritt ohne weitere Worte zu verlieren dem Sonnenaufgang entgegen. Suelia und Veringot wußten, was in ihrem Freund vor sich ging und das es keinen Zweck hatte, ihn zum Bleiben zu überreden.

„Wann immer Du willst, Du bist jederzeit willkommen", riefen die Zurückgebliebenen einstimmig Arcen hinterher. Innerlich wußten sie aber, dass es ein Wiedersehen der Freunde nicht mehr geben würde.

FRÜHLING

Varisius erwachte ausgehungert, frierend und mit schmerzender Schulter. Das Feuer war längst erloschen und noch immer klamm, hing seine Kleidung vor den Resten der noch nicht vom Wind verstreuten, aber längst kalt gewordenen Asche. Der Frühling hatte seinen Einzug in Gundwen oder Xantus, wie Arcen das Land hier nannte, gehalten. Die Tage waren schon erstaunlich warm, doch fielen die Temperaturen des Nachts fast bis auf den Gefrierpunkt herab. Noch immer in eine Decke gehüllt, die Teil seiner Ausrüstung war, betrachtete Varisius seine entzündete Schulter. Er konnte seinen rechten Arm nicht mehr bewegen und jeder Versuch bereitete ihm große Schmerzen. So war es nicht möglich, dass Feuer erneut zu entfachen. Varisius zog die noch feuchte und kalte Kleidung wieder an.
„Ich muss mich bewegen, oder ich stehe nie wieder auf", stammelte er mit klappernden Zähnen vor sich hin. Den Gesang der Vögel und das neue Grün, dass überall hervor spross, nahm er nicht wahr. Der Wald, erfüllt von neuem emsigen Treiben, kümmerte sich auch nicht um ihn. Nur einige junge Rehe beobachteten seinen taumelnden Schritt aus sicherer Entfernung. Aber als auch sie bemerkten, dass vom erschöpften Soldaten keine Gefahr ausging, ästen sie zufrieden weiter. Die Zeit arbeitete gegen Varisius, und die Tage verstrichen, ohne Aussicht auf Besserung. Wie viele Tage oder Wochen er nun schon durch den Wald lief und dabei alles, was er für eßbar hielt, sich in seinen Mund stopfte, wußte er nicht mehr. Ohne Orientierung dem Tod schon sehr nah, irrte Herons Soldat umher. Es war früher Morgen, die Sonne durchbrach das bereits dichte Blätterdach der Bäume und zauberte wunderschöne Lichtspiele auf

den Boden des Waldes. Von ihm stieg der allmorgendliche Nebel empor und der Tau auf den Blättern leuchtete wie ein Meer, bestehend aus einer unzähligen Anzahl von Brillanten. Hoch oben in den Kronen der Bäume stritten sich einige Vögel. Doch unten auf dem Boden der Realität näherte sich das Ende für Varisius. Irgendwann spürte Serensons Enkel nicht einmal mehr seinen Arm. Dann war es so weit, ausgehungert und glühend heiß vor Fieber stürzte er zu Boden. Die Tiere des Waldes, dass Gesetz der Natur kennend, schenkten Varisius' Ringen mit dem Tod keinerlei Beachtung.

Aber hinter Sträuchern und Büschen versteckt, zwischen den riesigen Bäumen standen einige Krieger, die sich nach dem Abschluß einer Trauerzeremonie, nun auf dem Heimweg befanden. Sie sahen den Sterbenden und halfen ihm sofort, in dem sie seine Wunden wuschen und verbanden, ihm Nahrung und Tinkturen mit heilenden Kräutern einflößten. Dann brachten sie den noch immer Besinnungslosen in die Nähe der Straße nach Heron und ließen ihn an einem wärmenden Feuer zurück. So plötzlich sie auftauchten, so gespenstisch, fast unheimlich verschwanden sie auch wieder. Fast schien es, als verschlucke sie der Wald, und sie wurden eins mit dem Morgennebel.

Noch immer in tiefem Schlaf, bemerkte Varisius nicht den Bauern, der sich auf dem Weg nach Heron befand. Er stoppte und warf den ausgemergelten Soldaten auf seinen Karren, der von einer kränklich, altersschwach wirkenden Kuh gezogen wurde.

In Heron, das nur noch ein Schatten seiner damaligen Blüte darstellte, lud er den Bewußtlosen, in tiefen Träumen befindlichen Varisius vom Wagen und brachte ihn ins Lazarett. Dieses glich mehr einer Leichenhalle und die Heilungschancen der dort liegenden Verwundeten tendierten gegen Null. Es fehlten überall Arzneimittel, selbst sauberes Wasser gab es kaum. Die umfunktionierte Schule, in der einst Varisius von seinem Großvater Serenson unterrichtet wurde, stank nach Fäkalien, und selbst auf den Betten der Verwundeten rannten ganze Armeen von Ratten. Helfer oder gar Ärzte gab es kaum noch, in der dem Untergang geweihten Stadt. Die meisten Menschen, die noch fähig waren zu laufen, waren bereits vor Tagen in die nördlich gelegenen Städte geflohen.

Alle in Heron warteten auf den bevorstehenden Angriff Mechlorons. Doch die feindlichen Armeen ließen sich Zeit. Noch hatten sie nicht ihre eigenen Grenzen, geschweige den ungesicherten Dragus, überquert. Die Späher, die pausenlos eintrafen, wußten nur von einer gewaltigen Armee zu berichten, die sich hinter den Mauern Mechlorons sammelte. Was sollten die wenigen noch kampffähigen Soldaten Herons gegen diese Übermacht ausrichten? Die Mauern der Stadt waren geborsten, und nur notdürftig geflickte Tore schreckten keinen Angreifer zurück.

Varisius erwachte, geweckt von einer bekannten Stimme, die draußen vor der ehemaligen Schule eine Ansprache abhielt. Noch immer angeschlagen, aber auf dem Wege der Besserung, stolperte er zum Fenster und erblickte Veringots Vater. Der reiche Kaufmann erklärte heroisch, die Pflicht der Bewohner Herons, um jeden Preis die Stadt zu halten. Er würde heute noch aufbrechen, um von seinem neuen Zuhause aus Waffen zu schicken, damit die tapferen Soldaten ihre Stadt verteidigen könnten.

„Warum zerstören wir nicht einfach die scheiß Brücke der Tausend Namen?" fragte eine Stimme aus dem Hintergrund.

„Ja, was sollen wir in diesem Müllhaufen auch verteidigen?" riefen andere.

„Es ist unsere Pflicht den Bewohnern Gundwens zu helfen, und die Brücke ist die einzige Verbindung zu ihnen", versuchte der reiche Kaufmann zu erklären. Seine Wachen, die ihn auf seinen Fahrten stets begleiteten, wurden unruhig.

„Heuchler!", schrieen aufgebrachte Frauen, die stellenweise nicht nur ihre Männer, sondern auch ihre Söhne verloren hatten.

„Wir wissen doch alle, dass Du Deinen Reichtum aus den Eisenerz-Minen in Gundwen beziehst, und die willst Du nicht verlieren", rief erneut eine Stimme aus der Anonymität der Menschenmenge heraus.

Dann beging die Leibwache des Kaufmanns den Fehler gegen die aufgebrachten Menschen vorzugehen. Sofort prasselten Steine auf die Schilde der Soldaten nieder. Die angestaute Wut auf den in edlen Kleidern umherlaufenden reichen Kaufmann, entlud sich in einem brausenden Sturm. Unerwartet, plötzlich und ohne Vorwarnung nahm der Tod seine Arbeit auf. Ein Stein prallte vom Schild eines der Söldner ab, der im Versuch seinen Auftraggeber zu schützen vor diesem stand und traf unscheinbar und doch tödlich die Schläfe des einst mächtigsten Mannes von Heron. Veringots Vater lag erschlagen in einer Pfütze aus Dreck und Schlamm. Seine Beschützer senkten ihre Schilder und zogen, ohne sich weiter um ihren ehemaligen Arbeitgeber zu kümmern, davon. Die prunkvolle Kleidung des Getöteten färbte sich im Schlammbad schwarz und die roten Blutspritzer, die sich noch auf ihr befanden, setzten die Akzente in diesem Farbenspiel.

„Soviel Aufregung ist nicht gut für meinen Lieblingspatienten", sagte hinter Varisius eine Stimme. Er drehte sich um und ließ sich von einer wunderschönen Helferin zu Bett bringen. „Wie ist Dein Name?" fragte er den leibhaftig vor ihm stehenden Engel, der so plötzlich in sein Leben trat. Doch hörte er nicht mehr die Antwort seiner schönen Pflegerin. Denn kaum berührte sein Rücken das Bett, versank Varisius auch schon in einer Welt voll aufregender Träume. Dabei wurde er von seiner Unbekannten beobachtet, die sich weiterhin um ihn kümmerte, die Temperatur maß und für frisches Wasser sorgte. Auch den anderen Kranken fiel das übermäßige Interesse der Schwester zu ihrem Lieblingspatienten auf.

„Jung müsste man sein", lästerte einer der Verwundeten, der schon seit einem halbem Jahr ans Bett gefesselt war und noch immer mit dem Tod kämpfte.

„Ich bin einsam und fühle mich so unsagbar leer und ausgebrannt", versuchte Arcen seine Niedergeschlagenheit zu erklären. Rose´ lächelte und legte ihren Zeigefinger auf Arcens Mund. Sie lag in ihrem Bett, die Fenster waren geöffnet und hoch über den Bäumen, wo sich ihr Haus befand, fegte der warme Frühlingswind die Sorgen weit fort.

„Du bist so wunderschön", stotterte Arcen, den Versuch eines Komplimentes machend. Dabei meinte er nicht nur ihre äußere oder ihre innere Schönheit. Beides traf in der Frau seiner Träume, die er über alles liebte, perfekt zusammen. Doch ihre Art sich zu bewegen und zu lächeln war es, die ihn förmlich schmelzen ließ. Erneut zeichneten sich auf ihren Wangen die Grübchen ab, die immer entstanden, wenn Rose´ lachte. Sie hob leicht die Bettdecke an und Arcen erblickte den von ihrer Schwangerschaft geweiteten Bauch. Nun war es endgültig mit seiner Fähigkeit sich zu artikulieren vorbei. Wie so oft im Zusammensein mit Rose´ stand die Zeit still. Sie sahen sich in die Augen, und Arcen hörte Rose´ sprechen. Was sie sagte, wurde ihm nicht mehr bewußt, denn im Wissen, dass sie stumm war, konnte er sich wieder einmal nur in einem Traum befinden.

Arcen erwachte, wie in einem seiner ersten Träume, in dem er schon einmal Rose´ sprechen gehört hatte, mit starken Kopfschmerzen und zittrigen Händen. Was blieb, war das Gefühl der Leere und Einsamkeit.

„Bald werde ich bei Dir sein", flüsterte Arcen, noch in Gedanken seinen Traum vor Augen, leise.

„Morgen werden wir losmarschieren und unseren letzten Gegner vernichten. Wir ..... Was gibt es?" fragte Mechloron, der mitten im Satz von einem hereinstürzenden Wachposten unterbrochen wurde.

Durch die Vorfälle, die seine Leibgarde im vergangenen Winter so stark dezimiert hatte, waren seine Haare ergraut, und auch wenn es sich der Fürst nicht eingestehen wollte, verfolgten ihn die Vorgänge noch immer. Jede Nacht erwachte er schweißgebadet und mit zittrigen Händen. Hinter vorgehaltener Hand wurde bereits über ihn gesprochen, dass er nicht fähig sei, sein Land zu regieren, wo er doch noch nicht einmal einen einzelnen Attentäter eliminieren konnte. Besonders schlimm empfand es Mechloron, dass seit langer Zeit kein Lebenszeichen vom unbekannten Krieger, in Form eines erneuten Anschlages bekannt wurde. Einige führende Offiziere lachten hinter seinem Rücken darüber, dass der Fremde vielleicht schon einen Suizid vollzogen hatte, aus Ermangelung an Gegnern.

„Was ist los?" fragte erneut der nicht mehr ganz unumstrittene Fürst.

„Ein Bote mit schlechten Nachrichten", erwiderte die Tür-
wache.

„Er soll eintreten!" Insgeheim hoffte Mechloron von seinem
Widersacher zu hören. Dass er irgendwelche Soldaten getötet und er, der Fürst, seine blutige Spur wieder aufnehmen
könne.

Der Überbringer der schlechten Nachricht warf sich zu Füßen Mechlorons und erzählte:

„Gestern waren wir auf Patrouille, da trafen wir auf acht
Eurer Unbesiegbaren, die noch immer Ausschau nach dem
fremden Schwertkämpfer hielten."

„Das weiß ich selbst, schließlich habe ich ihnen den Auftrag
dazu erteilt", unterbrach Mechloron den Soldaten.

„Wenn Ihr mich aussprechen lassen würdet", sagte unver-
froren der Bote und fuhr in seinen Ausführungen fort. Vor
einem halben Jahr, hätte ihm diese Bemerkung sein Leben
gekostet, doch jetzt hörte Mechloron zu.

„Es war ein schöner Frühlingstag, und wir standen mit den
Unbesiegbaren unter einigen Bäumen, da wir eine Rast einlegen wollten. Das gefiel Eurer Leibgarde überhaupt nicht.
Doch mußten wir ihren Spott und ihre Vorwürfe nicht lange
ertragen. Denn auf einmal ging alles ganz schnell. Innerhalb
von einer Minute prasselten etliche Pfeile auf uns hernieder,
und dann sprang der Fremde plötzlich von dem Baum herunter, von dem aus er zuvor versteckt geschossen hatte. Dabei riß er zwei Unbesiegbare in den Tod, die unter diesem
gestanden hatten."

„Zwei meiner Unbesiegbaren sind tot?" fragte erschüttert
Mechloron und unterbrach damit wiederholt den Überbringer der Botschaft.

„Nein", antwortete dieser. „Alle sind tot! Kaum berührten
die Füße des Fremden den Boden, da zog er die beiden Dol-

che aus den Körpern der beiden Unbesiegbaren heraus und schleuderte sie zwei anderen Heranstürmenden direkt in deren Herzen. Die anderen vier starben zuvor durch seine gezielten Bogenschüsse. Eigenartiger Weise tötete der Fremde nur Eure Elitesoldaten und ließ uns glücklicherweise in Ruhe."

„Habt Ihr nicht versucht zu kämpfen?" fragte nun bereits zornig der Fürst.

„Es ging alles so schnell. Ehe meine erschöpften Männer überhaupt den Angriff registrierten, war er schon vorbei. Der Feind hätte uns ohne Mühe auch töten können, aber allem Anschein nach sucht er sich, im Gegensatz zum letzten Jahr, seine Opfer nun gezielt aus."

Das Wort Opfer mißfiel Mechloron sehr. Er wollte den Soldaten zurechtweisen, dass seine Unbesiegbaren Gegner sind und nicht Vieh, welches zur Schlachtbank geführt wird. Dann ließ er es jedoch bleiben, erhob sich und verkündete seinen Befehl.

„Der Angriff auf die Städte des Nordens wird verschoben. Ich werde mich zuvor mit meinen Unbesiegbaren", dabei betonte er das Wort Unbesiegbaren besonders stark, „um den fremden Bastard kümmern. Wir können nicht unsere Armee in den Norden führen, wenn die südlichen Länder bereits merken, dass Mechloron nur durch einen einzigen Gegner ins Wanken gerät."

Dieses leuchtete selbst den Widersachern des Fürsten, von denen es immer mehr gab, ein. Außerdem hofften sie insgeheim, der Fremde könnte Mechloron besiegen und ihnen den Weg zur Macht ebnen.

Am nächsten Morgen, die Sonne ging gerade erst auf, ritt an der Spitze der nun ebenfalls reitenden Unbesiegbaren Mechloron seinem Schicksal entgegen.

„Entweder wir finden den Bastard und vernichten ihn, oder wir sterben selbst" rief Mechloron seinen verbliebenen einundzwanzig Kriegern zu. Dann ritten sie aufrecht sitzend vom Hof seiner Festung. Sie würden den Schwertmeister finden und töten. Einige Stunden später befanden sie sich in den weiten Grasgebieten ihrer Heimat. Dieses Mal hielten sie untereinander Abstand, damit sie nicht wieder zu Schießübungen ihres Gegners herhalten mußten. Doch dieser ließ sich vorerst nicht blicken. Die Tage verstrichen ohne besondere Vorkommnisse, und Mechloron und seine Krieger fingen an sich zu entspannen. Der Fürst wußte, dass er sich etwas einfallen lassen mußte. Ihr Gegner war eindeutig im Vorteil, da er agieren und nicht wie Mechloron nur reagieren konnte. Von Anfang an war er ihnen einen Schritt voraus, konnte in Ruhe seine Fallen stellen und warten, dass seine Verfolger in diese tappten.

Alles um Arcen herum war ruhig und friedlich. Nur gelegentlich durchbrach der vereinzelte Schrei einer Eule die Nacht. Dunkle Wolken, die mit ihrer feuchten Last den Mond verdunkelten, verkündeten das Herannahen der Regenzeit. In seiner Einsamkeit, begünstigt von der vorherrschenden Stille, fing der deprimierte und von Todessehnsucht gepackte Arcen, wie so oft, an zu dichten.

NOCH EINUNDZWANZIG UND DEN FÜRSTEN,
NACH IHREM BLUT ES TUT MICH DÜRSTEN.
SIND ALLE TOT KANN ICH IHNEN FOLGEN,
ZU MEINER LIEBSTEN, MEINER HOLDEN.
BLEIBE STEHN UND WART AUF MICH,
ICH FOLGE DIR, VERMISSE DICH,

INS LICHT WIR GEHEN DANN VEREINT,
GEMEINSAM, IN DIE UNENDLICHKEIT.

Arcen wusste um die schlechte Qualität seiner Reime. Doch letztlich erheiterten gerade sie ihn immer wieder aufs Neue. So konnte er neue Kraft für seine letzte Aufgabe schöpfen. Acht Unbesiegbare hatte er vor zwei Tagen getötet. Er hatte sich an den einen Wintertag in Heron erinnert, an dem sie von einer Gruppe Kinder mit Schneebällen attackiert wurden. Die Kinder warfen ihre weißen Geschosse vom Zauberbaum herab und überraschten die viel stärkeren Freunde, Suelia, Veringot und Arcen mit den Möglichkeiten, die sie hatten. Auch Herons Schwertmeister und Schüler Gundwens wußte um die kämpferische Stärke der Unbesiegbaren. Deshalb war die Idee, in der sengenden Hitze auf dem Baum zu lauern vortrefflich gewesen. Die verbliebenen einundzwanzig und ihr Fürst, würden jetzt sicherlich vorsichtiger sein. Irgendwann schlief Arcen mitten in seinen Überlegungen ein, um nach kurzer Zeit von einem heftigen Regenschauer wieder geweckt zu werden. Der vereinzelt inmitten des Graslandes stehende Baum, unter dem er geschlafen hatte, bot kaum noch Schutz vor dem kühlen Naß. Das wärmende Feuer erlosch sofort und die Dunkelheit umschlang Arcen. Von der Eule war nichts mehr zu hören. Nur den heftig hernieder prasselnden Regen konnte man wahrnehmen. Als dann Blitze und etliche Donnerschläge das Herannahen eines Unwetters verkündeten, sprang Arcen auf und rannte, sich auf seinen Instinkt verlassend, durch die tiefschwarze Nacht. Er hoffte die richtige Richtung eingeschlagen zu haben, denn nicht allzu weit entfernt befand sich eine kleine Höhle. Sie bestand aus sehr großen Felsbrocken, die vor langer Zeit aufgeschichtet worden waren und einen zur Orientierung markanten Punkt in den weiten der Grasebene boten. Arcen vermutete allerdings, dass sie einst errichtet wurde, um als Grabstätte zu dienen. Auf jeden Fall würde die Höhle Schutz vor dem herannahenden Sturm bieten.

Nach endlosen Minuten, das Unwetter war schon gefährlich nah herangezogen, erreichte er sie endlich. Im Inneren der Höhle, war es stickig, dafür aber schön warm, was der durchnäßten Kleidung zugute kam. Da er kein Feuerholz hatte, entledigte sich Arcen seiner Sachen und legte sie auf die wärmenden Felsen. Er hätte sich gern in der doch größer als angenommenen Höhle umgesehen, doch noch immer konnte man nicht die Hand vor Augen sehen. Außerdem fegte der Wind so laut vor dem Eingang umher, dass nicht einmal Arcens keuchender Atem zu vernehmen war. Dann zuckten die ersten Blitze in der näheren Umgebung hernieder und für den Bruchteil einer Sekunde sah er die tödliche Gefahr, in der er sich befand. Keine Zwei Meter von ihm entfernt saßen die Unbesiegbaren und irgendwo tiefer in der Höhle, mußte sich auch Mechloron befinden. Genauso erschrocken, vielleicht auch erstaunt, blickten sich Arcen und der ihm am nächsten sitzende Krieger ins Gesicht. Arcen reagierte schneller und stach mit seinem Schwert in die wieder einsetzende Dunkelheit. Das Aufschreien seines Gegners verkündete den Treffer, alarmierte aber auch seine Kameraden. Sofort sprang Arcen, seine Kleidung mit der noch freien Hand aus dem Dunkel der Höhle fischend, hinaus ins Freie. Dann rannte er so schnell es ging durch den Regen. Den stechenden Schmerz im linken Schenkel registrierte er als Treffer durch einen Pfeil. Denn die Helligkeit der Blitze ließ ihn natürlich immer wieder für einen kurzen Moment als Ziel für die Bögen der Unbesiegbaren erkenntlich werden. Verfolgt wurde er allerdings nicht. Denn nachdem das Gewitter vorübergezogen war, konnten seine Gegner ihr Ziel genauso wenig ausmachen, wie Arcen seine Verfolger. Irgendwann brach der verwundete Schwertmeister zusammen und blieb erschöpft an einer Pfütze liegen.

DIE JAGD

„Es geht los, Männer" rief Mechloron seinen verbliebenen Kriegern zu. Seit der gestrigen Nacht gab es nur noch zwanzig Unbesiegbare, und der Fürst konnte seine innere Unruhe nicht länger zurückhalten, geschweige vor seinen Soldaten verbergen.

Die Sonne war gerade erst im Begriff über Mechlorons riesigem Grasland emporzusteigen, da verließen die Jäger ihre Zufluchtsstätte. Noch immer gab es zahllose Pfützen, sowie große Wasserlachen und der aufgeweichte Boden erschwerte das Gehen zusätzlich. Ihre Pferde, die hinter dem künstlich aufgeschichteten Felsmassiv gegrast hatten, waren vom Unwetter in alle Himmelsrichtungen auseinandergetrieben worden.

„Also wieder wie in den alten Tagen zu Fuß", murmelte unzufrieden Mechloron. Die Geschehnisse zerrten an seiner seelischen Substanz und auch wenn der Fürst es nicht zugeben wollte, er fühlte sich alt. Seinen Männern rief er aufmunternd zu: „Das wird eine Jagd nach guter, alter Tradition. Unsere Beute ist irgendwo da draußen, und wer mir den Kopf des Bastards bringt, wird reich belohnt werden."

Die Belohnung interessierte die Unbesiegbaren überhaupt nicht und dass Mechloron eine anbot, zeigte nur die fehlende Zuversicht seinen Plan, Arcen selbst zu töten, wahrmachen zu können. Das Interesse der Unbesiegbaren galt ihrer Pflichterfüllung, dem Versprechen gegenüber ihrem Fürsten, ihm bis in den Tod hinein zu dienen und dann gab es noch den Hauch eines Rachegedankens, den selbst die Krieger Mechlorons nicht verdrängen konnten. Hoch oben am Himmel flog ein einzelner Falke, auf der Suche nach Beute. Von Zeit zu Zeit stieß er einen gellenden Schrei aus und stürzte hinab in die Tiefe im Versuch sein ausgespähtes Opfer zu greifen. Seine Jagd schien jedoch nicht von Erfolg gekrönt zu sein, denn kurz darauf zog er erneut seine Bahnen am Firmament. Dort konnte man in einiger Entfernung das Aufziehen neuer dunkler Wolken erkennen. Es konnte nicht mehr lange dauern, bis diese Wolkenwand auch ihre nasse Last hinabwerfen würde. Doch von Arcens Verfolgern wollte sich niemand ein trockenes Plätzchen suchen. Sie wußten, dass er hier irgendwo in der Nähe sein mußte. Dieses Mal würden sie ihn finden. Dieses Mal mussten sie ihn einfach finden. Niemals zuvor in der Geschichte der Fürsten Mechlorons, die stark mit der von den Unbesiegbaren verwurzelt war, gab es einen solchen Feind. In der langen Tradition der Elitesoldaten, welche seit unzähligen Generationen ihrem Fürsten dienten, gab es zuvor keinen Gegner, der auch nur ein einziges Mal einen von ihnen besiegt hätte. Nun waren durch die Hand des einzelnen ihnen unbekannten Schwertmeisters bereits fünfzig der ihren getötet worden. Dies war ein Grund dafür, dass sich unter den Unbesiegbaren Unsicherheit breit machte. Auch das Einschleichen von Rachegedanken war nicht ihrer Stärke dienlich. Denn nur Selbstlosigkeit ließ sie all die Jahre zuvor so gnadenlos kämpfen. Ihnen war ihr Tod immer egal gewesen. Doch ihr Gegner schien Todessehnsucht zu haben und riskierte immer alles. Jeder Schwertstoß von Seiten des Schwertmeisters wurde so ausgeführt, als wäre es sein letzter und einziger. Unbarmherzig den Tod verbreitend und ohne erkennbaren Unterschied in der Präzision, mit höchster Treffsicherheit vernichtete das Schwert, geführt von des Meisters Hand einen Unbesiegbaren nach dem anderen. Dennoch fürchteten die Elitesoldaten Mechlorons nicht ihren Tod. Andere begrüßten sogar das Aufeinandertreffen mit dem unbekannten Schwertmeister. Jeder braucht einen Gegner, an dem er sich messen kann, um seine Fähigkeiten zu verbessern. Dass sie nicht Arcens Namen kannten, den Ort seiner Herkunft und die Absichten, die ihr unbekannter Feind hegte, interessierte die Unbesiegbaren nicht. Des Gegners primäres Ziel waren sie und ihr Fürst, dem sie Treue geschworen hatten. Dass ihr Gegner, wenn er noch weitere Pläne hätte, diese nicht mehr ausführen könnte, dafür würden sie sorgen.

Unter Arcen vibrierte kaum wahrnehmbar der Boden. Er vernahm leise und vorsichtige Schritte, die sich ihm nährten. Noch drei Meter, zwei Meter, Arcen sprang aus der Pfütze, in der er gelegen hatte, empor und zog sein Schwert. Völlig durchnäßt und frierend stand er vor einem reiterlosen Pferd. Erst jetzt bemerkte der Schwertmeister wieder seinen schmerzenden linken Schenkel. Doch noch etwas anderes nahm seine Aufmerksamkeit in Anspruch. Nicht weit von ihm entfernt, teilten Hände das hochstehende Gras. Wer sich dort anschlich, wußte Arcen, auch ohne seine Gegner gesehen zu haben. Mit einem Sprung erklomm er den Rücken des Pferdes, das noch immer friedlich vor ihm graste. Jetzt bemerkten ihn auch seine Jäger. Doch schafften sie es nicht mehr ihre Bögen zu spannen und ihren Gegner anzuvisieren, denn ihr Ziel verschwand bereits zuvor im hohem Gras.

Mechloron fluchte auf dem Boden seines Landes sitzend, und auch die Unbesiegbaren konnten ihre Enttäuschung nicht verbergen. Dann sprang plötzlich ihr Fürst auf und zückte seinen Dolch. Mit diesem schnitt er sich in den Unterarm, und sofort wurde sein Blut sichtbar. In seinen Augen war zu lesen, dass er dem Wahnsinn gefährlich nah stand und der letzte Rest Vernunft sich zu verabschieden drohte. Dann schrie er seine Unbesiegbaren an.

„Ihr seid nicht mehr länger meine Unbesiegbaren, meine Leibgarde und meine Elitesoldaten. Bei meinem Blut, wir sind gleich, Brüder im Geiste und Freunde im Kampf. Wir verfolgen dasselbe Ziel, und keiner von uns soll eher ruhen, bis dieses vernichtet ist. Auch wenn ich vor Euch sterbe", dabei kicherte Mechloron vor sich hin, „einer von Euch wird diesen Bastard töten!"

Er schüttete das Wasser aus seiner Trinkflasche heraus und füllte stattdessen sein Blut in diese. Die verbliebenen Unbesiegbaren taten es ihm gleich, ritzten ihre Arme auf und fügten ihr Blut in Mechlorons Trinkgefäß.

„Wir sind ab jetzt ein Clan. Der Familienclan Mechloron. Wir werden den Bastard töten und danach jeden einzelnen der Blutsauger, die meinen Thron für sich beanspruchen."

Mechloron trank als erster, und die restlichen zwanzig Männer des Clans taten es ihm gleich. Dann atmeten alle noch einmal tief ein, saugten die Luft hinab, bis sie im Bauch zu spüren war und als Mechloron den Befehl zum Aufbruch gab, atmeten sie aus und rannten gemeinsam, gleich einem unbezwingbarem alles vernichtenden Sturm los. Sie folgten der frischen im aufgeweichten Boden gut sichtbaren Spur des Pferdes. Dabei entdeckten sie einige ihrer eigenen Pferde, die etwas abseits standen und das frische, noch nasse Grün abweideten. Doch der Clan interessierte sich nicht für diese. Entweder alle reiten oder keiner. Sie waren von nun an nicht mehr die Garde des Fürsten, sondern dessen Brüder. Sie waren der Clan.

AUGEN UNBEMERKT IHR ZIEL SCHON SEHEN
DER WIND MIT SEINEM ATEM DAS GRAS ZERTEILT
DIE BEUTE AM WASSER WILL VERWEILEN
DOCH LÄSST DER JÄGER IHR DAFÜR KEINE ZEIT

MIT SANFTEM SCHRITT SCHLEICHT ER SICH AN
DES OPFERS ENDE IST SEHR NAH
GLEICH WIRD ER DIE BEUTE SICHER PACKEN
SEIN ATEM FÄHRT SCHON DURCH IHR HAAR

WIRD DER JÄGER SELBST ZUR BEUTE
SIEHT ER NUR VORWÄRTS NIE ZURÜCK
DENN LAUTLOS NÄHRT SICH NUN VON HINTEN
SEIN EIGENES ENDE SCHRITT AUF SCHRITT

DIE GEFAHR ER AHNT DREHT SCHNELL SICH UM
AUGE UM AUGE VOR SEINEM GEGNER STEHT
NACH KURZEM KAMPF WIRD SICH ENDSCHEIDEN
WER VON BEIDEN WEITERLEBT.

„Nun komm schon rein! Bist doch nicht etwa wasserscheu geworden? So kalt ist es gar nicht.
Die Kinder schlafen, also ziere Dich nicht so."
Suelia spritzte etwas Wasser in die Richtung, in der Veringot stand. In einem Punkt hatte sie gelogen, denn das Wasser war sehr kalt. Deutlich konnte man dieses an ihrer Haut ablesen und an ihren Brustwarzen, die sich aufgrund der Wassertemperatur bereits verhärtet hatten. Veringot hingegen wurde heiß. Er konnte sich nicht mehr erinnern, wann er zum letzten Mal Suelia nackt gesehen hatte. Mochte ihr Gesicht auch leicht entstellt sein, ihre Figur zog ihn noch im-

mer animalisch an. Damals in Heron war ihr Aussehen das einzige, was ihn überhaupt interessierte. Außerdem war sie immer da, wenn er ihre Nähe nötig hatte. Doch jetzt, wo sie seit so langer Zeit wieder vereint waren, bemerkte er auch andere Seiten an ihr. In den Wochen die Suelia nun schon bei ihm wohnte, genoß er jeden Abend die langen Gespräche am Feuer. Er lernte eine völlig veränderte Suelia kennen und lieben. Vielleicht lag es aber auch daran, dass er sich seit damals geändert hatte. Erneut rief Suelia seinen Namen und bat ihn zu sich ins Wasser. Einen kurzen Blick warf er noch auf die schlafenden Zwillinge, dann entblößte er seinen Körper und stieg zu ihr in den kleinen Bach, der nicht weit von ihrem Haus entfernt dahinfloss. Ihre makellosen weißen Schenkel umschlangen seine Lenden und beide versanken vereint im Liebesspiel.

Das Schreien ihrer beiden Kinder ließ sie allerdings schnell in die Wirklichkeit zurückfinden.

„Lass Schatz, ich gehe schon", sagte Veringot und verließ das kühle Nass. Doch als er die Kinder erreichte, schliefen diese schon wieder fest.

„Sollte wohl nicht sein", rief er und wendete sich wieder Suelia zu. Sie stand noch immer im Wasser, das bis an ihre schmalen Hüften heranreichte. Von ihren Haaren fielen kleine Tropfen herab, trafen ihren Oberkörper und vereinigten sich dort mit anderen, um in einem kleinen Bach zwischen ihrer Brust hinabzufließen. Dann weiteten sich ihre Augen.

„Was ist mit Dir?" rief sie zu Veringot. Der hatte sich schnell gebückt, mit seiner linken Hand seine Axt gegriffen und schleuderte sie mit unendlich viel Kraft in ihre Richtung.

Es begann erneut zu regnen.

Vielleicht sollte ich wieder in die Berge reiten. Dort könnten mein Wunden heilen und ich mich etwas erholen. Noch erreichen die Regenwolken nicht die Gebirge Mechlorons, sondern verlieren ihr Wasser schon lange vorher in den weiten Ebenen.

Arcen wollte es sich nicht eingestehen, doch hatte er Sehnsucht nach seinen Freunden. Allerdings wußte er, dass er diese in Gefahr bringen würde, wenn er zu ihnen ritt. Also hatte der Schwertmeister die entgegengesetzte Richtung eingeschlagen und ritt nach Norden, Richtung Gundwen. Aufgrund seiner Verletzung kam er nur langsam vorwärts, denn jeder Schritt, den das Pferd machte, bereitete ihm unsagbar große Schmerzen. Die vereinzelten Städte, die seinen Weg kreuzten, umging er. Dort sammelten sich unzählige Soldaten in Vorbereitung eines großen Feldzuges.

Heron ist dem Untergang geweiht dachte Arcen. Wer soll diese Streitmacht aufhalten? Nach einer Stunde, der Regen wurde etwas schwächer, erreichte er eine Ruine.

Einst mußte hier eine stattliche Festung gestanden haben. Doch der Zahn der Zeit hatte die Grundfeste des Bauwerkes bereits angenagt. Auf dem ehemaligen Burghof fand Arcen unter Geröll, Sand und von dicken Holzbalken verborgen, einen Zugang zu den Kellergewölben. Dort unten lag der Staub der Jahrhunderte aber es war trocken und es gab genügend Holz. Nachdem der Schwertmeister ein Feuer entfacht hatte, fing er mit einem alten Helm, den er in den Katakomben gefunden hatte, Regenwasser auf und brachte es zum Kochen. In diesem reinigte er seinen Dolch. Anschließend erhitzte er ihn im Feuer und schnitt den Rest des Pfeiles, der noch immer in seinem Schenkel steckte, heraus. Zum Schluß verband er die Wunde mit einem Fetzen Stoff aus seiner Kleidung. Kurz darauf brach Arcen erschöpft zusammen und fiel in einen tiefen Schlaf.

Geräusche... Witterung... Beute...
Leicht und scheinbar schwerelos glitt die Raubkatze durch die Büsche, die am Ufer des Baches standen. Sie witterte frisches Fleisch, und dieses hatte sie auch bitter nötig. Am Fuße des Gebirges, dort wo ihre Heimat war, konnte sie seit langem schon keine Beute mehr schlagen. Sie war alt und ihre ursprünglichen Opfer zu schnell für ihre müden Knochen.
Dann sah das Raubtier seine Mahlzeit im Bach stehen, ahnungslos mit dem Rücken ihr zugewandt. Noch einmal prüfte die Katze die Windrichtung, fixierte dabei seine Beute. Noch einen Schritt. Sanft rollten die Pfoten auf dem aufgeweichten Boden ab. Kein Geräusch verriet ihre tödliche Absicht. Der letzte Strauch, der ihr Deckung bot, war erreicht. Reglos verharrte sie geduckt am Boden. Etwas abseits am Ufer erkannte sie noch drei weitere Beutetiere, von denen eines lahmte und die beiden schlafenden Jungtiere bewachte. Doch diese drei waren für einen Angriff zu weit weg. Nein ihr Opfer stand noch immer ahnungslos im Wasser. Der leicht zuckende Schwanz verriet die Anspannung, unter welcher die Raubkatze stand. Instinktiv ahnte sie aber, dass sie nichts überstürzen durfte. Wie oft sie noch einen weiteren Angriff schaffen konnte, wußte sie nicht. Entkräftet beobachtete sie vorerst einmal weiter. Plötzlich bewegte sich das eine am Ufer verbliebene Tier ins Wasser. Es würde eine leichtere Beute abgeben als das jüngere, gesündere noch immer im Bach verharrende.
Doch kurze Zeit später schrieen die am Ufer zurückgelassenen Jungtiere, und die hinkende Beute verließ das Wasser.

Jetzt verlor die Katze ihre Geduld, mit einem großen Sprung landete sie am Rand des Baches. Der nächste würde sie bis zu ihrem Opfer tragen, und dann würde sie ihren Todesbiß ansetzen. Sie sprang federleicht vom Boden ab, ihre Beute fest fixiert. Nichts würde ihre Konzentration stören. *Beute...*

Arcen erwachte in tiefer Dunkelheit.

Poch, Poch ... Da war wieder das Geräusch, welches ihn geweckt hatte. Zuerst hielt er es für eine Einbildung, später für Ratten oder andere kleinere Nagetiere. Doch das Geräusch wurde lauter und mußte zu etwas größerem gehören. Arcens Augen gewöhnten sich an die Dunkelheit, und im Restlicht, hervorgerufen von der noch schwachen Glut seines erloschenen Feuers, begann er sich zu orientieren.

Vor ihm führte der Gang weiter hinab in die noch tiefer liegenden Gewölbe und rechts sowie links trennten sich zwei weitere Flure, um irgendwo im Dunkel zu verschwinden. Hinter ihm mußte sich demzufolge die Treppe befinden. Von dort kamen auch die Geräusche.

Sie kommen!

Es mußten erneut seine Verfolger sein, die sich dort anschlichen. Ob Arcens Gehör über die Jahre sensibler geworden war oder Mechlorons Krieger unvorsichtig, wusste er nicht zu sagen. Aber zum Nachdenken fehlte die Zeit. Ein schwacher Lichtschein verriet seine Jäger.

„Der Jäger wird zum Gejagten", flüsterte Arcen unhörbar. Dann verschwand er im Dunkel.

„Er muss hier irgendwo sein. Seid vorsichtig!"

Mechloron schritt in der Mitte seines Clans durch die dunklen Gewölbe, der einst stolzen Festung. Wer diese Burg einmal bewohnt hatte, wußte niemand mehr zu sagen. Sie stammte aus derselben Epoche, wie die Brücke der Tausend Namen und die, die sein Land mit Gundwen verband. Vor zwei Stunden hatten sie die blutige Spur, die ihr Feind bei seiner Flucht hinterließ, wiedergefunden. Von da ab war es nicht mehr schwer, dieser bis zur verlassenen Ruine zu folgen. Schnell fand man auch den versteckten Einstieg zu den Kellergewölben. Mit notdürftig hergestellten Fackeln begannen die Krieger den Abstieg, immer weiter hinab in die Dunkelheit, die zum Grab ihres Gegners werden sollte. Das Atmen fiel in der warmen, trockenen und stickigen Luft schwer. Genauso, wie man es nicht vermeiden konnte, kein Geräusch zu verursachen. Dazu lag zuviel Müll, Geröll und Schutt auf dem kaum erkennbaren Boden herum. Trotz allem bewegte sich der Clan ruhig und gelassen. Ihr Feind war verwundet, und das gab ihnen Zuversicht.

Dann kamen sie an eine Kreuzung. Es gab nun die Möglichkeit der Finsternis nach rechts beziehungsweise links zu folgen oder weiter hinab in die tieferen Geschosse zu gehen. „Wir teilen uns, Brüder", sagte Mechloron. Er ging mit sechs Männern weiter geradeaus, sieben liefen nach links und die restlichen sieben schlichen in die verbliebene Richtung.

Dreißig Minuten vergingen, und Mechloron dachte bereits an Umkehr, da der Gang scheinbar niemals enden sollte, da durchbrach ein lauter Schrei das sie umgebene Dunkel. „Zurück", schrie Mechloron.

Laut hallten ihre schweren Stiefelschritte durch die Gänge des Gewölbes, wurden hundertfach in Form eines Echos wiedergegeben und ließen die sieben zurückhetzenden Krieger wie eine ganze Armee erklingen. Der Staub, der bei ihrem rasanten Lauf aufgewirbelt wurde, verdunkelte das ohnehin schon schwache Licht noch um ein vielfaches.

Endlich erreichten sie die Kreuzung und trafen dort auf einen Teil ihres Clans. Gemeinsam rannten sie in den rechten Gang, um nach einigen Minuten den Verursacher des Schreis zu finden.

Nachdem sich der Staub etwas gelegt hatte und das ganze Ausmaß des Kampfes sichtbar wurde, erkannte Mechloron, dass es von nun an mit ihm, nur noch vierzehn Mitglieder im Clan gab.

„Bist Du verrückt?" stammelte Suelia fassungslos.

Dicht über ihren Kopf hinweg flog die Axt von Veringot. In diesem Moment vernahm sie hinter sich das markante Brüllen, vor dem sie sich schon damals, im weiten Grasmeer von Mechloron immer gefürchtet hatte. Ein dumpfer Schlag ließ Suelia erneut zusammenzucken, und etwas Schweres riß sie nach vorn. Als sie wieder aus dem Bach auftauchte, entwich ihr ein Schrei des Entsetzens. Keine Handbreit von ihrem Gesicht entfernt, schnappten die riesigen Kiefer der Raubkatze zusammen. Dann riß sie die Hand von Veringot zurück ins Wasser. Erneut entkam sie dadurch um Haaresbreite dem Tod. Denn ganz dicht vor ihrem Kopf schoß die gewaltige Pranke der Bestie vorbei ins Leere. Veringot sprang vor und riß die Axt aus dem Körper des Raubtieres heraus, welche eine klaffende Wunde zurückließ. Den weiteren Verlauf des erbittert geführten Kampfes konnte Suelia nicht mehr erkennen, da sie strauchelte und wieder in den Bach fiel.

Eine kräftige Hand zog sie aber schon kurz darauf aus dem kühlen Nass empor. Das Wasser war Rot gefärbt. Aber es war zum Glück nur das Blut ihres Angreifers. Veringot blieb unversehrt und hielt noch immer Suelias zitternde Hand. Dann verneigte er sich vor seinem toten Gegner.

„Du wolltest doch damals in Heron immer einen neuen Pelzmantel für den Winter von mir", sagte Veringot, und ein breites Grinsen zeichnete sich auf seinem Gesicht ab.

„Nun ja, neu ist der wohl schon", erwiderte Suelia und grinste zurück.

„Frischer geht's nicht", lachte Veringot.

Doch Suelia, einen Blick auf die friedlich schlafenden Zwillinge werfend, fand die Idee eine Decke aus dem Fell zu machen, praktischer.

Dann fielen sich die beiden neu Verliebten in die Arme und küßten sich lang und innig.

Arcen hielt den Atem an. Keine zwei Schritte von ihm entfernt, schlichen die Unbesiegbaren vorbei. Das Licht ihrer Fackel leuchtete nur schwach. Zu schwach, um ihren Gegner sehen zu können. Der Träger der Fackel war damit beschäftigt, den Boden zu betrachten, um nicht über den verstreut herumliegenden Unrat zu stürzen und die restlichen sechs suchten vergeblich mit ihren Augen in der Dunkelheit. Nachdem der Träger des Feuers und fünf seiner Kameraden an Arcen vorbeigegangen waren, bemerkte der Schwertmeister, dass der siebte erst in einigen Metern Abstand folgte. Noch ehe dieser zu den restlichen Kriegern aufschließen konnte, stand Arcen bereits hinter ihm. Mit seiner linken Hand hielt er den Mund seines Gegners geschlossen, so dass dieser nicht mehr fähig war, seine ahnungslosen Gefährten zu warnen. Mit der rechten Hand nahm er sein Schwert und durchschnitt mit diesem die Kehle seines wehrlosen Feindes. Dann schlich er an den nächsten heran, und einer nach dem anderen fiel seinen Angriffen zum Opfer. Als nur noch der Fackelträger übrig war, trat Arcen aus Versehen auf ein Stück Holz, das am Boden herumlag. Der letzte verbliebene Feind drehte sich sofort um und schrie entsetzt auf, als sein Feuer das Gesicht von Arcen erhellte. Kurz darauf steckte die Klinge vom Schwertmeister in seiner Brust. Arcen verschwand in der Dunkelheit, aus der er gekommen war. Als die verbliebenen dreizehn Krieger und ihr Anführer die getöteten Kameraden fanden, befand er sich bereits draußen auf dem Burghof, im hellen Tageslicht. Nur die Flüche Mechlorons folgten ihm auf seiner weiteren Flucht. Arcen war müde und erschöpft. Er sehnte sich nach Gundwen und den Erinnerungen, die ihn mit seiner neuen Heimat verbanden.

„Arcen lebt, ich habe ihn deutlich in einer meiner Visionen gesehen. Er ist einer von uns, und ich werde ihn holen. Bei dieser Gelegenheit können wir unseren Plan auch gleich ausführen."
Der Anführer Gundwens hatte gesprochen, und niemand konnte dem noch etwas hinzufügen. Auch die ältesten unter seinen Beratern waren einverstanden. Sollte ihr Plan, die Brücken zu vernichten, von Erfolg gekrönt sein, würde für lange Zeit Frieden zwischen allen beteiligten Parteien herrschen.
Rose´ Beerdigung lag schon geraume Zeit zurück, und ihr Bruder sprühte über vor Tatendrang. Etliche seiner Krieger sammelten sich am Fuße des Baumes, wo die Beratung stattgefunden hatte. Einer von ihnen erhob das Wort und sah dabei seinen Anführer regungslos an.
„Wir werden Dich begleiten, denn auch wir waren mit Arcen befreundet. Er würde schließlich dasselbe für jeden von uns machen."
„Ich danke Euch! Seid Ihr bereit zum Aufbruch?" fragte ihr Anführer.

Mit einem Kopfnicken bestätigten die Gefragten den Willen, sofort aufzubrechen.

Die Sonne ließ die letzten Regenwolken verschwinden, und ihr Licht spiegelte sich im aufsteigenden Nebel hundertfach. Durch dieses natürliche Meer aus funkelnden Lichtreflexen, huschten zahllose Krieger so schnell, dass sie für Außenstehende allenfalls als Schatten erkennbar geworden wären. Doch hier im Herzen von Gundwen gab es keine Außenstehenden. Jeder war für jeden da, uneigennützig und selbstlos, wenn es ihrer Sache diente, auch zur bedingungslosen Selbstaufgabe bereit. Nach jahrzehntelangem Krieg zwischen Mechloron und den Städten des Nordens begann sich nun eine dritte Macht zu formieren. Eine Macht, die gemessen an der Zahl ihrer Krieger nicht groß war, der aber an kämpferischer und geistiger Größe niemand etwas entgegensetzen konnte. Sowohl in den Reihen Mechlorons, als auch in denen des Städtebundes gab es keinen Soldaten, der auch nur einem Krieger aus Gundwen im fairen Kampf hätte bezwingen können.

Die Würfel waren gefallen, die Karten lagen auf dem Tisch, und im Schicksalsroulette rollte bereits die Kugel. Nichts geht mehr.

Die Schatten von Gundwen befanden sich auf der Jagd.

Von einer sanften Berührung wurde Arcen geweckt. Dicht neben seinem Kopf saß ein kleiner Hase. Dieser war so sehr damit beschäftigt, die Kleidung des Schwertmeisters auf dessen Eßbarkeit zu überprüfen, dass er gar nicht bemerkte, wie dieser sich langsam erhob. Als er erkannte, dass Arcens Ärmel jedoch nicht zum Verzehr geeignet war, hoppelte er langsam und bedächtig davon. Arcen saß mit ausgestreckten Beinen auf dem Boden eines kleinen Wäldchens und stützte

seinen zur Hälfte aufgerichteten Oberkörper mit seinen Armen ab. Seine Hände fühlten das weiche Moos, das den gesamten Erdboden bedeckte, und das Licht, welches durch das grüne Blätterdach des Waldes herabfiel, kitzelte seine Nase. Hoch in den Zweigen der alten Bäume sangen die Vögel ihre Morgenlieder und ein Eichhörnchen knabberte genüßlich an einer kleinen Nuß, die noch aus seinem Winterdepot zu stammen schien. Der ganze Wald stand in voller Blüte, und die Luft war angefüllt von süßlichen Gerüchen. Arcen vernahm das Geräusch eines plätschernden Baches und erhob sich mühsam. Dann erreichte er das Ufer und ließ sich an diesem nieder. Er trank das kühle Wasser und fühlte, wie seine Kräfte zurückkehrten. Dann sah er die Sonne, die sich im Bach spiegelte. Nicht weit von ihm entfernt, tranken auch einige Rehe vom kühlen Nass. Arcen bemerkte, dass sich kaum wahrnehmbar die Sonne verdunkelte. Erneut sah er in das Wasser des Baches hinein und sein Herz schien stehen bleiben zu müssen. Eine nur schemenhaft als Schatten wahrnehmbare Gestalt stand hinter ihm.
Rose´!
Arcen sprang auf. Ein weiterer Sprung beförderte ihn direkt vor die Liebe seines Lebens. Er zitterte am ganzen Körper und im Bewußtsein, dass er sich in einem Traum befand, brachte der sonst so unerschrockene Krieger kein Wort hervor. Innerlich hoffte er, Rose´ würde den Anfang machen und sprechen. Denn sprechen konnte sie nur in seinen Träumen und somit wäre bestätigt, dass er schlief. Doch die andere Seite seines Ichs flehte förmlich danach, den momentanen Augenblick Realität sein zu lassen. Arcen packte Rose´ Hand. Um nichts in der Welt würde er diese loslassen. Der Wald verschwand urplötzlich, wurde einfach weggewischt und der riesige Pinsel des unbekannten Malers und

Schöpfers dieser Bilder, ließ ein neues Szenario entstehen. Die beiden unglücklich Verliebten standen auf einem Hügel und zu ihren Füßen wogte die gigantische Graslandschaft Mechlorons im Abendwind. Der Himmel war Blutrot gefärbt, und die schwarzen Wolken am Firmament wirkten wie ein Gitter, das versuchte, die rote Glut nicht auf die Erde stürzen zu lassen. Auf dem Boden standen inmitten des Mooses, Unmengen seltsamer Pilze. Zwischen ihnen erkannte Arcen eine ihm vertraute schlafende Person. Der Schwertmeister trat dichter an den am Boden liegenden Krieger heran und ließ dabei die Hand von Rose´ los.

„Keine Angst mein Schatz, wir sehen uns bald wieder. Ich liebe Dich", hörte er nur noch aus der Ferne die Stimme von Rose´.

Dann wachte er auf. Sein Kopf tat ihm weh, und Blut lief aus seiner Nase. Arcen lag inmitten einer großen Anzahl herrlich duftender Pilze, die rötlich in der untergehenden Sonne schimmerten. Die dunklen Wolken am Himmel verkündeten herannahenden Regen, und Arcen wusste, dass es an der Zeit war, sich einen Unterschlupf zu suchen. Er erhob sich und blickte vom Hügel hinab auf das Grasmeer zu seinen Füßen. Dieses wogte im Abendwind unermüdlich hin und her. Hin und her, hin und .... Müdigkeit keimte erneut in Arcen auf, und er wurde schläfrig, konnte seine Augen kaum offen halten und langsam sank er zu Boden. Der einsetzende kalte Regen ließ aber kurz darauf jede Chance auf Schlaf schwinden. Arcen rannte den Hügel hinab. Sein Pferd war nicht mehr zu finden, und so lief er weiter durch die Dunkelheit. Irgendwann fragte ihn seine innere Stimme, was er vorhätte.

Dem Regen davonlaufen? Arcen stoppte, akzeptierte die Nässe und begann über sein weiteres Vorgehen nachzudenken.

EISESKÄLTE UNS UMSCHLINGT,
DER FLUSS DES LEBENS STEHT LÄNGST SCHON STILL,
DIE TRAUER KANN NICHT EWIGLICH BESTEHN,
DIE NACHT BRICHT AN, WERD ZU DIR GEHEN.

DIE SEHNSUCHT WIRD UNSER TOTENGEWAND
GEWEBT AUS MEINEN TRÄNEN
WAS AUS HOFFNUNG UND VERZWEIFELUNG ENTSTAND
ERNTEN UNSERE SEELEN.

Mechlorons Jagd nach dem fremden Schwertmeister hatte ihn total erschöpft, ausgemergelt und entkräftet. Doch sein Stolz blieb unangetastet. Er wußte, dass es nur eine Frage der Zeit war, bis man ihn seines Amtes enthob. Fürst in Mechloron wurde schließlich niemand durch Geburtsrecht. Je länger die Jagd andauerte, umso mehr Macht erhielten seine Feinde. Der Angriff auf Heron war schon zu lange aufgeschoben worden, und so entschied sich der Fürst von Mechloron sein Amt aufzugeben. Er hatte nur noch ein Ziel vor Augen. Den Tod des Fremden. Was danach kommen würde, interessierte ihn nicht. Die Vernichtung von Arcen sollte seine letzte große Aufgabe werden. Doch er war nicht allein. Die verbliebenen dreizehn Unbesiegbaren hielten weiter an ihrem Treueschwur fest. Und so wurde aus dem

Fürsten von Mechloron, nur noch der Anführer eines Clans, seines Clans.

Im Morgengrauen brachen die vierzehn Krieger auf, heim zu ihrer Festung. Dort wollte Mechloron seinen Entschluß, sein Amt aufzugeben, kundtun. Außerdem begriff er, dass sie alle eine Erholung nötig hatten. Die blinde Jagd nach dem Schwertmeister brachte keine Ergebnisse. Es regnete, und der ganze Himmel war Wolkenverhangen. Irgendwie passte das Wetter ausgezeichnet zu Mechlorons Gemütsverfassung. An der Spitze seiner Männer ritt er langsam voran. Der Weg war völlig aufgeweicht, und in den dicken Pfützen spiegelten sich die müden und enttäuschten Gesichter der Reiter. Die weißen langen Haare des ersten Reiters wehten im Wind, und seine entkräftete Haltung ließ eindeutig erkennen, dass er alt war. So wie sich das Jahr dem Ende zuneigte, versiegten langsam die Kräfte des einst mächtigen Fürsten. Doch noch blieb Zeit. Zeit für sein letztes Auflehnen, seinen letzten Kampf. Schon allzu lange wartete der Tod auf ihn. Oft stand er vergeblich hinter ihm am Schlachtfeld und mußte zusehen, wie der Fürst noch einmal von seiner Klinge sprang. Doch auch wenn Mechloron ihm triumphierend ins Gesicht lachte, letzten Endes würde er, der ewige und immer allgegenwärtige Tod, auch den Fürsten berühren. Das es bei einem Krieger länger dauert, konnte ihn nicht schrecken. Zeit spielte für den Tod noch nie eine Rolle.

Nach drei Wochen erreichten Mechloron und seine Getreuen endlich nach beschwerlicher Reise ihre Heimatfestung. Die Abdankung war reine Formsache und da Mechloron noch immer die dreizehn besten Krieger und einzig Verbliebenen aus den Reihen der Unbesiegbaren bei sich hatte, stellte sich ihm keiner seiner intriganten Feinde entgegen.

Im Frühjahr sollte ein neuer Fürst bestimmt werden. Solange würde der Angriff auf Heron aufgeschoben. Nachdem Mechloron den Thronsaal verlassen hatte, lief ihm eine junge Frau entgegen. Sie war etwa zwanzig Jahre alt und mit einer atemberaubenden Figur gesegnet. Mechloron mochte alt sein, aber sein Ruf als Krieger und vor allem als guter Liebhaber haftete ihm noch immer an. Es gab Zeiten, in denen er sich gleich mit mehreren Frauen im Bett vergnügte und dabei noch mit seinen Offizieren Kriegsrat hielt.

Die junge Frau stand vor ihrem Idol und lächelte Mechloron mit gespielter Schüchternheit an. Der entmachtete Fürst, der aber noch immer eine Prestigefigur war, sah ihr mitten ins Dekolleté. Die Unbekannte, im Bewußtsein über welch weibliche Reize sie verfügte, griff nach Mechlorons Hand und führte diese unter ihre Bluse.

„Verschwinde!" sagte in diesem Moment mit fester Stimme Mechloron.

Erst jetzt gewahrte die unbekannte Schönheit, dass der Blick ihres Gegenübers nicht ihr galt, sondern mitten durch sie hindurch ging, um irgendwo im Nichts zu enden.

Mechloron sah in eine ferne, längst vergangene Zeit. Er erblickte sich inmitten von ähnlich jungen Frauen, wie jener, die vor ihm stand. Ihre makellosen Körper, die jugendliche Haut und der unbekümmerte Geist ihrer Jugend kamen ihm nur noch wie eine Illusion vor. Laut lachte der mächtige Krieger auf.

„Auch hinter diesen Göttinnen steht bereits der Tod. Was Ihr auch immer mit ins Alter nehmen könnt, Eure Jugend und Euer Aussehen sicher nicht", sagte der noch immer lachende Mechloron.

Die verschmähte schöne Frau konnte seine Worte aber nicht mehr hören, denn sie war schon längst in den Tiefen der Festung verschwunden.

DIE NAMENLOSE STADT

Die namenlose Stadt war eine der größten Orte in Mechloron. Sie lag weit nördlich und fern ab von Mechlorons Heimatfestung. Zwischen ihr und Gundwen befanden sich nur noch die Grenzbefestigungen des Landes und die tiefe Schlucht, über welche die alte Steinbrücke führte. Arcen, der wie in Trance und ohne Pause bis hierher gelaufen war, spürte die Nähe seiner Heimat. Er sehnte sich nach der friedvollen Umgebung, den dichten Wäldern und den Erinnerungen, die in jedem Baum von Gundwen zu stecken schienen. Noch zwei Stunden Fußmarsch, dann hätte er die Grenze erreicht, zwei Stunden und er wäre wieder im Land von Rose´ und ihrem Bruder, das ja auch sein Zuhause geworden war.

Die namenlose Stadt, von vielen aber nördlichste Stadt oder auch Nordstadt genannt, war das Zuhause von Vagabunden, Dieben und Mördern. Ursprünglich nur als Versorgungsstation für die Grenzbefestigungen gedacht, wuchs sie so rasch, dass es für die Soldaten des Landes unmöglich wurde, diese zu kontrollieren. Es gab keinerlei befestigte Straßen. Die schlammigen Wege verliefen ohne ein erkennbares System zwischen den baufälligen Häusern und Lehmbauten, dessen löchrige Dächer notdürftig mit Zeltplanen geschlossen worden waren, hindurch. Die meisten Pfade, die durch dieses Labyrinth führten, waren gerade mal einen Meter breit. Der Handel mit Diebesgut fand deshalb schon nicht mehr draußen, wie sonst üblich auf den Straßen, sondern stellenweise hinter beziehungsweise zwischen den geborstenen Häuserfassaden statt. Außerdem florierte das Geschäft des Glücksspiels und der Prostitution. Selbst die zahllosen Ratten mussten sich nicht um ihre Zukunft sorgen. Nahrung lag zwischen den kranken, getöteten oder auch nur betrunkenen Menschen reichlich umher. Der gesamte aufgeweichte und von tausenden Füßen zertretene Boden der Stadt glich einer Müllhalde oder Kloake. Doch die Ansammlung allen E-lends, der Verbund aus Hoffnungslosigkeit und unerfüllbaren Träumen bot in seiner Anonymität ein gutes Versteck für alle Verfolgten und Gejagten. Niemand interessierte sich für seine Mitmenschen. Jeder kümmerte sich nur um seine eigenen Probleme.

Arcen stand hinter einer Hausecke und lauschte dem Gespräch einiger Söldner, die sich unter einem Dachvorsprung gescharrt hatten, um so dem Regen zu entgehen.

„Wenn ich es Dir sage, alle einhundert Grenzsoldaten waren tot. Sie hatten ohne Ausnahme dieselben Verletzungen an der Stirn."

„Was für Verletzungen?"

„Was weiß ich!"

„Die sollen wie Einschüsse von Pfeilen ausgesehen haben", sagte ein Dritter aufgebracht.

„Blödsinn", erwiderte der Erste darauf. „Pfeile wurden nicht gefunden. Es wurde überhaupt nichts gefunden. Nicht einmal Fußspuren."

„Vielleicht konnten die Angreifer fliegen oder waren unsichtbar?"

Schallendes Gelächter unterbrach die unhaltbaren Vermutungen des dritten Söldners.

Man entschied sich trotz des Regens in die nächste Taverne zu gehen, um mit Hilfe einiger Flaschen Brandwein bessere Theorien aufstellen zu können.

Für Arcen stand es außer Frage, wer die unbekannten Angreifer gewesen waren. Doch was suchten seine Brüder und Schwestern aus Gundwen hier in Mechloron?

„Ich muss nach Gundwen und erfahren, was vor sich geht", sagte Arcen in Gedanken versunken.

„Bei den Lumpen, die Ihr als Kleidung tragt, seid Ihr entweder sehr arm oder habt, da Ihr Euch keine neuen Sachen kauft, schon viel Geld angespart."

Arcen schreckte aus seinen Gedanken auf. Hinter ihm stand ein kleiner, höchstens einen Meter großer Mann. Trotz seiner geringen Größe wirkte dieser aber sehr stämmig und alles andere als schwächlich auf Arcen. Ein dichter rabenschwarzer Vollbart verdeckte fast vollständig seine Gesichtszüge, und die langen, ebenso schwarzen Haare waren zu unzähligen Zöpfen geflochten worden. Mit dem Finger der rechten Hand suchte der Fremde vergeblich den Inhalt seiner dicken Nase ab. Dabei hatte er scheinbar sein Gegenüber schon vergessen. Doch Arcen sah den wachen Blick und das Funkeln in den Augen des Fremden. Das ermahnte ihn zur Vorsicht. Instinktiv bereitete sich der Schwertmeister auf einen Angriff vor. Das sein eventueller Gegner nur halb so groß wie er selbst war, ließ ihn nicht leichtsinnig werden. Zu oft hatte er auf dem Schlachtfeld erlebt, wie hoffnungslos unterlegende Kämpfer mit größerer Willensstärke durch bessere Techniken oder auch nur mit dem Mut der Verzweiflung ihre Gegner besiegten.

Nachdem der Fremde lächelnd einen riesigen, noch glitschigen Dreckklumpen aus seiner Nase befördert hatte, sprach er weiter.

„Solltet Ihr noch über etwas Kapital als Einsatz verfügen, könnt Ihr heute Nacht gegen mich im Schattenreich kämpfen. Es ist nicht die schönste Absteige in unserer Stadt, aber es ist trocken und wenn Ihr gewinnen solltet, verdient Ihr eine schöne Stange Geld. Ich muß nun los, meine Kehle dürstet es nach etwas Wein."

Er drehte sich um, verharrte kurz in seiner Bewegung, um noch ergänzend hinzuzufügen:

„Ach ja, das Schattenreich liegt direkt am nördlichem Eingang zur Stadt."

Langsam schlenderte der Fremde, ein unbekanntes Lied pfeifend davon, um kurz darauf hinter der nächsten Hausecke zu verschwinden.

Arcen beschloß, damit er wenigstens für einige Stunden dem Regen entgehen könne, die Herberge aufzusuchen.

Das Schattenreich machte seinem Namen alle Ehre. Düster und drohend stand das Gemäuer etwas abseits von den restlichen Häusern der Stadt. Seine spärlich erleuchteten Fenster ließen das Haus wie eine Dämonenfratze aussehen, dessen Augen wütend in der Nacht funkelten. Es war bereits spät, und noch immer fielen dicke Regentropfen aus dem wolkenverhangenen Himmel herab. Der Mond war nur schemenhaft zu erkennen, und sein Licht reichte nicht aus, um die Pfützen auf dem aufgeweichten Boden erkennbar werden zu lassen. Arcen betrat mit seinen durchnäßten und von einer dicken Schlammkruste überzogenen Schuhen das Schattenreich. Im diffusen Halbdunkel - Fackeln oder Kerzen schienen Mangelware zu sein - schenkte keiner der Zecher ihm auch nur einen Blick. Alle starrten gebannt zum Zentrum des Raumes, das etwa zwei Meter tiefer lag. Ein Geländer bewahrte die Schaulustigen davor, zu den Kämpfern herunter zu stürzen. Die schweren Holzbohlen des Fußbodens vibrierten und niemand saß mehr auf seinem Stuhl. Arcen trat näher ans Geländer heran und erkannte in einem der Kämpfer den kleinen Mann, der ihn hierher eingeladen hatte. Sein Gegner, ein wahrer Gigant, war schon schwer angeschlagen und blutete stark aus einer Wunde am Kopf. Wenn er aufrecht im Ring stand, konnte dieser mühelos in den höhergelegenen Schankraum sehen. Doch erneut sprang mit beiden Beinen voran der Kleine gegen die Knie seines Gegners, so dass aus dem Zwei-Meter-Dreißig-Mann, eine nur noch etwa vierzig Zentimeter hohe liegende Gestalt wurde. Ein zweiter Sprung beförderte den Zwergwüchsigen auf den mächtigen Brustkorb seines Widersachers. Von dort hieb er mit seiner Stirn immer wieder auf das Nasenbein des Riesen. Irgendwann verlor dieser das Bewusstsein, und der Kampf war beendet. Die meisten der anwesenden Gäste freuten sich über den Sieg des Kleinen, was sicher darauf zurückzuführen war, dass sie auf ihn gewettet hatten. Die wenigen Missgelaunten, wurden milde gestimmt, nachdem der Zwerg, dem anscheinend das Schattenreich gehörte, verkündete, dass es für die nächste halbe Stunde Freigetränke für alle geben würde.

Dann trat er vor Arcen und sprach: „Ich wusste, dass Du kommen würdest. Allerdings bist Du zu spät für den heutigen Kampf. Aber sei erst einmal mein Gast. Du kannst hier schlafen, und wir kämpfen morgen. Ich werde daraus den Kampf des Jahres machen. Fremder Meister gegen den Einheimischen oder so. Trink etwas, ich komme später zu Dir, und wir klären die Einzelheiten."

Drei Stunden später lag Arcen in einer kleinen Kammer im Dachgeschoß des Schattenreiches. Nachdem er dem Zwerg erklärt hatte, dass er nicht zum Kämpfen hierher gekommen war, sondern nur einen trockenen Platz für die Nacht suche, überließ ihm der Kleine, der tatsächlich der Eigentümer der Herberge war, die kleine Kammer. Am nächsten Morgen wollte Arcen früh aufbrechen, um irgendwie nach Gundwen zu gelangen. Doch noch lag er wach in seinem Bett und wälzte sich unruhig umher. Irgendwann überfiel ihn dann doch die Müdigkeit, und die Anstrengungen der letzten Wochen forderten ihren Tribut.

Wie lange Arcen im Halbschlaf vor sich hin geträumt hatte, wußte er nicht zu sagen. Es war stockfinster, und kein Licht fiel durch die kleine Dachluke. Aber ein leises Flüstern war zu vernehmen. Befehle wurden gegeben, und knarrend öffnete sich unten eine Tür. Dann fiel etwas Licht unter dem Türspalt hindurch in Arcens Kammer hinein. Leise Stiefelschritte schlichen die Treppe empor. Betont laut sprechend hörte Herons Schwertmeister plötzlich die Stimme des Zwerges.

„Ja, der Fremde hat oben sein Quartier bezogen. Ich hoffe nur", die Stimme des Herbergenbesitzers wurde abermals lauter, „er hat die Geheimtür, die im Schrank eingebaut ist, noch nicht gefunden."

Arcen musste grinsen. Er öffnete den Schrank in der Zimmerecke und schob dessen Rückwand beiseite. Dann stieg er die dahinter befindliche lange Leiter hinab und erreichte kurz darauf einen sehr kleinen Raum. In dessen Boden war eine Luke eingelassen, welche Arcen sofort öffnete. Unter ihm stand ein mit Stroh beladenes Fuhrwerk. Der Schwertmeister ließ sich hineinfallen. Dann spähte er durch einen Spalt im Tor und verließ, nachdem er keinen Feind entdecken konnte, die Scheune, die sich auf der Rückseite des Schattenreiches befand. Kaum hatte Arcen die angrenzenden Häuser erreicht, erschienen etliche Soldaten vor der Herberge. Bis an die Zähne bewaffnet und mit Fackeln in ihren Händen, suchten sie die nähere Umgebung vergeblich ab. Dann entdeckte Arcen seinen Gastgeber. Der Zwerg lehnte an der Hauswand und sprach mit dem kommandierenden Offizier. Dabei sah er Arcen direkt in die Augen.

„Ich hätte gern mit dem Fremden gekämpft, aber aufgehoben ist nicht aufgeschoben."

Er zwinkerte Arcen zu und ging, gefolgt vom Offizier ins Schattenreich zurück. Das letzte, was Arcen noch von ihm vernahm, waren seine üblichen Worte: „Freigetränke für alle Soldaten..."

Erst jetzt bemerkte der Schwertmeister, dass es endlich aufgehört hatte zu regnen. Der Himmel war fast frei von Wolken, und die aufkommende Morgenröte verjagte die letzten Schleier der Nacht. Die Schatten zogen sich in ihr Reich zurück, und nach langer Zeit spürte Arcen endlich wieder die wärmenden Strahlen der Sonne auf seiner Haut.

Die in der Regenzeit aufgestaute Melancholie verschwand allmählich, aber die Sehnsucht zu Rose´ blieb weiterhin fest verankert in seinem Herzen. Ziellos, noch in Gedanken versunken, irrte Arcen durch die namenlose Stadt. Irgendwann passierte er die Stadtgrenze im Osten und fand sich erneut im Grasmeer von Mechloron wieder. Das gleißende Licht der Sonne, das sich im frischen Grün des Grases widerspiegelte, blendete Herons Schwertmeister und versetzte ihm gleichzeitig einen seelischen Stich ins Herz. Wie ein Blitz durchzuckte ihn eine Welle aus Trauer und Schmerz. Die Erinnerungen an Gundwen waren wieder allgegenwärtig. Seine Sehnsucht zu Rose´ stieg ins Unermessliche und mit einemmal ordneten sich alle Gedanken in Arcens Kopf.

Alles ergab nun einen Sinn, und Herons Schwertmeister, der auch ein Krieger Gundwens war, wußte was er zu tun hatte. Er wendete sich in Richtung Süden und lief einfach drauf los.

„Noch vierzehn, dann bin ich wieder bei Dir", flüsterte Arcen leise, wie eine Beschwörungsformel, pausenlos vor sich hin. Dann entwich seinem Körper ein gewaltiger Schrei und sein Tempo steigernd, rannte er immer schneller werdend weiter, in die Tiefen des feindlichen Landes hinein. Er würde seinen Gegnern den Tod bringen, um dann selbst in Frieden sterben zu können.

„Rose´, ich bin bald bei Dir!"

„Guten Morgen, Schatz."

Sanft umschlangen Suelias Arme den Oberkörper von Veringot. Es war nach einer halben Ewigkeit der erste Tag, an dem es nicht regnete. Beide standen vor der Tür ihres kleinen Häuschens und sahen der Morgensonne dabei zu, wie sie langsam ihrer Millionen Jahre alten Bahn folgend, am blauen Himmel emporstieg. Die Vögel sangen ihre Lieder, und der kleine Bach plätscherte friedlich durch ihr kleines Paradies.

„Es wird eine gute Ernte geben", sagte Veringot nach langem Schweigen.

„Natürlich, mein Schatz", erwiderte mit betont sachlicher Stimme Suelia.

Dann zog sie spontan ihre Bluse aus, und ihre makellosen Brüste kamen zum Vorschein. Veringot drehte sich um und wollte seine Frau gerade umarmen, als im Inneren des Hauses ihre beiden Kinder erwachten und unüberhörbar nach ihren Eltern verlangten.

„Alles eine Frage des richtigen Zeitpunktes", lachte Suelia. Dann wurde sie wieder ernst und sah Veringot ins Gesicht.

„Du vermisst Arcen, nicht wahr?"

„Ich hoffe, auch er findet sein Glück", antwortete Veringot. Dann gingen sie ins Haus zurück. Mit einem lauten Knarren schloß sich die Eingangstür.

Noch immer sangen die Vögel und plätscherte der Bach leise vor sich hin. Ein Windhauch fuhr durch das Gras, und mit ihm erhoben sich zahllose, nur als Schatten erkennbare Gestalten.

Sie waren überall. Selbst auf dem Dach des kleinen Häuschens, standen plötzlich zwei Krieger Gundwens. Auf ein kaum erkennbares Zeichen ihres Anführers hin verschwanden sie aber genauso schnell, wie sie aufgetaucht waren, leise und unbemerkt von Suelia und Veringot, wie der Tau in der Morgensonne.

Schon von weitem konnte Arcen die geknebelte Frau erkennen, die am einzigen weit und breit existierenden Baum aufrecht gefesselt stand. Sie war etwa einen Meter siebzig groß und hatte lange blonde, gelockte Haare. Mit ihrer hellen Haut, den vollen Lippen und den großen blauen Augen glich sie dem, was man sich allgemein unter dem Abbild eines Engels vorstellte. Wer würde aber einen Engel fesseln? Arcen lachte vor sich hin. Nun, er befand sich im Land der Teufel. Also konnte es tausende Gründe geben einen Engel zu fesseln. Aber Arcen wollte sich auch nicht vom Schein trügen lassen.

Unter der schönen Oberfläche des Meeres, befanden sich schließlich auch Untiefen, Haie und andere Gefahren. Doch niemand hat es verdient zu Tode gequält zu werden. Wenn jemand den Tod verdiente, sollte er schnell erfolgen.

„Auch wenn man noch so überlegen ist, spielt man nicht mit seinen Gegnern!" Die Worte seines Vaters klangen noch in Arcens Ohren, als er die Fesseln der Ohnmächtigen durchschnitt. Mit lautem Stöhnen stürzte diese zu Boden. Arcen versorgte ihre Wunden und entfachte ein Feuer. Dann beobachtete er die schlafende Frau. Seine Erregung konnte der Schwertmeister kaum bändigen. Denn pausenlos bewegte sich, mit jedem Atemzug erneut, der Brustkorb der Schlafenden und ließ ihren Busen dabei deutlich durch ihre Kleidung schimmern. Arcen konnte seinen Blick nicht abwenden. Die Sehnsucht nach Wärme, Liebe und Geborgenheit überwältigte ihn förmlich. Seine sexuelle Begierde flammte auf, und er hätte die fremde Frau am liebsten gleich in seine Arme genommen, um ihre weiche Haut zu spüren und ihr zu sagen....

Arcens wirre Gedankenfetzen endeten abrupt. Herons Schwertmeister, der stolze Krieger Gundwens, lenkte seinen Blick vom lebendig gewordenem Abbild der Wollust ab und sah in die Ferne.

DAS UNENDLICHE GRASMEER IN SEINER GRÜNEN PRACHT
WOGT HIN UND HER BEI TAG UND NACHT,
WENN WIR SCHON LÄNGST VERGESSEN VON DER ZEIT
WOGT ES NOCH IMMER BIS IN ALLE EWIGKEIT

„Du bist nicht das, was ich suche", flüsterte er mit trauriger Stimme. Doch neben all der Trauer stieg auch Wut in Arcen empor. Blanker Haß auf diejenigen, die sein vermeintliches Glück zerstört hatten.

In diesem Moment erklang die rauchige und gleichzeitig warme Stimme der Verführung in seinen Ohren.

„Danke!"

Nur ein einziges Wort, und doch rief es einen solchen Schauer in Arcen hervor. Es war wie ein gewaltiger Schlag in die Magengrube, der ihn erschütterte. Diese Stimme hatte Arcen schon tausendmal gehört. Immer wenn Rose´ in seinen Träumen mit ihm sprach, und nur in ihnen hatte sie ja die Fähigkeit sich zu artikulieren, dann mit dieser Stimme. Arcen verschlug es die Sprache und unfähig ein verständliches Wort zu sagen, winkte er nur unbeholfen ab.

Am nächsten Morgen brachen beide zusammen auf. Natürlich hätte es auch Arcen interessiert, für welche Verbrechen die ihm namentlich noch immer unbekannte Frau bestraft werden sollte. Doch auch sie stellte ihm keine Fragen, gleichwohl sie wissen mußte, dass er als Fremder in Mechloron nichts zu suchen hatte. Sie begleitete ihn einfach und so gingen sie langsam immer weiter in Richtung Süden.

Sie waren noch keine zehn Kilometer von der namenlosen Stadt entfernt, als Arcen einen

Reiter ausmachte. Er stand fast aufrecht in den Steigbügel seines Pferdes und blickte von der Anhöhe, auf der er sich befand, zu ihnen herab. Noch reichte das Gras erst bis zur Hüfte von Arcen und seiner namenlosen Begleiterin. Für einen Moment schweiften die Gedanken des Schwertmeisters erneut in die Ferne und er bemerkte, dass seine unbekannte Schönheit sehr lange, makellose und schlanke Beine hatte. Verlegen und mit aufkommender Röte im Gesicht registrierte Arcen aber auch den Blick seiner Begleitung. Ihre Augen schienen zu lächeln und in ihnen lag ein solcher Glanz, dass Arcen schon wieder das Gefühl des Faustschlages in seinem Magen spürte.

Aber auch die von ihm gerettete Frau biß sich verlegen auf die Unterlippe und mit der Unschuldsgeste eines Engels ließ ihr Lachen die Situation entspannen und Arcen in die Realität zurückfinden.

Der Reiter war verschwunden.

„Der Fremde war hier! Unser Informant hat noch nie gelogen."

Mit seiner linken Hand deutete der Offizier in die Tiefe des Raumes hinter sich. Einer der drei Krieger aus Mechlorons Clan ging in den nur leidlich erhellten Raum. Vor ihm saß der noch immer von seinem letzten Kampf gezeichnete Riese, dessen Wunde am Kopf mittlerweile aber notdürftig verbunden worden war.

„Ihr habt den fremden Schwertmeister gesehen?" fragte der Unbesiegbare.

„Ja, nachdem ich vom Wirt verprügelt worden war, sah ich den Fremden. Ich wußte gleich, dass an dem etwas faul war. Alle Leute in dieser Absteige waren völlig aus dem Häuschen, weil der blöde kleine Drecksack gewonnen hatte, nur der Fremde nicht. Der ganze Kampf war doch schon von Anfang an nicht fair. Dieser scheiß Wirt, dieser ..."

„Vielleicht hat er kein Geld gewettet und deswegen war ihm der Kampf egal", fuhr der Unbesiegbare dem noch immer aufgebrachten Riesen ins Wort. Dann wendete sich der Krieger Mechlorons seinen beiden Kameraden zu und gemeinsam verließen sie die Herberge Schattenreich.

Es war reiner Zufall, dass sie in die namenlose Stadt gekommen waren. Mechloron, der Anführer ihres Clans, hatte sie ursprünglich zur Grenze geschickt, um den Tod der dort postierten Wachen zu untersuchen. Leider hatten die Nachforschungen nicht den erwünschten Erfolg. Denn der von ihnen gesuchte fremde Schwertmeister hatte anscheinend nichts mit dem Tod der Soldaten zu tun. Das einzige was feststand war, dass es nun nicht mehr nur einen Feind in Mechloron gab.

Auch wenn Mechloron nicht mehr der Fürst war, so besaß er noch reichlich Macht. Vor allem die Armee war ihm treu ergeben und so erfuhr er als einer der ersten vom Überfall auf die Grenzanlage. Außerdem stellte keiner der Soldaten die Befehle der Unbesiegbaren in Frage.

„Schickt sofort Späher los!" befahl der Älteste der drei Krieger und sofort gehorchend rannte der junge Offizier davon.

Die Nacht war schon weit vorangeschritten und in den Gassen der namenlosen Stadt herrschte der allabendliche Trubel. Die Ausgestoßenen des Landes, der Abschaum der Gesellschaft, aber auch die unschuldig Verarmten gingen ihren Geschäften nach. Da öffnete sich leise die Scheunentür an der Rückseite des Schattenreiches und lautlos schob sich eine kleine Gestalt ins Dunkel der Nacht. Geräuschlos kletterte sie an der Wand des am nächsten stehenden Hauses empor, um kurz darauf über den Dächern desselben zu verschwinden.

Dreißig Minuten später stand das Schattenreich in Flammen, und nach weiteren dreißig Minuten gehörte es nur noch der Vergangenheit an.

„Da bist Du ja endlich, und wie ich sehe, hast Du auch schon eine hübsche Freundin gefunden. Na für meinen Geschmack ist sie ja ein bißchen zu dünn. Da müssen die Leute ja denken, dass Du Deine eigene Frau nicht ernähren kannst."

Lachend kam der Wirt des Schattenreiches den Hügel herabgeschlendert.

„Für meinen Geschmack bist Du dafür etwas zu klein", erwiderte Arcens Begleiterin.

„Es kommt doch nicht auf die Größe an", sagte der noch immer lachende Zwerg.

„Was machst Du hier?" fragte Arcen und unterbrach damit das nicht wirklich ernst gemeinte Streitgespräch.

„Du schuldest mir noch einen Kampf und da gestern Nacht zufällig mein edles Lokal abgebrannt ist, dachte ich, wenn ich schon nicht gegen Dich kämpfen kann, dann vielleicht mit Dir. Und wenn ich noch bemerken darf, Du wirst jede Unterstützung brauchen können. Der Reiter, der vor mir hier auf dem Hügel war, sah nicht wie ein Freund von Dir aus. Er erinnerte mich eher an einen Späher, der für Mechlorons Leibgarde tätig ist."

„Ich bin Uruk", sagte der Zwerg und streckte seine Hand vor.

„Arcen", erwiderte Herons Schwertmeister und schlug in die ihm entgegengebrachte Hand ein.

Bevor die beiden ihren Handschlag lösen konnten, kam noch eine dritte Hand hinzu.

„Ich heiße Echendré", sagte mit rauchiger Stimme die bis dahin fast immer schweigsam gebliebene Begleiterin von Arcen. Die Art ihres Sprechens ließ Herons Schwertmeister erschauern. Doch bevor sich qualvolle und sehnsüchtige Gedanken in Arcens Hirn einschleichen konnten, unterbrach Uruk die einsetzende Stille.

„Was hast Du eigentlich verbrochen, dass Dich die Krieger-elite Mechlorons jagt? Ich denke, das wird noch so manch glorreichen Kampf geben!"

„Ich erzähle es Dir unterwegs", sagte Arcen.

Gemeinsam machten sich die nunmehr drei Verbündeten auf den Weg ins Ungewisse, ihrem Schicksal entgegen.

„Er hat gesagt nur finden, beobachten und Bericht erstatten!"

„Du bist ein Feigling, Groah", erwiderte Urah, der Anführer der zwanzig Mann starken Patrouille, auf die Vorwürfe des berittenen Spähers.

„Der Unbesiegbare sagte aber, dass die Gesuchten gefährlich sind und deswegen werde ich jetzt zu ihm reiten und meinen Rapport machen", versuchte erneut Groah sein Handeln zu rechtfertigen.

„Mach, was Du nicht lassen kannst! Aber wenn Deine heldenhaften Unbesiegbaren bei den Fremden erscheinen, werden sie nur noch deren stinkende Kadaver vorfinden, denn meine Männer werden die Arbeit der Unbesiegbaren dann schon erledigt haben."

Urah ließ seine Männer antreten und Groah war noch keine zweihundert Meter weit geritten, da rannten die zwanzig Männer der Patrouille auch schon los, in die entgegengesetzte Richtung, in der sie die Fremden vermuteten.

„Du bist in Gundwen zum Krieger ausgebildet worden?" fragte Uruk ungläubig.

„Nein", erwiderte Arcen, „meine Ausbildung war noch längst nicht abgeschlossen und ich denke, dass ich sie auch nicht mehr abschließen werde".

„Ist doch ganz egal wo er das Kämpfen gelernt hat. Hauptsache, er kann es besser als unsere Gegner", sagte Echendré.

„Still!" Unterbrach in diesem Moment Uruk das Gespräch und warf sich auf den Boden. Dann hielt er sein rechtes Ohr ganz dicht über diesen und versuchte zu lauschen.

„Ich spüre das Beben der Erde auch schon so. Es sind etwa zwanzig, vielleicht fünfundzwanzig unvorsichtig laufende Soldaten oder aber einhundert schleichende Krieger", flüsterte Arcen.

Echendré wurde noch bleicher und Uruk flüsterte zurück: „Es gibt keine einhundert Unbesiegbare in Mechloron. Ich denke, es werden dann wohl nur die zwanzig oder fünfundzwanzig Soldaten sein. Na, das wird doch ein Spaß werden."

Grinsend fügte er, einen Blick auf das Dekolleté von Echendré werfend, hinzu: „Was machen wir während des Kampfes mit ihr? Ich meine", dabei sah er noch einmal auf die wohlgeformte Brust ihrer Begleiterin, „Bogenschießen wird sie ja nicht können!"

Sein Lachen über den eigenen Witz wurde aber sofort von Echendré unterbrochen, die entgegnete: „Da unsere Gegner sicher alle erwachsen oder besser ausgewachsen sein werden, wird es leichter sein, diese zu treffen, als irgendwelche Gegner, die nur halb so groß sind."

Mit einer Unschuldsmine erwiderte sie das Lachen von Uruk und erschrak, als sie bemerkte, dass dieser gar keine Waffen mit sich führte.

„Kein Problem", sagte Uruk, „solange unsere Feinde Waffen mit sich herumtragen, muß ich keine eigenen schleppen."

„Ich unterbreche Euch nur ungern", sprach Arcen dazwischen. „Wir sollten uns langsam vorbereiten."

„Urah, wir haben die zwei Fremden gefunden, aber Groah sollte seine Augen untersuchen lassen", rief der heraneilende Kundschafter seinem Anführer entgegen.

„Was ist los?" fragte dieser gelangweilt zurück.

„Wenn das der gefürchtete Krieger sein soll, den Groah mit der Frau gesehen haben will, dann steht es sehr schlimm um den Mut unserer Soldaten."

„Wieso?" fragte nun schon etwas ungeduldiger Urah.

„Nun, dieser Fremde Krieger ist nur halb so groß wie seine schöne Begleiterin."

„Vielleicht ist sie ja seine Mami", rief eine Stimme aus den hinteren Reihen der rastenden Soldaten.

„Auf die Beine Männer, wir sehen uns das an", befahl Urah, und in Erwartung eines leichten Sieges machte sich der zwanzig Mann starke Trupp auf den Weg.

Nach fünf Minuten erreichten sie die Anhöhe und blickten hinab in das Tal, wo Groah den fremden Krieger gesehen haben wollte.

„Die Frau ist für mich", sagte Urah und verschlang mit seinen Augen schon den Körper der blonden Schönheit.

„Was bekommen wir, was bekommen wir?" fragten ungeduldig seine Männer.

„Seht Ihr die goldenen Schienen, die der Kleine um seine Unterarme gebunden hat?" fragte rhetorisch ihr Anführer und sprach kurz darauf weiter. „Die könnt Ihr haben. Vom Verkauf dieser Dinger werdet Ihr Euch hunderte Frauen leisten können."

„Dann los!"

Ohne einen Angriffsplan, dafür mit Gier und Lüsternheit in ihren Augen, rannten die zwanzig Soldaten ungeordnet den Hügel hinab. Das dichte Gras reichte ihnen bis zu den Hüften, und die Sonne blendete ihre Augen. In diesem Moment verschwand der Zwerg von seinem platt getrampelten Rastplatz und tauchte im dichten Grün unter.

„Dieser Feigling", schrie Urah. „Sucht ihn, Männer! Ich kümmere mich derweil um sein Kindermädchen."

„Das wird ein nettes Spiel", riefen die sich langsam entfernenden Soldaten ihrem Anführer noch zu. Dann verschwanden sie im Grasmeer von Mechloron und waren bald kaum mehr zu sehen, noch zu hören.

„So, mein schöner Schatz, es ist Zeit zum Geschenke auspacken", sagte Urah und ging selbstsicher auf Echendré zu.
„Es tut mir leid, Dein Vorhaben unterbinden zu müssen, aber Dein Auftrag mich zu töten, wird doch wohl Priorität haben."
Sichtlich erschrocken zuckte Urah zusammen und wandte sich schnell der fremden Stimme zu. Vor ihm stand der fremde Schwertmeister und der strahlte eine Ruhe und Kraft aus, der Urah nichts entgegensetzen konnte.
„Ich bin Arcen von Heron, Schwertmeister meines Landes und Schüler Gundwens."
„Urah, Offizier der Armee von Mechloron", stammelte der noch eben so siegessichere Soldat zurück.
Arcen setzte seinen rechten Fuß im neunzig Grad Winkel vor den linken, so dass die Fußspitze nach rechts zeigte. Außerdem verlagerte er sein Gewicht und ging in die Knie, was zur Folge hatte, dass sich so seine Angriffsfläche verringerte. Dann zog er sein Schwert und hielt es verkehrt herum, verborgen hinter seinem Rücken. Die Klinge der Waffe zielte aus seiner Faust heraus in Richtung Handballen. Sein Daumen zeigte hinab zum Boden, so dass die Klinge des Schwertes entlang der Wirbelsäule nach oben wies. Mit der linken Hand fixierte Arcen seinen Gegner visuell. Der zog auch sein Schwert und hielt dieses mit beiden Händen über seinen Kopf. Fünf Minuten vergingen. Der Schweiß lief Urah in Strömen von der Stirn und ließ ihn blinzeln. Dann hielt er dem psychischen Druck nicht mehr stand. Er schrie, sprang nach vorn und ließ sein Schwert hinabsausen. Der Versuch, Arcens Kopf zu treffen, scheiterte. Denn Arcens rechter Arm schnellte in weitem Bogen nach vorn, wobei die Klinge seines Schwertes aufgerichtet blieb und die Sonne Mechlorons in ihr zornig funkelte. Klir-

rend prallte Urahs Waffe an der des Schwertmeisters ab. Der Weg zum Körper des Offiziers war nun frei. Mit der rechten Hand vollzog Arcen eine Kreisbewegung von zweihundertundsiebzig Grad, so dass die Klinge seiner Waffe nach links zeigte. Dann griff er mit der linken Hand zum Griff des Schwertes und führte seine Waffe mit beiden Händen nach vorn in den ungedeckten Körper seines Feindes hinein. Dabei mußte Arcen seinen rechten Fuß nach vorn setzen, so dass die Fußspitze nun ebenso nach vorn zeigte.

Das Geräusch von zerreißenden Stoffen, von berstenden Lederriemen und das Stöhnen des tödlich Getroffenen hallten vom Rastplatz bis hin zu den Soldaten Mechlorons. Doch für ihren Anführer kam jede Hilfe zu spät. Blut floß aus seinem Mund und der Wunde, die seinen Körper überzog. Dann sackte Urah tot zusammen. Arcen verneigte sich vor seinem Gegner, da flog auch schon Echendré auf ihn zu. Mit einem großen Satz sprang sie in die offenen Arme Arcens hinein und umarmte den überraschten Krieger.

„Bin ich froh, dass Dir nichts passiert ist", hauchte sie mit ihrer verführerischen Stimme. Dann ließ sie, aber selbst überrascht über ihren Gefühlsausbruch, Arcen ebenso schnell wie verlegen wieder los, räusperte sich und sagte: „Ich glaube, wir müssen unserm kleinen Freund beistehen."

„Ja, ich denke, Du hast recht", stotterte Arcen.

„Wir finden den Gnom hier nie. Das Gras ist viel zu hoch. Sagt Urah, dass der Zwerg entkommen ist", befahl der dienstälteste Soldat, der an der Spitze der Suchenden schritt. „Das Gras ist nur für den Wicht zu hoch. Der wird sich, da er nichts sehen kann, hier sowieso verlaufen", sagte spöttisch ein anderer Soldat und derjenige, der sich umdrehte, um den Befehl des Ältesten auszuführen, fügte noch lachend hinzu: „Das Verhungern dauert bei dem Kleinen sicher doppelt so lang, schließlich braucht der ja nur die Hälfte an Nahrung."

Sein Lachen starb plötzlich ab, und sein Grinsen glich nur noch einer Maske. Es war eine Totenmaske, denn in seinem Herzen steckte ein Dolch, sein Dolch. Vor dem Sterbenden stand Uruk und sagte zu dem niedersinkenden Soldaten, der sich nun auf seiner Größe befand: „Ich bin auch nur halb so laut wie Du, und ich bin auch nur halb so unvorsichtig, denn ich würde auf meine Waffen aufpassen."

Die restlichen Soldaten faßten erschrocken an ihre Dolche, die in ihren Gürteln steckten, denn sie erblickten die mittlerweile sieben getöteten Kameraden am Boden liegend, getötet von ihren eigenen Waffen.

„Es ist schon toll, dass die Armee von Mechloron so gut ausgerüstet ist. Jeder Soldat hat ein schönes Schwert und einen wirklich scharfen Dolch", sagte Uruk zu den noch immer fassungslosen Soldaten. Dann sprang er mit einem gewaltigen Sprung ins dichte Grün des etwa einen Meter hohen Grases und wurde dadurch für seine Feinde wieder unsichtbar.

„Tötet diese Missgeburt!" schrie da der dienstälteste Soldat und durchbrach damit die Lethargie seiner Männer. Sie rannten schreiend los, der Sonne entgegen. Doch der Tod kam zu ihnen. Aus dem Licht der Sonne löste sich eine Gestalt. Das Schwert des Kriegers schien Funken zu sprühen und überall wo es niedersauste, ließ es einen getöteten Soldaten liegen. Arcen machte keine unnötige Bewegung. Jeder Schlag endete im Ansatz zum nachfolgenden und so wirbelte er durch das blutige Schlachtfeld hindurch, wie ein Bauer, der mit der Sense Gras schneidet.

Der Tod machte reichlich Ernte, und auch Uruk beteiligte sich eifrig daran.

Nach Arcens prägnanten fünf Minuten, war der Kampf vorbei und Uruk verkündete stolz:

„Ich habe zehn erlegt und Ihr, mein Freund?"

„Auch zehn", antwortete Arcen. „Das heißt dann wohl unentschieden?"

„Nein, Freund, Du hast ihren Anführer erledigt, und der zählt doppelt", antwortete Uruk.

„Aber, die Jagd ist ja noch nicht beendet."

Echendré kam hinzu und lächelte Arcen noch immer verlegen an.

„Es ist schön, dass Dir nichts passiert ist", flüsterte sie leise.

Doch Uruk hatte gute Ohren und beschwerte sich: „He, und was ist mit mir?"

„Ach, wer kann schon so genau zielen, um Dich zu treffen", erwiderte lachend Echendré. Auch Uruk lachte und sagte: „Schön, dass auch Dir nichts Schlimmes geschah, aber Du standest ja auch weit genug vom Kampfgeschehen entfernt."

„Narren! Habt Ihr ihnen nicht gesagt, dass sie warten sollen?"

Die drei Unbesiegbaren, die vor kurzem noch in der namenlosen Stadt waren, standen nun auf dem Hügel, an dessen Fuß vor zwei Tagen der Kampf mit den zwanzig Soldaten stattgefunden hatte. Sie sahen zu den notdürftig verscharrten Toten hinab und warteten auf die Antwort des berittenen Spähers.

„Oh doch, Herr", antwortete Groah und fügte noch hinzu: „Das Wort der Unbesiegbaren wiegt nicht mehr so schwer, seit Euer Herr nicht mehr der Fürst von Mechloron ist."

Erschrocken bemerkte er seine Dreistigkeit und versuchte beschwichtigend weiter zu sprechen: „Ich meine, ich weiß, noch ist kein neuer Fürst bestimmt und auch ich halte natürlich zu Mechloron und..."

Weiter kam er nicht mehr. Die Unbesiegbaren konnten mangelnden Respekt ihrer Person gegenüber verkraften, jedoch duldeten Sie diesen nicht, wenn es um den Anführer ihres Clans ging. Das krachende Geräusch eines brechenden Genicks hallte vom Hügel herab und wurde vom Wind weit über das riesige Grasmeer Mechlorons hinweggetragen. Ohne erkennbare Gefühlsregung machten sich die drei auf den Weg, weiter der Spur nach Süden folgend.

In Heron unterdessen endete wieder einmal ein Winter, und frische Triebe wuchsen aus dem Stumpf, der einst der Zauberbaum gewesen war. Varisius hatte seine damalige Pflegerin geehelicht und sollte alsbald Vater werden. Die Städte Hunteron und Herakes interessierten sich, nachdem der Städtebund zerfallen war, nicht mehr für Heron und dessen Bewohner. Es gab keinerlei Gesetzeshüter, Armeen oder andere für Ordnung sorgende Institutionen in der Stadt. Die Mauern, notdürftig geflickt, standen nicht mehr so stolz, wie zu Arcens Jugendzeit, doch gab es derzeit auch keine erkennbaren Feinde. Es herrschte trotz allem ein System des Zusammenhaltes im Ort, das daraus entstand, dass wenn es zu Streit kam, immer genügend Männer da waren, um diesen zu schlichten. Im Sommer nach der großen Niederlage vor den Grenzen Mechlorons, entwickelte sich eine Art Religion in Heron. Eine Religion, die keinerlei Gebäude oder geistliche Führer benötigte. Sie war den Einwohnern in die Herzen geschrieben worden, diktiert von der Not. Die

Grundlage des Handelns der Menschen wurde das Teilen und die gegenseitige Hilfe.

Aber mit dem zunehmenden wirtschaftlichen Aufschwung und dem damit verschwindenden Elend verschwand auch langsam der Zusammenhalt untereinander, und die Gier hielt wieder Einzug, das Begehren nach mehr Besitz und das Verlangen nach Anerkennung durch andere. Die in den Herzen stehenden Worte der Hilfe waren kaum mehr leserlich.

Nun, wo der Frühling langsam Einzug hielt, machten sich erneut Botschafter auf nach Hunteron und Herakes. Die wohlhabenderen Bewohner Herons wollten wirtschaftlichen Kontakt, um ihr Vermögen vermehren zu können. Gesandte rekrutierten sie unter den ärmeren Bewohnern ihrer Stadt, die sich angesichts der verlockenden machtvollen Position leicht ködern ließen.

Varisius stieg in die Fußstapfen seines Großvaters und gründete eine Schule, in der er die Kinder der Reicheren unterrichtete.

Tief im Herzen Mechlorons, dort wo es keine Winter gab, waren auch Suelia und Veringot zufrieden. Ihre Ernte war erfolgreich, die Kinder gesund, und beide mußten sich keine Sorge um ihre heile Welt machen. Nur in manch stillen Stunden dachten sie an Arcen und hofften, dass auch er sein Glück finden würde.

VERLORENE TRÄUME

„Komm Rose´, wir müssen fliehen", schrie Arcen durch die Dunkelheit. Seine über alles geliebte Rose´ hielt er dabei fest an der Hand. Er konnte sie in der Dunkelheit nicht sehen, doch spürte er ihre weiche Haut. Beide rannten durch die Wälder von Xantus. Der Frühling hielt seit kurzem Einzug, und es war noch immer sehr kalt. Die eisige Luft durchdrang Arcens Kleidung. Sein Körper fühlte sich an, als durchstachen ihn tausende feiner Nadeln. Solche, wie sie einst seine Mutter zum Nähen benutzt hatte. Doch das lag weit zurück. Jetzt mußte er Rose´ retten. Dieses Mal würde er nicht loslassen.

„Dieses Mal nicht", schrie Arcen in die kalte Nacht.

Wie sehr musste Rose´ erst frieren, dachte Herons Schwertmeister bei sich und stoppte seinen Lauf, so dass Rose´ auf ihn prallte. Dabei spürte er deutlich wie ihre Brüste seinen Rücken berührten und ihre, durch die Kälte verhärteten Brustwarzen, riefen einen Schauer der Erregung in ihm hervor. Schnell zog er seinen Mantel aus und legte ihn um Rose´ Schultern. „Danke", hauchte die ihm aus seinen Träumen so bekannte Stimme zu.

„Aus meinen Träumen", stammelte Arcen laut vor sich hin.

In diesem Moment hörte er die herannahenden Verfolger, der Mond stieg am Himmelszelt empor und warf sein Licht auf einen Grabstein zu Arcens Füßen. Während er las, hielt er noch immer Rose´ Hand fest in der seinigen. Dieses Mal würde er nicht loslassen. Sein Blick verschwamm und ließ auf dem Stein nur noch einen Namen erkenntlich bleiben.

„Rose´", flüsterte der Schwertmeister und blickte hinter sich, direkt in die Augen von Echendré.

Erschrocken fuhr Arcen, zeitgleich mit Echendré aus dem Land der Träume empor. Beide blickten sich sichtlich aufgewühlt in die Augen. Das Lagerfeuer, auf welches Uruk aufpassen sollte, war fast heruntergebrannt, und ihr kleiner Freund lag in tiefem Schlaf.

„Entschuldige", hauchte Echendré.

Vor langer Zeit, die nun schon eine Ewigkeit zurücklag, wurden beide zusammengeführt. Sie waren die Attraktion in einer Gesellschaft, die sie dringend benötigte, als Sinnbild für alles Abnorme, Häßliche und Abstoßende, dass es zu bekämpfen galt. Dem eigenen Volk wurde suggeriert, ihre Heimat wäre der Norden, und der Städtebund würde solche Ausgeburten der Hölle schützen, gar züchten.

Das war eine Lüge, denn beide, der Mann und die Frau, wurden im Süden geboren. Ihre eigenen Eltern verkauften sie an Mechlorons Berater, sich nicht vorstellen könnend, warum die Natur von Zeit zu Zeit solch Abnormitäten hervorbrachte. Die Natur verabscheut Gleichheit, im Gegensatz zu den Menschen Mechlorons, die ihr eigenes Idealbild von stolzen Kriegern hatten. Doch beide, der Mann und die Frau, verstanden sich sofort gut miteinander. Auf ihren Schaufahrten quer durchs Land lernten sie sich immer besser kennen und lieben. Doch eines lernten sie nie - sich zu fügen.

Beide, kaum größer als sechsjährige Kinder, hatten auch charakterlich viel gemein. Dieser schien den Schaulustigen abhanden gekommen zu sein und je mehr sie beschimpft, beworfen und verhöhnt wurden, umso stärker wurde ihr Wille auszubrechen. Alahnae hatte von der namenlosen Stadt erfahren, wo sich niemand für das Aussehen anderer interessierte und in der die Armee keine Macht hatte. Vor genau zehn Jahren war es soweit. Eine Kuriositätentour führte Alahnae und ihren Mann an die Grenzen Mechlorons. Das Gitter ihres Wagens wurde geöffnet und beide sprangen heraus. Doch ihr Weg führte nicht in die Manege, sondern in die Freiheit. Mit bloßen Händen stieß Uruk die Wachen beiseite, und er verschwand mit Alahnae in der mondlosen Nacht. Sie stießen auf andere Soldaten und rangen um ihr Leben. Die Dunkelheit trennte sie und im Gedränge, zwischen all den keuchend atmenden haßerfüllten Soldaten, hörte Uruk die weit entfernten Rufe seiner Alahnae: „Flieh, Liebster, wir treffen uns in der namenlosen Stadt wieder. Ich werde dort auf Dich warten."

Dann klang ein gellender Schrei durch die dunkle Nacht und Minuten später war Uruk allein in der düsteren Welt Mechlorons. In seinem Herzen nistete sich Finsternis ein, und er schwor sich, solange das Kämpfen zu erlernen, bis der Tag der Abrechnung kommen würde. Immer und immer wieder hörte er die Rufe seiner Alahnae, dann wachte er schweißgebadet auf. Vor ihm saßen, ebenso wach, Arcen und E-chendré.

„Es ist ein Alptraum! Einer unserer Boten ist zurück..."

„Was sagt er denn?", unterbrach Mechloron schroff Bullfast, der als einer der Anwärter auf den Thron gehandelt wurde und der dementsprechend schon bald selbst Mechloron heißen würde. Er verfolgte eine gänzlich andere Philosophie, denn entgegen der Tradition wollte Bullfast nicht Technologien und technische Gegenstände anderer Völker stehlen, sondern selbst eine Industrie in Mechloron aufbauen, Handel betreiben und so das Vermögen seines Landes steigern. Dieses legte Mechloron, der stolze, wenn auch mittlerweile weißhaarige Krieger, ihm als Schwäche aus und so wiederholte er seine Frage erneut: „Was sagt er denn?"

„Das ist das ja das Problem! Groah ist tot, festgezurrt auf seinem Pferd, hier angekommen. Eure Unbesiegbaren sollten sich um die Feinde unseres Landes kümmern und nicht unsere eigenen Leute eliminieren. Zum Glück gibt es ja nicht mehr so viele von ihnen."

Nach kurzer Pause fügte er noch hinzu: „Hier ist eine Nachricht von ihnen, die Groah in seiner Tasche bei sich führte."

Dann wendete sich Bullfast der Ausgangstür zu und verließ diese ohne ein weiteres Wort.

Vor gar nicht allzu langer Zeit hätte Mechloron ihn sofort für diese Unverschämtheit gerichtet. Doch der ehemalige Fürst war alt geworden und sammelte seine Kräfte für seine letzte große Aufgabe. Nach einem flüchtigen Blick auf die Nachricht ließ er seine in der Festung verbliebenen zehn Unbesiegbaren antreten und zu elft verließen sie die Burg. Irgendwo in den weiten des riesigen Landes waren drei der ihren auf der Fährte von Arcen, und die galt es nun zu finden. Gemeinsam würde der Clan mit ihm, Mechloron als Führer, den fremden Schwertmeister vernichten und das Land von den restlichen Feinden säubern.

Aufrecht rannten die Unbesiegbaren hinter Mechloron her, der als einziger auf einem Pferd ritt.

„Nach Norden, unserem Schicksal entgegen", schrie Mechloron.

Hell flammte das Feuer auf und verjagte die Schatten. Ein Paar Holzscheite hatten genügt, um die warmen Flammen wieder lodern zu lassen. Uruk ergriff das Wort und fragte Arcen nach dessen weiteren Plänen: „Ich denke, Du rennst einem verlorenem Traum nach, mein Freund. Wie willst Du überhaupt in Mechlorons Festung eindringen, oder meinst Du, er reitet Dir entgegen?"

„Genau das wird er machen", antwortete Arcen. Noch immer saß er, verstohlen und nicht richtig wach, neben Echendré, der es nicht anders zu gehen schien. Unsicher blickte sie zu Arcen, der in seinen Ausführungen fortfuhr: „Mechloron wird erfahren, was geschehen ist und als stolzer Krieger nicht warten wollen, dass der Feind zu ihm kommt. Deswegen solltet Ihr mich verlassen, denn es ist mein Kampf und nicht der Eure. Ich kann nicht einmal für meine eigene Sicherheit garantieren."

„Oh, mach Dir keine Sorgen, mein kleiner Krieger", versuchte Echendré mit dem Tonfall einer besorgten Mutter einzuwerfen. „Ohne Dich würde ich noch immer am Baum gefesselt stehen und was soll ich sagen, wenn es Dir recht ist", dabei sah sie Arcen tief in dessen Augen, „würde ich gern bei Dir bleiben."

„Mich wirst Du auch nicht los", rief Uruk aufgebracht dazwischen. „Um meine Sicherheit kümmere ich mich selbst. Außerdem, auch wenn ich denke, dass es aussichtslos ist, den Spaß gönne ich Dir nicht allein und meinen Platz zum Sterben suche ich mir auch selbst!"

Nach einer kurzen Denkpause fügte er, mehr zu sich selbst, hinzu: „Sicherheit?" Uruk schüttelte den Kopf und grinste vor sich hin.

Stumm und kein Geräusch produzierend standen zahllose Krieger am Rande des Hügels und blickten zum Grab der zwanzig getöteten Soldaten hinab. Der Mond erhellte kaum ihre Gestalt, und die Silhouetten der Krieger wären für fremde Augen ohnehin kaum erkennbar gewesen, denn sie verschmolzen mit ihrer Umgebung und wurden eins mit der Nacht. Zwei Schatten lösten sich aus ihrer Mitte und suchten am Fuße des Hügels nach Spuren des vergangenen Kampfes.

Dann, ohne erkennbares Zeichen erhoben sich die beiden Spurenleser und gingen zu ihrer Gruppe zurück. Kurz darauf verschwanden die Schatten, schienen sich förmlich in der Nacht aufzulösen. Der Mond zog weiterhin friedlich seine Bahn und nicht ein einziger niedergetretener Grashalm, kein Fußabdruck am Boden konnte beweisen, dass die Schattenkrieger mehr als nur ein Produkt der Phantasie waren, eine Ausgeburt der Ängste vor der Dunkelheit, ein Hirngespinst verunsicherter Seelen.

„Sie sind noch nicht lange fort! Ich denke seit etwa einer Stunde", sagte der vorderste der drei Unbesiegbaren.

Er kauerte am Boden und untersuchte den Schlafplatz, an dem sich ihre Feinde ausgeruht hatten. Über ihnen leuchtete hell und klar der Mond, tauchte die Nacht in ein silbernes Kleid und ließ die Umgebung unwirklich bizarr erscheinen. Das Grasmeer Mechlorons, die immergrünen Wiesen des Reiches wogten im mitternächtlichen Ball zur Musik der Grillen hin und her. Gelegentlich blitzten die Augen einer Raubkatze zwischen den Halmen hindurch. Doch zeigten diese im Frühjahr keine Ambitionen auf Menschenjagd gehen zu müssen. Die Wildrinder hatten genug Jungtiere zur Welt gebracht, und es bestand keine Notwendigkeit zu einer risikoreichen Jagd auf Beute, die sich wehren würde.

„In welche Richtung sind sie gegangen?" fragte der Älteste der drei Unbesiegbaren.

„Weiter Richtung Süden. Sie müssen sich sehr sicher gefühlt haben, jedenfalls deutet nichts darauf hin, dass sich die Fremden besonders vorsichtig verhielten."

„Vielleicht wollen die ja, dass wir ihnen folgen", warf der bis dahin stumm gebliebene dritte Krieger ein.

„Möglich! Unser Befehl lautet ja auch nur den fremden Schwertmeister zu finden. Auf keinen Fall sollen wir diesen allein angreifen. Aber, um ihn zu finden, müssen wir ihm unweigerlich auch folgen und hoffen, dass Mechloron nicht allzu lange auf sich warten lässt."

„Also weiter geht's!"

Der Älteste zog sein Schwert, denn er wollte es bereits in den Händen halten, falls sie in einen Hinterhalt geraten sollten. Die anderen Zwei taten es ihm gleich, und dann rannten sie gemeinsam, nur noch halb so schnell wie zuvor, weiter.

Fünf Minuten später erreichten sie einen Graben, der in der Regenzeit viel Wasser mit sich führte, jetzt im Frühling aber nur ein kleines Rinnsal und ein trauriges Abbild seiner vergangenen Pracht darstellte. Der kleine Bach, der im ausgetrockneten vielleicht vier Meter breiten Flußbett dahin plätscherte, maß nur noch etwa fünfzig Zentimeter in der Breite und war etwa zwei Fuß tief. Die zu beiden Seiten mannshohen Ufer waren mit dem allgegenwärtigen Grün des Grases bewachsen, und dichtes Dornengestrüpp wucherte hinab zum morastigen Boden.

„Die Spur führt zum anderen Ufer hinüber!"

„Das habe ich bemerkt", erwiderte der Älteste der drei Unbesiegbaren und sprach nach kurzer Überlegung weiter. „Wir werden wohl oder übel auch rüber müssen."

„Das ist doch ein Falle", rief hitzig der Erste und wurde sofort von seinem Anführer unterbrochen.

„Auch das habe ich bemerkt. Doch der Befehl unseres Herrn ist eindeutig. Wir sollen den fremden Schwertmeister finden und beobachten. Das können wir aber nur, wenn wir dessen Spur auch weiterhin folgen. Wenn wir bei der Erfüllung unseres Auftages sterben, dann soll es so sein. Wir sind Mechlorons Elitesoldaten und jederzeit bereit für den Tod.

DER MOND SCHEINT,
UND DER WIND WEHT,
DIE WOLKE WEINT,
UND DIE HOFFNUNG VERGEHT,

DER WOLF RENNT,
UND DER BAUM IST FORT,
DAS HOLZ BRENNT,
EIN GEBROCHENES WORT,

DER ADLER FLIEGT,
UND DAS BLUT GERINNT,
DAS LEBEN ENTFLIEHT,
DER KRIEGER SICH BESINNT.

Langsam tasteten sich die drei Krieger hinab zum Ufersaum. Schon brach der erste durch die angetrocknete lehmige Oberfläche in den darunterliegenden Morast hinein. Die beiden anderen folgten ihm und hielten sich dabei links und rechts von ihrem Anführer. Kurz darauf steckten auch sie bis zu ihren Schenkeln im stinkenden Schlick des noch nicht gänzlich ausgetrockneten Flußbettes. Da sie gemeinsam das Ufer erreichen wollten, liefen sie nebeneinander. So hofften sie bei einem eventuellen Angriff nicht der Reihe nach überrumpelt zu werden. Würde einer von ihnen angegriffen, hätten die Verbliebenen noch die Chance, das andere Ufer zu erreichen.

„Noch zwei Schritte, dann haben wir es geschafft", sagte erleichtert der Jüngste der Drei. Sein Schwert hatte er eingesteckt, denn er benötigte beide Hände, damit er sich durch den zähen Schlamm kämpfen konnte.

Plötzlich blitzte im Mondlicht für einen kurzen Augenblick ein Schwert auf, um wenig später mit tödlicher Präzision ins Herz des nur noch einen Schritt vom Ufer entfernt stehenden Unbesiegbaren gestochen zu werden. Der Älteste erreichte das Ufer und zog seine Waffe. Es war ein langes Schwert mit einer sehr breiten Klinge. Auf der Klinge erkannte Arcen die Darstellung eines Kampfes zwischen einem Drachen und einem heroischen Krieger.

Das würde Veringot bestimmt gefallen, dachte der Schwertmeister im Stillen.

Der letzte noch im Morast steckende Krieger wollte soeben auch die Böschung emporsteigen, da schoß hinter ihm aus dem Schlamm Uruk heraus, der noch immer mit den Zähnen sein Atemrohr im Mund hielt. Dieser zog die Waffe seines überraschten Gegners aus dessen Gürtel und durchtrennte mit jener die Kehle seines Opfers.

Auf dem trockenen Ufer standen sich nun Arcen und der verbliebene Anführer der drei Unbesiegbaren gegenüber. Die Minuten verrannen, ohne dass sich einer der Kontrahenten bewegte. Sie hielten ihre Schwerter mit beiden Händen auf Brusthöhe vor ihren Körpern und waren hoch konzentriert. Uruk verlor allmählich die Geduld und wollte schon eine Bemerkung machen, da erkannte Arcen deutlich, wie sein Gegenüber tief einatmete und für den Bruchteil einer Sekunde unaufmerksam war. Diese kurze Zeitspanne nutzte der Schwertmeister für seinen Angriff. Er schnellte nach vorn, seine Klinge durchstach den Hals und durchtrennte dabei die Halsschlagader des Feindes. Der Anführer der drei Unbesiegbaren, der von Mechloron ausgeschickt worden war, den Schwertmeister zu finden, fand nun den Tod durch diesen. Doch in seinem Blick lag keine Angst. Gleichgültig registrierte er sein Ende, auf das er schon lange vorbereitet war.

Arcen verneigte sich tief vor seinem Gegner, und Todessehnsucht keimte in ihm auf.

„Bald bin ich wieder bei Dir, Rose´", flüsterte er leise vor sich hin. Uruk unterbrach seine traurigen Gedankengänge aber abrupt.

Scheiße, schon wieder hast Du einen mehr erledigt und erneut ihren Anführer. Aber wo ist eigentlich Echendré geblieben? Sie wird doch nicht in Ohnmacht gefallen sein?"

„Ich bin hier bei Arcen", sagte die Gesuchte und trat hinter einem dichten Haufen von Gestrüpp hervor. „Neben Dir hält es ja niemand aus. So wie Du stinkst, müßtest Du dreimal so groß sein, als Du es tatsächlich bist."

Uruk roch an seinen Armen und sagte grinsend zu Echendré: „Noch nie an richtigen Männern gerochen was?"

„Oh, mir reicht ein Mann", antwortete die Gefragte und zwinkerte Arcen schnippisch zu.

Der versuchte das Thema schnellstmöglich zu wechseln und fragte Uruk nach dem Weg:

„Wie weit ist es noch bis zum Fischerdorf?"

Uruk überlegte kurz und bemerkte mit einem Blick auf E-chendré: „Gnädige Frau werden sich noch wundern. Das Dorf ist nicht groß, aber es stinkt dort gewaltig nach Fisch. Dagegen ist mein Geruch eine Wohltat."

Dann sah er Arcen an und fuhr im ruhigen Tonfall fort: „Ich denke noch vier Stunden bei schnellem Fußmarsch. Aber, ob Echendré mithält?"

„Mach Dir um mich keine Sorgen", sagte diese aufgebracht. „Meine Beine sind viel länger als Deine. Ich sollte mir mehr Gedanken um Dich machen, Kleiner."

Lange Beine hat sie ja, dachte Arcen und war sofort verlegen. Mit geröteter Stirn stammelte er: „Dann lasst uns aufbrechen, Freunde."

Mechloron war außer sich vor Wut, nachdem er durch einen Boten, vom Tod seiner drei Späher erfahren hatte.

„Jahrelang waren meine Unbesiegbaren die absolute Elitekämpfer. Niemand konnte auch nur einen von ihnen im Kampf bezwingen. Selbst wenn die Gegner zahlreicher waren, meine Krieger waren die Unbesiegbaren und blieben stets siegreich. Jetzt kommt dieser dahergelaufene Schwertmeister aus Heron und vernichtet ganz allein meine Männer nach seinem Belieben. Sollten wir mit der Zeit aus der Übung gekommen sein und so schlecht kämpfen? Oder sind wir einfach nur alt geworden?"

Mechloron kicherte und unterbrach damit für kurze Zeit seine Gedankengänge. Es war das Lachen eines entrückten

Geistes und Mechloron sprach zu sich selbst mit flüsternder Stimme: „Oh ja, alt bin ich geworden. Ein zittriger, alter und seniler Greis, kaum mehr fähig sein Schwert zu führen."

„Nein, Herr", unterbrach einer der Unbesiegbaren Mechloron. „Euch fehlt vielleicht etwas Übung, aber die werdet Ihr schnell nachholen."

„Du hast recht", antwortete Mechloron, nun wieder etwas gefaßter. „Wir sollten eine Übungsstunde einlegen. Lebt hier in der Nähe irgendwelches Ungeziefer, dass sich zertreten lässt und um das es nicht schade wäre?"

„Ja, Herr!"

FURAJA

Furaja, der am östlichsten Punkt Mechlorons gelegene Fischerort, lag auf einer kleinen Halbinsel am Rande des großen Meeres. Er konnte nur durch eine kleine Straße erreicht werden, die sich durch die hohen Felsen hindurchschlängelte. Während auf der landesinneren Seite das grüne Meer aus Gras wogte, war die Küstenseite mit dichten Bäumen bewachsen. Der Streifen Land zwischen Felsen und Meer war nur dreihundert Meter breit.

Dafür war die Küste etliche hundert Kilometer lang. Aber nur in Furaja konnte man von der Meerseite aus landen. Dies war ein Grund dafür, dass der Fischfang in Mechloron nicht allzu ausgeprägt war. Einzig an dieser kleinen Halbinsel fielen die riesigen Klippen der Steilküste auf Meereshöhe ab und ermöglichten einen Zugang zum Wasser.

Die Sonne stand bereits hoch am Himmel und es wehte eine frische Brise, die den Geruch von Fisch mit sich brachte. Einige Kinder spielten unter den Bäumen, die in der Nähe der kleinen Fischerhütten standen. Sie sangen alte Lieder, die ihnen von ihren Eltern und Großeltern gelehrt worden waren. Im Ort herrschte eine entspannte Atmosphäre, die sich erst dann in hektische Betriebsamkeit umkehren würde, wenn die Fischer mit ihren Booten nach tagelangem Fang in den Hafen einliefen. Doch bis es soweit war, lebten nur die Alten und die Frauen mit ihren Kindern in Furaja. Einige Hunde versuchten die Ruhe zu stören, indem sie kläffend den verlausten Straßenkatzen nachjagten.

Dann wurde es plötzlich ganz leise im Ort. Der Gesang der Kinder verstummte, und auch das Bellen der Hunde gefror förmlich in der eintretenden eisigen Stille. Etwas Unheilvolles lag in der Luft, und die Anspannung war förmlich spürbar. Das Rauschen des Meeres steigerte sich, dadurch dass alle anderen Geräusche fehlten, ins Unerträgliche.

„Wie gut kennst Du die Bewohner von Furaja?" fragte Arcen, der unablässig die Umgebung aus seinen Augenwinkeln beobachtete.

„Nun, die Leute leben nicht nur vom Fischfang. Wie Dir im Schattenreich sicher aufgefallen ist, verkaufte und schenkte ich auch Weine aus, die nicht aus Mechloron kamen. Man könnte also mit guten Gewissen behaupten, ich bin einer der wenigen Weinhändler des Landes."

Uruk überlegte kurz und sprach grinsend weiter: „Genau genommen bin ich der einzige Händler in Mechloron. Du weißt ja, Handel zu treiben ist nicht die Stärke Mechlorons."

„Du bist ja ein ganz Schlimmer", lachte Echendré. „Mancher würde behaupten, dass Du ein Schmuggler bist, aber sicher sind die Fischer ganz legal Deine Spediteure."

„Kann man so sagen", lachte aus vollem Hals nun auch Uruk.

Doch Arcen lachte nicht und fragte erneut: „Hat sich an Eurer Geschäftsfreundschaft irgendetwas in letzter Zeit verändert? Schuldest Du Ihnen noch Geld oder so?"

„He, ich bin Uruk. Ich bezahle meine Schulden immer. Aber wieso fragst Du? Ist etwas..."

Weiter sprechen konnte er nicht mehr, und seine Frage blieb unbeantwortet.

Die Felsen teilten sich und gaben den leicht abschüssigen Weg hinab zum Wald kurz vor dem Dorf frei. Da sprangen sechs Fischer, mit Speeren, Harpunen und Bootshaken bewaffnet, hervor. Zur linken und rechten Seite, aus Spalten im Felsen, Senken im Boden und anderen Verstecken, krochen noch einmal soviel hervor, und auch hinter ihnen stürmten vier weitere heran.

„Geht Ihr so mit Freunden um? Ich bin Uruk und Partner Eures Ältesten. Wenn Ihr keinen Ärger bekommen wollt, dann laßt uns vorbei."

„Es ist schwer in dieser Zeit Freund von Feind zu unterscheiden."

Der Fischer, der zu ihnen sprach war Farak, der Sohn des Ältesten.

„Ihr werdet sämtliche Waffen hier abgeben müssen, wenn Ihr meinem Vater den letzten Respekt zollen wollt."

„Letzter Respekt?" murmelte Uruk leise vor sich hin und fragte ungehalten weiter. „Euer Vater ist also gestorben?"

Uruk, der langsam wütend wurde, beschimpfte die Fischer: „Kaum ist das Dorfoberhaupt dahingeschieden, da ändern sich die Regeln und Gastfreundschaft wird zum Fremdwort. Ihr solltet Euch..."

„Schweigt! Ihr solltet nicht urteilen, ohne zu wissen, was vor zwei Tagen geschah!"

Der Wortführer der Fischer dachte kurz nach und gab dann doch den Weg frei.

„Behaltet die Waffen, sie nützen hier doch nichts mehr."

Dann versteckten sich die Fischer wieder, und Uruk, Echendré sowie Arcen waren allein auf der kleinen Straße.

Arcen bemerkte neben der angestauten Wut auch große Trauer in den Augen der Männer. Doch den Grund der Trauer hätte er nie erraten können. Dachte Uruk noch, der Älteste wäre auf Grund seines Alters dahingeschieden, wurde er bald eines besseren belehrt.

„Was ist hier geschehen?" Die drei Freunde liefen den Weg ins Dorf hinein und wurden aus etlichen traurigen, hilflosen, ängstlichen, aber auch wütenden Augen gemustert. Kinder schrien und selbst Echendré versuchte keine Scherze über Uruks eventuell schlechten Geruch zu machen. Dann erreichten sie den großen Marktplatz in der Mitte des Ortes. Überall, wo sie auch hinsahen, lagen Leichen umher. Ein Gestank des Todes und der Verwesung lag in der Luft und übertraf den von Uruk angedrohten Fischgeruch um einiges. Echendré, völlig bleich im Gesicht, drohte ohnmächtig zu werden. Doch Arcen fing die Stürzende auf und nahm sie in die Arme. Dann trug er Echendré in eine Schenke am Rande des Platzes. Der Wirt, noch immer mit Tränen in den Augen, servierte heißen Tee und versuchte die Geschehnisse zu erzählen, was ihm nur leidlich glückte.

„Ich war so feige und habe mich im Keller verkrochen und deswegen lebe ich noch. So viele Kinder getötet, soviel Haß. Ich müßte tot sein und nicht mein Sohn. Er hat doch nur friedlich mit seiner Schwester gespielt."

Jetzt bemerkte Arcen auch das hinter dem Wirt stehende vielleicht sieben Jahre alte Mädchen.

Sie wirkte verstört und apathisch. Dicke Tränen rannen über ihre Wangen und selbst, als ihre Mutter sie in die Arme nahm, zeigte sie keinerlei Reaktion.

„Wer waren diese Schweine?" fragte aufgebracht Uruk.

„Mechloron und seine Unbesiegbaren", schrie der Wirt zurück. „Alles, was männlich war, Kinder und Alte, wurden gemeuchelt. Nur die Frauen mit ihren Töchtern verschonten sie. Einige Jungen konnten noch fliehen. Aber meiner nicht, meiner nicht..."

Von Weinkrämpfen geschüttelt, sank der Wirt zu Boden. Echendré, Uruk und Arcen verließen, nachdem sie Tee getrunken und etwas gegessen hatten, die Schenke und machten sich auf den Weg. Sie wollten nicht in Furaja übernachten. Die Menschen brauchten ihre Ruhe und Trost konnten sie Ihnen als Außenstehende ohnehin nicht geben. Am Ortsausgang wartete bereits Farak auf sie.

„Wir Fischer sind keine Krieger. Aber wenn Ihr Freunde meines Vaters wart, dann tötet den Bastard und seine Brut. Bezahlen können wir leider nichts dafür. Aber, was Ihr an Wertgegenständen findet, soll Euch gehören."

„Ihr habt genug gegeben", antwortete Arcen. „Schon bevor ich zu Eurem Dorf kam, war es bereits mein Ziel Mechloron und sein Gefolge zu vernichten. Nachdem ich gesehen habe, was er hier angerichtet hat, ist mein Wille nur noch gestärkt worden und ich will nicht eher ruhen, bis Mechloron tot ist."

Farak verneigte sich tief vor Herons Schwertmeister. Dann verschwand er und ging zurück auf seinen Wachposten.

„Welchen Weg wollen wir nun gehen", fragte Echendré.

„Da uns Mechloron und seine verbliebenen zehn Krieger nicht auf der Straße begegnet sind, müssen sie einen Pfad durch die Berge genommen haben und diesen sollten wir suchen."

„Du hast recht", pflichtete Uruk Arcen bei. „Auf der Straße wären die Mörder uns sicher in die Arme gelaufen."

„Da oben führt ein Weg entlang", rief Echendré. Hinter einem Baum, der von dichtem Gestrüpp umgeben war, führte ein schmaler Pfad zwischen den Felsen steil bergauf.

„Du hast gute Augen, Mädchen", sagte Uruk anerkennend.

„Ach was, ich bin halt nur etwas größer als andere", erwiderte lachend, die für ihre Sehkraft Gelobte. Dann stiegen die drei den Weg zwischen den scharfkantigen Felsen empor. Eine Stunde später standen sie über Furaja und sahen auf den Ort der Trauer hinab. Die Bestattungszeremonie war bereits in vollem Gange und hell brannten die Feuer vor der untergehenden Sonne.

„Kommt, wir haben noch einen weiten Weg vor uns. Mechloron hat bereits zwei Tage Vorsprung. Lasst uns aufbrechen", sagte Arcen.

Ein frischer Wind kam vom Meer auf und belebte mit seiner salzigen Luft Geist und Körper.

„Na dann los", sagte Echendré, legte ihren linken Arm um Arcens Hüfte und den rechten auf Uruks Haupt. „Solltest Dir mal deine langen Zöpfe waschen, Kleiner", sagte sie.

„Hey, noch steht uns das Wasser nur bis zum Hals, aber wenn es über uns zusammenschlägt, werde ich deinen Rat beherzigen", antwortete Uruk.

„Uns? Dann haben Arcen und ich ja Glück, wenn das Wasser bis zu Deinem Hals steht, ist es noch lange hin bis es unseren erreicht", bemerkte noch lachend Echendré, dann machten sich die drei auf den Weg.

Auf den Klippen zwischen den Felsen führte ein schmaler Pfad entlang nach Norden, dem sie folgten. Natürlich nicht ohne Kommentar von Echendré, die bemerkte, dass sie nun den ganzen Weg wieder zurückliefen. Die Sonne versank im Meer, und für kurze Zeit rasteten die Freunde. Doch als der Mond emporstieg und mit seinem Licht die Nacht erhellte, gingen sie weiter.

Eine Nacht war vergangen, und die Sonne stieg ihrer ewiglichen Bahn folgend, am Himmel empor, verjagte mit ihren Strahlen die Dunstschleier, und im Morgenrot sangen bereits die ersten Vögel. Da lösten sich von den Felsen einige Schatten. Gestalten, ganz in Schwarz gehüllt, in ihrer Bewegung an Raubtiere erinnernd. Sie blickten noch einige Minuten hinab auf Furaja, dann verschwanden sie ungehört und von niemandem gesehen.

DAS ZIEL

Drückende Stille lag über dem Tal, das sich zu den Füßen von Echendré, Arcen und Uruk öffnete. Sie hatten nur drei Stunden geruht und waren die gesamte restliche Nacht hindurch gelaufen. Erschöpft, hungrig und durstig legten sie nun endlich eine Pause ein. Unmerklich hatte sie der Pfad in den dunklen Nachtstunden von den Klippen hinabgeführt und zum Rand dieses Tals gebracht. Hinter ihnen ragten noch die steilen Felsen, welche die Küste vom restlichen Land trennten, empor. Rechts und links drohten in großer Entfernung hohe Berge, und auch vor ihnen stieg in etwa fünf bis sechs Kilometern Entfernung einer dieser gewaltigen Berge empor. Das Meeresrauschen war verstummt, und abrupt hörte auch der Wind auf zu wehen. Es war, als hätte man die Zeit angehalten. Nur Uruk unterbrach mit seinem Schmatzen die Stille.

„Etwas mehlig das Brot der Fischer, aber besser als nichts", sagte er mehr zu sich selbst.

„Ich finde, etwas Salz hätte nicht schaden können, und dafür würde ich auf den Fischgeruch verzichten", kommentierte Echendré den Geschmack und Geruch ihres Brotes.

„Riecht Ihr das nicht?" Arcen war aufgestanden und einige Schritte ins Tal hineingelaufen.

„Ja, es stinkt unheimlich nach Fisch", erwiderte Echendré und betrachtete dabei in Gedanken versunken noch immer die Scheibe Brot in ihrer Hand.

„Nein, es ist etwas anderes. Ein Geruch von Feuer liegt in der Luft. Irgendwas brennt oder hat gebrannt. Kommt, Freunde, wir müssen weiter."

„Ach nein, nicht schon wieder." Betont schwerfällig erhob sich Uruk und gab so Echendré noch Zeit, ihr Brot aufzuessen. Dann gingen die drei vorsichtig weiter. Der Geruch von verbranntem Holz wurde stärker, und nach einer Weile konnte Arcen bereits einige Bäume ausmachen. Vom Fuße dieser stiegen dichte Rauchschwaden empor, und schemenhaft erkannte der Schwertmeister die Silhouetten von drei Menschen. In einem großen Bogen pirschten sich die Freunde von der rechten Seite aus an. Wie Jäger versuchten sie nicht aus der Windrichtung, aber auch nicht von vorn, an ihr Ziel zu gelangen. Dann erreichten sie die toten Krieger. Es waren drei Unbesiegbare aus Mechlorons Clan.

„Nun bringen die sich schon gegenseitig um", sagte Uruk erstaunt. Da schrie Echendré, die etwas abseits stand, laut auf. Mit gewaltigen Sprüngen hetzte Arcen zu ihr. An einem Baum lehnte ein schwer verwundeter vierter Krieger, der noch leidlich am Leben zu sein schien. Schon zückte Arcen sein Schwert und mit blankem Hass in den Augen schickte er sich an, den Unbesiegbaren in den Tod zu schicken.

Da rief Uruk dazwischen: „Warte, Schwertmeister, bekomme Deine Gefühle unter Kontrolle. Handle nicht unüberlegt."

EIN SCHWERTSTREICH IST SCHNELL VOLLBRACHT,
DOCH SCHWER WIEDER RÜCKGÄNGIG GEMACHT.

„Waren doch mal Deine Worte, Arcen! Sollten wir ihn nicht, solange noch etwas Leben in dem Bastard schlummert, verhören?"

Arcen blickte Uruk erstaunt an. Nach kurzer Pause steckte er sein Schwert wieder ein und verneigte sich vor seinem besonnenen Freund.

Doch der Fremde tödlich Getroffene redete bereits los, ohne dass ihm eine Frage gestellt worden wäre.

„Wir sind die Unbesiegbaren, Mechlorons Ehrengarde. Wir sind Krieger mit Ehre im Leib und keine Meuchelmörder. Doch das in Furaja war nicht ehrenvoll. Nein das war es nicht! Deswegen wählten wir vier den Freitod und Mechloron ließ uns gewähren. Sollten wir weiterhin unserem Herrn blind dienen? Hätten wir uns gegen ihn und unser Gelübde stellen sollen? Wir sind die Unbesiegbaren, doch am Ende besiegten wir uns selbst."

Dann spuckte er Blut aus seinem Mund, und schwerfällig kamen noch einige abgebrochene Silben hervor:

„...keine Angst vor dem Tod...vor langer Zeit schon gestorben...ewig ohne Gefühle gelebt und doch zum Ende welche gehabt." (für einen Augenblick lachte der Unbesiegbare auf) „Allein dieser Augenblick der Trauer war es wert jetzt zu...nun wirklich gelebt…"

Dann schied er dahin. Arcen und Uruk, selbst Echendré verneigten sich vor dem großen Krieger aus den Reihen ihrer Feinde.

„Nun sind wir also nur noch sieben. Mein Clan schrumpft ja zusehends."

Mechloron stand an einer für das Land typischen Hängebrücken. Diese überspannte eine der zahllosen Schluchten des Gebirges. Fast filigran hielten zwei Taue die klapprige Brücke über der hunderte Meter tiefen Schlucht. An einer ähnlichen Brücke, nur viel weiter südlich, fanden einst sechsunddreißig seiner Männer den Tod. Damals war er überstürzt vorgegangen. Doch jetzt hatte er einen entscheidenden Vorteil auf seiner Seite. Dieses Mal wurde er gejagt, und er wußte es. Nicht umsonst ließ Mechloron seine vier Unbesiegbaren, die den Freitod gewählt hatten, ohne Bestattung am Rande des Tals zurück. Ihre Leichen würden Arcen und dem kleinen Bastard, der ihn begleitete, den Weg weisen. Sie mußten nur geduldig warten.

„Männer, das Ziel unserer Suche ist nah. So oder so, es wird schon bald enden."

Dunkelheit kam auf, und die Tiere der Nacht verließen ihre Verstecke. Doch mit der Finsternis erschienen auch die Schatten. Kaum wahrnehmbar für die Augen anderer untersuchten sie den Boden zu den Füßen einiger Bäume. Sie versuchten die Ursache für den Tod der vier Feinde zu finden, die ohne fremde Einwirkung ihr Ende gefunden hatten. Dann bestatteten sie die Krieger und verneigten sich respektvoll vor deren Gräbern.

„Ein neuer Tag, ein neues Glück", sagte Echendré und lächelte Arcen an.

Selbst am Morgen sah sie unschuldig und so zauberhaft wie ein Engel aus. Aus einer Innentasche ihrer Kleidung kramte sie einen hölzernen Kamm hervor und ordnete mit diesem ihre langen Haare. Das Licht der aufgehenden Sonne glitzerte und wirkte wie ein Heiligenschein, der Echendré einzurahmen versuchte. Der Eindruck war überwältigend. Kein Maler hätte diesen in seinen Bildern wiedergeben können. Arcen hatte sie noch nie so gesehen. Die warme Sonne spielte mit der blonden Lockenpracht und der Schwertmeister war wie hypnotisiert. Sein Blick wurde starr und richtete sich auf die pure Versuchung seiner Sinne.

Echendré kämmte sich konzentriert weiter und öffnete leicht ihren wunderschönen Mund. Für kurze Zeit blitzten ihre hellen Zähne auf. Gerade, als sie mit der Zunge ihre vollen, weichen Lippen benetzte, blickte sie mit einem Augenaufschlag zu Arcen. Der erwachte aus seiner Lethargie und blickte mit gerötetem Gesicht schnell weg. Doch Echendré war eine Meisterin im Situationen entspannen. Uruk, der noch schlaftrunken am Boden saß und nur einen kurzen Blick auf Echendrés Aktivitäten warf, wurde gleich von ihr angesprochen.

„Na, Kleiner, hast Du gut geschlafen? Soll ich Dir meinen Kamm borgen? Nötig hätten es Deine Haare auf jeden Fall."

„Danke, wenn Du harken willst, leg Dir einen Garten zu", erwiderte dieser und gähnte dabei.

„Ach, Unkraut jäten wäre bei Deinem Kopf sicher auch nicht verkehrt. Aber erst einmal habe ich fürs Frühstück gesorgt."

„Frühstück?" Mit einem Sprung war Uruk auf den Beinen. Echendré lachte lauthals los.

„Ich wußte, dass Dich das wecken würde." Dann servierte sie die Reste von dem Brot, das sie vom Wirt im Fischerdorf gekauft hatte.

„Mehr haben wir leider nicht!"

„Ist doch egal", sagte darauf Uruk. „Ich kriege von diesem tranigen Zeug sowieso nichts mehr runter."

Arcen stand derweil am vordersten Felsen des großen Berges, den die drei gestern noch von weitem gesehen hatten. Seine Augen folgten dem schmalen Pfad entlang aufwärts. Dieser machte aber so viele Biegungen, dass er es bald aufgab und stattdessen sagte:

„Ich denke, viel zu essen brauchen wir ohnehin nicht mehr. Unsere Jagd neigt sich dem Ende zu und das heißt letzte Chance für Euch, um auszusteigen."

Echendré sprang aufgebracht zu Arcen und rief laut: „Ich liebe Dich! Vom ersten Augenblick an als ich Dich sah, wollte ich bei Dir sein. Lieber gehe ich mit Dir in den Tod als..."

Verlegen sah sie zu Boden. Sie wusste, dass Arcens Herz woanders wohnte und wollte sich eigentlich nicht so offenbaren. Nun war es Uruk, der die Situation bereinigte.

„Ich liebe Dich zwar nicht, habe aber geschworen Mechloron zu töten, und das werde ich auch versuchen."

Arcen, nun selbst aufgewühlt, erwiderte: „Uruk, mein Freund, Du mußt Deinen Schwur nicht meinetwegen einhalten."

Uruk lachte und sprach mit ruhiger Stimme: „Du nimmst Dich Deiner zu wichtig, junger Schwertmeister. Der Schwur gilt nicht Dir. Ich habe ihn vor langer Zeit geleistet und werde diesem nun nachkommen."

„Dann sollten wir handeln und nicht reden", sagte Echendré. Gemeinsam machten sie sich auf den Weg, den Bergpfad hinauf, ihrem letzten Kampf entgegen.

Nach einer Stunde endete der Aufstieg. Sie befanden sich am Rand einer dreißig Meter breiten Schlucht, die von einer baufälligen Hängebrücke überspannt wurde. Echendré beugte sich leicht vor und sah schaudernd hinab.

„Das sind bestimmt zweihundert Meter", stotterte sie.

„So tief ist das nun auch wieder nicht", sagte Uruk schmunzelnd.

„Klar, Du bist mit deinem Kopf ja auch näher am Boden als ich", erwiderte diese.

Arcen betrachtete derweil die andere Seite. Die Felsen waren noch einmal vier Meter höher und bildeten einen über Jahrtausende natürlich entstandenen Hohlweg.

„Eine Falle", flüstere Uruk.

„Ja, aber hier wird es noch nicht enden", sagte Arcen mit fester und ruhiger Stimme.

Seine Augen fixierten eine große, leicht nach vorn gebeugte, Gestalt, dessen Haare schneeweiß waren und im warmen Morgenwind flatterten. Dichter Nebel stieg aus den Tiefen der Schlucht empor und lies die Umgebung unwirklich bizarr erscheinen. Dann erklang die tiefe Stimme Mechlorons. Diese wirkte im Gegensatz zu seinem Äußeren keineswegs gebrechlich.

„Endlich treffen wir aufeinander, Schwertmeister aus Heron. Ich bin Mechloron und werde Dich töten."

„Ich bin Arcen von Heron, vielleicht auch eines Tages ein Krieger Gundwens, und nicht Du wirst mich töten, sondern ich Dich."

Arcen lief los und betrat die Brücke. Wut und Hass auf den, der seine Liebe zerstörte, überkam ihn, ließ seine Vernunft zusammenbrechen und jegliche Vorsicht vergessen.

„Warte!", schrie Echendré, doch Arcen hatte bereits die Hälfte der Brücke überquert. Plötzlich sprangen die restlichen Unbesiegbaren, ihre Bögen in den Händen haltend hervor. Pfeile surrten durch die Luft und flogen dicht an Arcens Kopf vorbei.

Lausig gezielt, dachte Herons Schwertmeister. Dann ertönte ein lautes Knarren, und mit einem ohrenbetäubenden Knall barsten die Haltetaue der Hängebrücke. Schlagartig wurde sich Arcen seines Fehlers bewußt. In der Hoffnung, sein Ziel erreicht zu haben, hatte er euphorisch sämtliche Vorsichtsmaßnahmen außer Acht gelassen. Er sehnte sich nach dem Ende seines Leidens, doch sollte dieses nicht kampflos erfolgen. Schnell ließ er sein Schwert, dass er bereits in den Händen hielt los und klammerte sich an den unter seinen Füßen wegsackenden morschen Bretterboden. Hinter sich vernahm er noch den angstvollen Ruf Echendrés, die seinen Namen rief. Dann verschwand die Brücke und mit ihr Arcen in der Tiefe der Schlucht. Beide wurden vom immer dichter werdenden Nebel verschluckt. Ein weiterer Knall und das Bersten von Holz belegten den Aufprall der Brücke am gegenüberliegenden Fels. Erkennen konnte man mittlerweile nicht einmal mehr die Hand vor Augen. Der Nebel lag wie ein Totengewand über der tiefen Schlucht. Nur vereinzelt durchbrachen die wenigen Bäume mit ihren Kronen den dichten Schleier. Die Sonnenstrahlen, reflektiert und hundertfach gebrochen, gaben dem ganzen Szenario etwas Gespenstisches. Es war, als hätte die bekannte Welt aufgehört zu existieren. Ein süßlicher Geruch lag in der Luft, die merklich abkühlte.

„Wie ist so etwas möglich?" stammelte Uruk.

Dann bekam er eine Gänsehaut und hielt den Atem an. Seine Muskeln verkrampften, und aus den Augenwinkeln blickte er immer wieder abwechselnd nach links und rechts. Echendré stand am Rand der Schlucht, die sich im Nebel verbarg. Sie konnte ihre Füße nicht sehen. Zum einem, da auch sie der Nebel umhüllte, und zum anderen behinderten die dicken Tränen, die ihr ununterbrochen aus den Augen kullerten, die Sicht. Schon hob sie ihren rechten Fuß zum letzten alles beendenden Schritt. Die Verzweiflung stand ihr ins Gesicht geschrieben, und sie wollte den entscheidenden Schritt beenden, da spürte sie den festen Griff einer Hand auf ihrer Schulter. Sie blickte hinter sich und ihr Herz, das noch eben bis zum Hals geschlagen hatte, blieb fast stehen. Eine tiefe Ruhe überkam Echendré. Lethargisch stand sie da und sah in die Tiefen des Nebels. Auch Uruk war wie angewurzelt und zu keiner Bewegung mehr fähig. Überall um sie herum gab der Nebel die schattenhaften Umrisse dunkler Gestalten frei. Sie standen nur stumm da und ließen keine Reaktion erkennen. Mit ihren Augen schienen sie den Nebel zu durchdringen. Auch kam es Echendré vor, als würden sie, ähnlich der Raubkatzen Mechlorons, Witterung aufnehmen. Auf eine ihr unbekannte Weise kommunizierten die Schatten miteinander, denn ohne erkennbare Zeichen verschwanden die Fremden wieder. Dieses taten sie auf eine ebenso spektakuläre Weise, wie sich ihr Erscheinen vollzogen hatte. Uruk und Echendré konnten nur fassungslos zusehen. Der Nebel verdichtete sich an den Punkten, an denen die Schatten standen und löste diese auf, verschlang sie regelrecht. Dann war der Spuk ebenso plötzlich vorbei wie er begonnen hatte. Schlagartig verschwand auch der Nebel und gab die Sicht auf die gegenüberliegende Seite der Schlucht wieder frei. Die Reste der Brücke hingen noch immer am Felsen und schaukelten im warmen Frühlingswind. Von Arcen hingegen fehlte jede Spur.

„Ist der Bastard schon tot?"

„Nein, Herr! Er hält sich noch immer an den Resten der Brücke fest", beantwortete einer der Unbesiegbaren Mechlorons Frage.

„Gut", erwiderte dieser sichtlich erleichtert. Er wollte seinen Widersacher auf eine, für einen Fürsten ehrenvolle Art und Weise erledigen.

„Der Schwertmeister muss durch mein Schwert sterben", sagte Mechloron und versuchte weiterhin seiner Stimme einen festen und siegessicheren Ausdruck zu verleihen. Das kostete ihn sehr viel Kraft.

Der einst mächtige Fürst mußte sich selbst eingestehen, dass er Arcen in einem offenen Kampf nicht gewachsen war. Die letzten Jahre hatten allzu stark an seiner physischen und psychischen Konsistenz gezerrt. Ausgemergelt und entkräftet stand er am Rand der Klippe, von der noch immer die Reste der Brücke hinabhingen. Von seinem Gegner fehlte jede Spur. Die dichten Wogen des Nebels verbargen dessen Äußeres, doch drangen die wütenden Atemgeräusche umso deutlicher zu Mechloron hinauf. Sie erinnerten den Clanführer an ein in die Enge getriebenes Raubtier, das nichts zu verlieren hatte und zum Angriff entschlossen, auf den richtigen Zeitpunkt lauerte.

Wer jagt hier wen, fragte sich Mechloron und war sich nicht mehr sicher, wer nun in der Falle saß.

„Kommt, Männer! Wir ziehen uns zurück und bereiten unsere Falle vor!"

Die sechs verbliebenen Unbesiegbaren folgten ihrem Anführer den schmalen Hohlweg hinauf und ließen ihren Feind waffenlos an der Klippe hängend zurück.

Langsam begann sich der Nebel zu lichten, und vereinzelte Sonnenstrahlen durchbrachen bereits dessen dichte Schleier. Der Weg führte noch etwa hundert Meter weiter leicht bergauf und endete in einem fünfzehn Meter großen kreisförmigen Kessel, dessen Wände zwischen ein bis drei Meter steil hinauffragten. Diese bildeten den Gipfel des Berges und waren vor langer Zeit einmal ein ritueller Ort gewesen, an denen die Menschen der Vorzeit ihre Zeremonien abhielten und ihren längst vergessenen Göttern huldigten.

„Heute bekommt Ihr wieder ein Opfer dargebracht", sagte sarkastisch der ehemalige Fürst. Dann verbarg sich Mechloron, ebenso wie seine Gefolgsleute, in kleinen Felsspalten und harrten der Dinge, die kommen würden.

Fest umklammerte Arcen den morschen Boden der Brücke. Er hatte geglaubt beim Aufprall an die Felsen der anderen Seite ohnmächtig werden zu müssen. Doch hielten die Wut und der grenzenlose Hass ihn wach. Der Nebel war so dicht, dass er nicht einmal seine Hände sehen konnte. Instinktiv kletterte Arcen langsam an den Resten der Brücke empor. Das Blut pochte in seinen Schläfen, und stoßweise entwich ihm sein Atem. Es war plötzlich kalt geworden und die seinen Lungen entweichende Luft wurde zu dem Nebel, der ihn zu umgeben schien. Er spürte einen süßlichen Geruch, der seinen Verstand lähmte, und plötzlich war er in Gundwen.

„Wie komme ich hierher?" fragte Herons Schwertmeister benommen.

„Weißt Du es nicht?" antwortete ihm fragend eine Stimme aus dem Dunkel seines Hirns.

„Echendré", flüsterte Arcen. „Das ist die Stimme von Echendré." Erfreut drehte er sich schnell um. Doch dann wurde ihm schwarz vor Augen. Sein Herz hörte fast auf zu schlagen, und die Zeit stand still. Arcen spürte, wie sich sein Magen zusammenzog, geradeso als hätte ihn ein gewaltiger Faustschlag getroffen.

„Rose´!"

Fünf Minuten lang sah er der Liebe seines Lebens in die Augen. Nie hätte er diesen Blick vergessen können. Kleine Tränen schimmerten in ihnen, wie kristallklare Bergseen in einer Vollmondnacht.

„Wann kann ich endlich wieder bei Dir sein?" fragte Arcen.

„Schon bald", antwortete Rose´ mit der Stimme von Echendré.

Sie spricht, also wieder nur ein Traum, dachte der Schwertmeister betrübt.

„Sei nicht traurig, mein Liebster. Sieh nur, der Frühling hat Einzug gehalten."

Da verschwand der Nebel so plötzlich wie er gekommen war und mit ihm Rose´. Die Sonne schien freundlich vom Himmel herab, und die Vögel sangen ihre Lieder. Arcen hing noch immer an der Klippe und war wie angewurzelt. Erst jetzt hatte er bemerkt, dass Rose´ nie mit ihm gesprochen hatte. Vielmehr hatte sie ihre Gedanken in sein Hirn impliziert. Die Stimme von Echendré war somit ein Produkt seiner Vorstellung, aber die Worte waren die von Rose´. Langsam kletterte er nach oben.

Dann sagte er mit ruhiger und fester Stimme: „Es ist soweit! Jetzt wird beendet, was vor langer Zeit begann."

WIR SEHNEN UNS NACH DER VERGANGENHEIT,
NACH DER LIEBE UND DEM GLÜCK VON EINST,
DOCH DIE BEGIERDE, DIE WIR VOR AUGEN SEHN,
IST EINE ILLUSION OHNE VERÄNDERUNG,
EWIG JUNG UND IMMER SCHÖN.

WIR LIEBEN NUR EINE ERINNERUNG,
MIT GESCHLOSSENEN AUGEN FÜHLEN WIR WIE EINST,
KÖNNEN DASSELBE VON DAMALS WIEDERSEHN,
DOCH AUSSERHALB DER SCHATTENWELT,
BLEIBT DIE ZEIT NIE STEHN.

Uruk stand noch immer an der Klippe, über die sich die Brücke geschwungen hatte. Er war allein. Die Schatten waren fort und mit Arcen auch Echendré. So plötzlich der Nebel mit seiner kalten Luft aufgezogen war, so schnell verschwand er auch wieder. Die hellen Sonnenstrahlen kitzelten sein Gesicht, und hunderte verschiedener Vogelstimmen lagen in der Luft, die angefüllt vom Duft der Blumen war. Überall zwischen den Spalten der Felsen und aus kleinen Senken im Boden wuchsen sie hervor. Filigran mit kleinen blauen Blüten zitterten sie in der warmen Luft des Tages.

Arcen zu helfen, stand nicht mehr in Uruks Macht. Seine eigenen Rachegedanken verblaßten, wurden von der Sonne ausgelöscht, zerfielen zu Staub und wurden Vergangenheit.

„Leb wohl, Arcen! Leb wohl, Echendré!"

Mysteriöserweise konnte sich Uruk, jetzt wo Arcen verschwunden war, nicht einmal mehr an Echendrés Äußeres erinnern. Doch für ihn war das Gestern nicht mehr wichtig. Tief verneigte er sich in die Richtung, in der Arcen verschwunden war.

„Möge auch für Dich die Sonne wieder scheinen, Freund!"

Uruk wendete sich ab und ging gemächlichen Schrittes langsam den Weg zurück.

„Wohin?" fragte er sich selbst. Dann durchzuckte ihn ein Gedanke. „Ich gehe nach Gundwen."

Arcen folgte dem schmalen Weg wie in Trance. Er war bereit alles aufzugeben. Nichts hielt ihn mehr in dieser Welt. Sein Hass, das einzige was ihn noch am Leben erhalten hatte, war verschwunden. Nach etwa einhundert Metern erreichte Herons Schwertmeister den Kessel. Er befand sich auf dem kraterähnlichen Gipfel, der das Ende seines Weges markierte. Langsam betrat er das Rund und blickte sich um. Ein dichter Schleier umgab seinen Geist. Für den Bruchteil einer Sekunde lief sein ganzes Leben vor seinem inneren Auge ab. Dann erreichte er das Zentrum des Kreises. und hinter ihm ertönte die Stimme Mechlorons.

„ICH BIN! DU WARST! Du hast fünf Minuten Zeit Dich vorzubereiten. Dreihundert Sekunden bis zur Ewigkeit. Zeit, um mit Deinem Leben abzuschließen. Zeit, Deinen Geist zu befreien."

Arcen glitt in einem Gefühl absoluter Freiheit zu Boden, um dort reglos auf den Knien sitzen zu bleiben. Er hatte gelebt, erlebt, wie es ist, wirklich zu leben. Zeit brauchte Arcen nicht. In stiller Sehnsucht wartete er schon lange auf das Ende seines Leidens.

Endlich nach den vielen Jahren seiner Trauer und der endlosen Kämpfe sollen sich die Schmerzen, die sein Herz bedrücken, auflösen?

Das Meer der Tränen wird austrocknen, nachdem es die Flamme meines Lebens gelöscht hat. Ich werde nicht mehr an das Gestern denken, und es gibt keinen Morgen mehr. Keinen Hass, keine Liebe und vor allem keine Sehnsucht.

Seine Gedanken verschwammen und bildeten bald nur noch eine Wolke aus Trauer und Schmerz. Sein Pulsschlag wurde immer langsamer, und seine Atemfrequenz verringerte sich. Es gab weder Zukunft noch Vergangenheit. Die Zeit existierte nicht mehr für Arcen.

Um ihn herum standen noch immer die Sieben. Einst waren sie zehnmal so viel, aber das liegt schon Jahre zurück. Sie begingen damals einen Fehler, doch heute wird dieser korrigiert werden. Während sechs Männer des Clans mit ihren Bögen auf Arcen zielten, schritt der siebte hinter ihn. Das mächtige Kriegsschwert in beiden Händen haltend, murmelte er pausenlos: „Lass mich einen guten Schnitt machen." Früher, als ihm noch ganze Armeen gehorchten, hätte er so etwas nicht nötig gehabt. Doch heute sind seine Haare weiß und seine Bewegungen langsam und zitterig. Heute ist er nicht mehr der Krieger von einst.

NACHWORT

Das eigentlich als Vorwort gedacht war, es aber nicht werden konnte, um durch Erklärungen nicht der Story vorweg zugreifen.

Zuerst möchte ich meinem Meister Thorre Schlameus danken, bei dem ich seit Jahren Kung Fu erlerne und der sicher erst durch seine Lehren, Empfehlungen bestimmte Bücher zu lesen, mir die Gedankengänge offenbarte, die mich befähigten, dieses Buch zu schreiben. Natürlich sind dementsprechend Buddhistische Lehren ansatzweise in meinem Werk enthalten, ohne auf die Tiefe dieser Weisheiten eingehen zu wollen und eingehen zu können. Denn ich bin immer noch meilenweit davon entfernt, diese vollends zu begreifen oder zu verstehen. Genauso habe ich Inspirationen aus Büchern von Carlos Castaneda, aus Eiji Yoshikawas ,Musashi' und selbstverständlich Tolkiens ,Herr der Ringe' erhalten. Ich denke, wenn man es schafft, in einem Buch auch zwischen den Zeilen zu lesen, kann jeder für sich Lehren oder auch nur neue Ideen sowie geistige Anregungen erhalten und um mehr geht es letztlich auch nicht in meinem Werk, als die Phantasie des Lesers anzuregen. Eventuell kann man sich selbst in einigen Charakteren wiederfinden und diese im Buch geistig ausleben. Aus diesem Grund habe ich bewußt auf ein Ende in Mechloron verzichtet und optional verschiedene zur Auswahl gegeben. Ich überlasse es den Lesern, welches der Enden sie bevorzugen.

Zur Geschichte an sich möchte ich keine Erklärungen abgeben. Jeder kann sein eigenes Hirn in Anspruch nehmen und erforschen, warum Arcen zum Beispiel ständig in seine Traumwelt fällt, wer Echendré war und so weiter. Abschließend nur soviel zum Buch Mechloron:

Die Story ist frei erfunden, beruht auf keine mir bekannten Charaktere und spielt an fiktiven Plätzen, die ebenso in der grauen Vorzeit Europas, im mittelalterlichen Japan oder auch auf einem fernen Planeten sich hätten zutragen können.

Zum Schluß will ich noch meiner Familie und meinen Freunden für ihr Verständnis danken, dass ich ihnen während des Schreibens nicht die Zeit widmen konnte, die sie verdient hätten und der Leserin und dem Leser für die Zeit, die sie sich genommen haben, mein Buch zu lesen.
Gleichzeitig muss ich mich aber auch für die Fehler endschuldigen, die sich beim Schreiben eingeschlichen haben und welche meine beiden „Korrekturleserinnen", sowie ich selbst nicht entdeckt haben.
(Leider bestand bei meinem Erstlingswerk aus Kostengründen nicht die Möglichkeit, die Hilfe von professionellen Lektoren in Anspruch zu nehmen.

MÖGLICHES ENDE 1 – DER EWIGE KREISLAUF

Arcen wurde unsanft aus seinen Träumen gerissen.

„Du hast fünf Minuten."

„Ja Vater, ich bin gleich fertig. Ich muß mich nur noch ankleiden." Arcen beeilte sich, doch reichte die vorgegebene Zeit nicht aus. „Es zeugt von Mangel an Respekt, seinen Lehrer warten zu lassen. Du wirst jetzt ohne eine Mahlzeit zum Unterricht gehen", sagte Heeden.

„Aber Vater, ich habe doch noch Zeit", erwiderte Arcen.

„Widersprich nicht, Sohn, die Zeit wirst Du brauchen, wenn Du jetzt auf Händen gehend zur Schule läufst."

„Ja Vater."

Arcen verließ sein Elternhaus, gab seiner Mutter Elmira noch einen Kuß auf die Wange und lief im Handstand zum Ortsausgang, wo sich die Schule befand.

„Morgen, Arcen" sagte Veringot. „Es ist bestimmt praktisch ..."

MÖGLICHES ENDE 2 – EIN SCHLECHTES SPIEL

„Bitte Geld einwerfen! Bonusspiel bei einhunderttausend Punkten!"
Monoton piepste die Stimme des Computerspiels, das zwischen diversen anderen gleich neben dem Einkaufszentrum die Leute zum Glücksspiel animieren sollte.
„Hast Du noch etwas Geld?" fragte Arcen seine Freundin Rose´.
„Das Spiel ist doch scheißlangweilig", warf Veringot ein.
„Aber danke, dass Du Suelia und mir auch eine Spielfigur zugeordnet hast, auch wenn mir die Charaktere dieser nicht sonderlich zusagen."
„Lasst uns lieber im NET spielen. Da gibt es viel mehr Schlachten und Action", sagte nun auch Suelia, Veringots Freundin.
Rose´ wollte aber etwas anderes von Arcen erfahren.
„Du hast also sämtlichen Charakteren Namen gegeben?" fragte sie ihren Freund.
Arcen tappte stolz in die ihm gestellte Falle.
„Ja natürlich, mein Engel. Hast Du noch etwas Geld, damit ich unser Spiel beenden kann?"
„Das kannst Du ja wohl vergessen", erwiderte diese sauer.
„Erst lässt Du mich schon am Anfang des Spiels sterben, um mit anderen Frauen zu flirten und wer ist eigentlich E-chendré?"
....

MÖGLICHES ENDE 3 – DER TOD EINES KRIEGERS

Arcen saß am Boden der Realität. Die sechs Unbesiegbaren hielten ihn mit ihren Bögen in Schach, und Mechloron holte zum letzten Schlag aus. Da erfasste Herons Schwertmeister das letzte Aufbäumen. Er spürte, wie eine Gänsehaut ihn befiel. Sein Herz verkrampfte sich, seine Lungen füllten sich noch einmal mit Luft, und sein letzter Gedanke galt Rose´.

Ich komme jetzt zu Dir!

Frei von Wut und Trauer hörte er Mechlorons todbringende Waffe niederfahren. Doch, bevor sie ihn erreichte, hatte Arcens rechter Arm den Schwertarm des alten Fürsten gegriffen. Er sprang auf und stand hinter diesem. Auch Mechloron schloß in diesem Moment mit seinem Leben ab. In seinen Augen stand keine Angst. Er war bereit.

Arcen richtete das Schwert des Clanführers auf das Herz seines Widersachers und stach zu.

Dieser sackte sofort tot zusammen. Doch Arcen, der die kalte Spitze des scharfen Stahls nun auch auf seiner Haut spürte, verharrte für einen Augenblick. Dicht vor ihm stand Echendré. Die Sonne hüllte sie wie eine Decke ein, umgab sie wie einen Mantel aus Helligkeit. Nur schattenhaft konnte Arcen sie erkennen, so grell strahlte das Licht, einem Heiligenschein ähnlich, hinter ihr. Herons Schwertmeister stach zu und führte die Klinge nun auch in seinen Körper. Sterbend sah er, wie zahllose Pfeile die verbliebenen Unbesiegbaren trafen. Er glaubte unter den plötzlich auftauchenden Schatten den Bruder von Rose´ zu erkennen. Hunderte Krieger Gundwens standen nun vor ihm und erwiesen ihre letzte Ehre, indem sie sich tief vor Arcen verneigten. Dann verschwanden sie so plötzlich, wie sie aufgetaucht waren und zurück blieb Echendré. Diese lachte seltsamerweise und Arcen bemerkte, je mehr von seiner Lebensenergie entwich, umso mehr änderte sich ihr Aussehen. Aus Echendré wurde Rose´.

„Willkommen in der Ewigkeit. Nun kann uns nichts mehr trennen!"

Sie spricht wieder mit der Stimme Echendrés. Also nur ein Traum, dachte Arcen verzweifelt.

Rose´ lächelte erneut, und Grübchen zeichneten sich auf ihren Wangen ab.

„Ich bin Echendré und Rose´ in einer Person mein kleiner Krieger", sagte sie. „Wo wir jetzt hingehen, kann jeder jeden verstehen, sehen und spüren. Das ewige Suchen ist beendet. Komm!"

Eng umschlungen tauchten sie gemeinsam ins Licht. Zurück blieb nur Arcens Körper, noch immer durch das Schwert mit dem von Mechloron verbunden, so wie ihr Schicksal miteinander verwoben war. Die Spitze des Schwertes steckte in des Schwertmeisters Herz, und Tropfen von Blut fielen auf eine mit wenigen Pinselstrichen gemalte Zeichnung, welche eine einzelne Rose darstellte.

....

Herstellung und Verlag:
BoD - Books on Demand, Norderstedt
ISBN 978-3-8391-5254-6